La Hermandad del Ángel Caído

AF874408

Novela

El jurado del Premio Josep Pla 2024 lo formaban
Laia Aguilar, Marc Artigau, Montse Barderi,
Manuel Forcano y Glòria Gasch.

Jaume Clotet

La Hermandad del Ángel Caído

Traducción de Olga García Arrabal

DESTINO

PEFC Certificado

Este libro procede de bosques gestionados de forma sostenible

PEFC

PEFC/14-38-00305

www.pefc.es

La lectura abre horizontes, iguala oportunidades y construye una sociedad mejor.
La propiedad intelectual es clave en la creación de contenidos culturales porque sostiene el ecosistema de quienes escriben y de nuestras librerías.
Al comprar este libro estarás contribuyendo a mantener dicho ecosistema vivo y en crecimiento.
En **Grupo Planeta** agradecemos que nos ayudes a apoyar así la autonomía creativa de autoras y autores para que puedan seguir desempeñando su labor.
Dirígete a CEDRO (Centro Español de Derechos Reprográficos) si necesitas fotocopiar o escanear algún fragmento de esta obra. Puedes contactar con CEDRO a través de la web www.conlicencia.com o por teléfono en el 91 702 19 70 / 93 272 04 47.
Queda expresamente prohibida la utilización o reproducción de este libro o de cualquiera de sus partes con el propósito de entrenar o alimentar sistemas o tecnologías de inteligencia artificial.

Título original: *La Germandat de l'Àngel Caigut*

© Jaume Clotet i Planas, 2024
© por la traducción: Olga García Arrabal, 2025
© Editorial Planeta, S. A., 2025
Ediciones Destino, un sello editorial de Editorial Planeta, S. A.
Avda. Diagonal, 662-664, 08034 Barcelona (España)
www.edestino.es
www.planetadelibros.com

Adaptación de la cubierta: Booket / Área Editorial Grupo Planeta
Fotografía de la cubierta: © Agustín Escudero
Primera edición en Colección Booket: septiembre de 2025

Depósito legal: B. 12.686-2025
ISBN: 978-84-233-6837-2
Composición: Realización Planeta
Impreso en España

Biografía

Jaume Clotet i Planas (Barcelona, 1974) es licenciado en Periodismo por la Universitat Autònoma de Barcelona y en Historia por la Universitat de Barcelona. Fue corresponsal en el País Vasco entre los años 2001 y 2003 para el periódico *Avui* y la emisora Ona Catalana y, posteriormente, fue jefe de prensa del Departamento de Gobernación de la Generalitat de Cataluña, subdirector de la Agencia Catalana de Noticias, jefe de política del periódico *Avui,* director general de Comunicación del Gobierno y director de Comunicación de la Universitat Pompeu Fabra. Es coautor de *Les millors obres de la literatura catalana (comentades pel censor)* (2010) y de la novela *Lliures o morts* (2012), cuyas ventas superaron los 20.000 ejemplares. También es autor de varios cuentos infantiles y del libro *50 moments imprescindibles de la història de Catalunya* (2014), y coautor del ensayo *Política de defensa i Estat propi* (2017). El año 2016 ganó el premio Nèstor Luján de Novela Histórica con *El càtar proscrit.* A lo largo de su carrera ha impartido clases en la Universidad Internacional de Cataluña y en la Universidad de Vic, y ha sido consultor de procesos periodísticos y de estrategia comunicativa. Colabora regularmente con varios medios de comunicación.

@jaumeclotet
@jaumeclotet_

Asimismo, los ángeles que no supieron conservar la propia dignidad, sino que abandonaron el lugar al que pertenecían, los tiene guardados con cadenas perpetuas, sepultados en tinieblas, para el juicio del gran día.

CARTA DE JUDAS 1,6

Primera parte

Capítulo 1

Acre, 18 de mayo de 1291

La Torre de las Moscas, situada en el extremo del dique de piedra y madera del puerto con la misión de proteger su entrada, era el testigo mudo de las últimas horas de la ciudad de Acre, capital agonizante del Reino Latino de Jerusalén. Hacia el mediodía, las murallas exteriores habían caído a manos de las tropas del sultanato mameluco. En lo alto de algunas de las doce torres de los primeros muros ya ondeaban las banderas del sultán, al lado de los estandartes de sus aliados y vasallos. Otras eran antorchas gigantes devoradas por las llamas, que proyectaban millones de pavesas sobre una ciudad aterrorizada. El sonido incesante de las trompetas y los tambores de los sarracenos, ubicados encima de trescientos camellos, se mezclaba con los chillidos estremecedores de los desventurados que eran pasados a cuchillo, formando un estruendo aterrador.

No habría prisioneros. La paciencia del sultán Al-Ashraf Jalil se había agotado después de negociaciones interminables con los delegados del Reino de Jerusalén. Los cruzados no parecían entender del todo su situación desesperada y habían rechazado, una y otra vez, la rendición incondicional a cambio de salvar la vida y recibir garantías de la evacuación a Europa. Ante semejante obstinación, el sultán había ordenado el asalto definitivo y sin cuartel. Sus consejeros, además, habían interpretado el impacto de una piedra arrojada desde un trabuquete a poca distancia de su tienda como un aviso de Alá para que no demorase más lo inevitable. Sentado frente a su gran tienda roja, Jalil contemplaba satisfecho cómo su glorioso ejército asaltaba una ciudad que codiciaba desde que había accedido al trono del sultanato, hacía justo un año. Deseaba pasar a la historia como el hombre que había ahuyentado a los cruzados para siempre y había enterrado su Reino de Jerusalén. Si era deseo de Alá, aquella misma noche podría ver cumplido su sueño y pronto podría regresar a El Cairo como soberano victorioso.

Los defensores de la ciudad se habían replegado detrás de las murallas interiores. Sabían que con esa maniobra podrían ganar tiempo, pero eran conscientes de que difícilmente salvarían la vida. Su fe insobornable hacia Jesucristo; no obstante, los empujaba a resistir hasta la última gota de sangre. Era su deber y la voluntad del Señor. El ejército mameluco era infinito y se precipitaba sobre Acre como un torrente irrefrenable. Durante días, las dos enormes catapultas del sultán, transportadas hasta allí desde Damasco y desde Hama —la Victoriosa y la Furiosa—, habían atormentado las murallas y las torres de defensa, mientras que sus zapadores habían logrado minar y derribar lienzos enteros de la muralla, entre ellos la Torre del Rey. Los defensores habían hecho algunas salidas para debilitar el asedio y habían empleado el mítico fuego griego contra los mamelucos, pero aquellas razias apenas habían servido para retrasar la acometida final.

De las cuatro órdenes militares que defendían la ciudad, la de los lazaristas ya había sido prácticamente exterminada. Formada sobre todo por antiguos leprosos, los caballeros de la Orden de San Lázaro de Jerusalén habían demostrado en batallas anteriores que no tenían ningún temor a luchar hasta que quedase el último hombre. Al fin y al cabo, el tiempo de vida que obtenían después de superar aquella terrible enfermedad era una prórroga de Dios. Menos místicos y más prácticos, los caballeros teutones reculaban ordenadamente a medida que los mamelucos avanzaban, mientras que los templarios y los hospitalarios defendían con uñas y dientes cada metro de la ciudad. Sus grandes escudos con la cruz de San Jorge y sus espadas no detendrían aquel ejército infiel. Lo sabían muy bien. Solo un milagro podría salvar Acre, pero si en algo creían los cruzados era en los milagros.

Amarrada al muelle que conectaba la Torre de las Moscas con la ciudad, una galera se mecía sobre las agitadas aguas bajo el estandarte de la Orden del Temple. Otras naves, más grandes y más pequeñas, salían apresuradamente del puerto cargadas de refugiados que partían de Acre para no volver nunca más. Mujeres, criaturas, ancianos, peregrinos, judíos y mercaderes de todos los confines de la cristiandad huían para salvar la vida. Pero aquella galera, también atestada de refugiados, no parecía tener prisa por zarpar. En el castillo de popa, el viejo cómitre mallorquín Joan Bisbal continuaba impasible. Sus marineros, procedentes de todos los rincones del Mediterráneo, aguardaban disciplinadamente la orden de zarpar con los ojos clavados en su capitán. Todo estaba dispuesto y a punto. Tan solo se necesitaba un gesto del cómitre y la nave emprendería un viaje sin retorno.

Su pasaje de miseria tampoco le quitaba los ojos de encima. Los niños lloraban, los adultos se lamentaban y los viejos rezaban. Veían que la galera ya estaba bastante llena y para ellos no tenía ningún sentido permanecer más tiempo en el puerto. Era cuestión de pocas horas que llegasen los mamelucos, y degollarían a todo aquel que encontrasen. En el muelle, marineros y templarios impedían por la fuerza que nadie más subiera a la nave. No cabía un alfiler.

Ajenos a las miradas suplicantes de su cargamento humano, los viejos ojos del cómitre solo observaban el castillo de los templarios, que se alzaba en la parte más occidental de la ciudad, imponente sobre los barrios próximos al puerto. Joan Bisbal tenía unos nervios de acero. Llevaba el riesgo, la frialdad y la obediencia en la sangre. Su padre ya había sido cómitre, y antes que él lo había sido su abuelo, que había transportado al ejército del rey Jaime para liberar Mallorca del yugo y la piratería islámicos.

—¡Debemos zarpar ahora mismo o nos matarán a todos! —gritó un caballero francés mientras subía la escalera del castillo de popa.

—No saldremos hasta que regresen los templarios con la carga. A fe de Dios que los esperaremos aquí —respondió el cómitre sin apartar la mirada de la fortaleza.

—¿Qué carga? Sois un majadero, ¿acabaréis con todos nosotros por un botín? —vociferó el hombre, fuera de sí—. ¡Os ordeno que zarpéis inmediatamente o no respondo de mí!

—Haré lo que me he comprometido a hacer. Esta galera es propiedad de la Orden del Temple y solo zarpará cuando me lo ordene la Orden del Temple —respondió el cómitre, visiblemente molesto por semejante insolencia—. Dad gracias a Dios por estar dentro de la nave y que no os haga salir. Volved a vuestro puesto y cerrad la boca.

El caballero desenvainó la espada con un ágil movimiento y se abalanzó sobre el capitán de la galera.

—¡No permitiré que hagáis que nos maten a todos, insensato!

No tuvo tiempo de decir nada más ni de acercarse a su objetivo. Un marinero se interpuso inmediatamente entre ambos hombres y hundió la daga hasta la empuñadura en el vientre del caballero. El cómitre no se inmutó mientras el francés se desplomaba, agonizando y con los ojos desencajados.

—Bajad a este hombre al muelle y dejad que ocupe su lugar otra persona que lo merezca.

Sus hombres obedecieron de inmediato. Los marineros de aquella nave habrían dado la vida por su capitán, y lo seguirían al fin del mundo si se lo pidiese. Depositaron al moribundo sobre las losas de piedra del muelle e hicieron embarcar a una anciana que ya se había resignado a una muerte segura.

Finalmente, la portada de hierro del túnel que conectaba el castillo del Temple con el puerto, y que recorría bajo tierra todo el barrio de los pisanos, se abrió lentamente. Ocho caballeros de la orden emergieron de la oscuridad y se dirigieron apresuradamente hacia el muelle, al tiempo que las puertas del túnel se volvían a cerrar.

Cuatro de los monjes guerreros cargaban sobre sus hombros una caja voluminosa; los otros cuatro les abrían paso con los escudos entre una muchedumbre desesperada.

—¡Abrid paso, en nombre del gran maestre del Temple! —gritaban mientras empujaban a la multitud.

Recorrieron el muelle y embarcaron en la galera. Los cuatro monjes que transportaban la carga la depositaron justo bajo el palo mayor, como si buscasen la protección del estandarte de la orden. Se situaron a su alrededor y colocaron las manos sobre las empuñaduras de sus espadas. Uno de los templarios subió rápidamente al castillo de popa y asintió. El cómitre no perdió tiempo.

—¡Zarpamos! —gritó.

Todos los marineros salieron de la parálisis forzosa en la que habían permanecido hasta entonces y maniobraron. Los refugiados respiraron aliviados cuando vieron que soltaban las amarras y la galera empezaba a moverse por las oscuras aguas del puerto. Lentamente, la nave viró a estribor y recorrió la Torre de las Moscas hasta salir a mar abierto. En el horizonte, sobre la línea del mar, el sol comenzaba a ponerse.

—¿Hacia dónde nos dirigimos, señor? —preguntó el cómitre al templario que había dado la orden de zarpar, que se había quedado a su lado—. ¿A Chipre?

El monje soldado, sin embargo, no lo estaba escuchando. No apartaba la mirada de la ciudad. Los incendios eran cada vez más numerosos, y los penachos de humo negro se confundirían pronto con la noche, que empezaba a cubrirlo todo. Aquella oscuridad duraría ya para siempre y el Reino de Jerusalén se convertiría en una leyenda, casi un mito, que se narraría con nostalgia en todas las iglesias y catedrales de Europa. La tierra que había pisado Jesucristo quedaría definitivamente en manos de los infieles a partir de aquel año, que para siempre permanecería grabado en la memoria de los creyentes. El templario pensó en todos los compañeros que aún resistían desesperadamente en las torres y en las calles de Acre. Se ganarían un buen cielo.

Se esforzó por alejar esos pensamientos y concentrarse en el viaje que emprendían. Habían conseguido subir a bordo la caja y salir al mar, cumpliendo las órdenes del gran maestre. Aun así, no se podía dar nada por sentado. Todavía era posible algún encontronazo con una nave de piratas sarracenos. Era vital llegar sanos y salvos a un lugar seguro, donde esperarían nuevas órdenes. El futuro de la Iglesia dependía de ello. El contenido de aquella caja no podía caer en manos de los infieles. Y él y sus hombres se dejarían la piel para evitarlo. Si era necesario, la arrojarían a los abismos marinos.

—¿Rumbo a Chipre, señor? —insistió el cómitre.

Esa vez el caballero templario reaccionó.

—Sí. Allí aún impera la ley de Dios.

Capítulo 2

Daniel Dayer se enjugó el sudor de la frente después de dejar la caja de madera llena de albaricoques encima del remolque del tractor. Aún tenía que recoger la fruta de una decena de albaricoqueros más antes de finalizar la jornada. Miró al cielo, donde solo la estela de condensación de un avión rompía un horizonte limpio de nubes. El sol de media tarde era su favorito, cuando brillaba con menos fuerza y empezaba a adquirir colores anaranjados. Cogió una caja vacía y se dirigió al árbol siguiente. Si no perdía el tiempo, podría acabar el trabajo en menos de media hora.

El terreno aterrazado le permitía ver más abajo el río Ródano, sobre cuyas aguas los rayos del sol centelleaban y rebotaban llevados por la corriente. Después del verano empezaría a llover con frecuencia y el río bajaría caudaloso, pero sería en primavera, con el deshielo, cuando aquel gran río adquiriría unas proporciones y una fuerza inigualables. Cuánto le gustaba aquel paisaje y los recuerdos que le evocaba.

Después de años de servicio en el Vaticano, Daniel

había regresado a su querido Valais, donde había nacido y crecido entre montañas nevadas, prados húmedos y pueblos inmutables al paso del tiempo. A sus sesenta y ocho años, podía considerarse un hombre feliz que había vivido intensamente. No podía pedir ni esperar nada más que una vejez plácida, una mente lúcida y una muerte serena. Estaba absolutamente convencido de que después de aquella vida terrenal gozaría de una eternidad plena, bien merecida en su caso. Después de todo, pocas personas había en el mundo que tuviesen tanta certeza como él de la existencia de otra vida.

Mientras esa otra vida no llegaba, y esperaba que le llegase cuanto más tarde mejor, pasaba los días trabajando en la abadía de San Mauricio de Agauno o en sus dependencias y los huertos cercanos. Le gustaba trabajar con las manos y sus inagotables habilidades eran una bendición para la comunidad. Cuando no estaba en el huerto, estaba en la carpintería, y cuando no estaba en la carpintería, estaba haciendo encargos con la camioneta. No sabía estarse quieto. «¿Alguien sabe dónde está Dayer?» se había convertido casi en una frase célebre entre los canónigos agustinos.

Le gustaba la vida monacal, pero nunca había sido llamado a seguir aquel camino y siempre se había mantenido seglar. Tampoco se había casado nunca. Nada le había impedido hacerlo, y cabe decir que no le habían faltado candidatas admirables. No solo era un hombre inteligente y atractivo de ojos azules y vivaces, sino que tenía una planta considerable y el físico resultante de la vida militar. De hecho, era necesario tener una altura mínima de 174 centímetros para ser miembro de la Guardia Suiza Pontificia, requisito inexcusable que había causado tantas frustraciones, y que él había superado con once centímetros de margen. Pero siempre había rechazado el matrimonio por una u otra razón que seguramente tampoco habría sido capaz de concretar. Quién sabe si nunca había encontrado la mujer adecuada, quién sabe si le habían gustado más de la cuenta. En cambio, tenía muy claro que, si se hubiese casado y hubiera tenido hijos, sus superiores no le habrían encomendado algunas de las misiones para las cuales lo habían convocado. Tal vez una cosa compensaba la otra. A aquellas alturas, tanto daba. Remover el pasado era siempre un ejercicio estéril. Le gustaba más vivir el presente y preparar el futuro.

Como todo el mundo, Daniel Dayer tenía sus contradicciones, pero también sus convicciones y sus fidelidades. No había elegido aquel monasterio suizo por azar. La abadía se había fundado en el mismo lugar donde, según la leyenda, toda la Legión Tebana había sido masacrada en año 286 por orden directa del emperador Maximiano. La legión, que recibía aquel nombre porque tenía su sede en la ciudad egipcia de Tebas, había sido designada por Roma para aplastar la enésima revuelta de los galos. Para cumplir aquella misión, habían hecho una larga marcha a pie desde la orilla del Nilo hasta el corazón de Europa. Nada hacía sospechar que no cumplirían su tarea con eficacia hasta que acamparon en Agauno. Todos los legionarios se habían convertido al cristianismo, y por ese motivo se habían negado a practicar sacrificios paganos para invocar la victoria en el campo de batalla. Primero fueron diezmados dos veces seguidas, y ante su negativa persistente a celebrar los rituales paganos, todos y cada uno de los legionarios, con su comandante Mauricio al frente, fueron ejecutados. En total, 6 666 hombres perdieron la vida en aquellos campos por lealtad hacia Jesús, y su sangre regaría por siempre jamás aquellos árboles frutales. De resultas de aquella matanza, Mauricio y algunos de sus lugartenientes habían sido santificados, y por eso en el año 515 se levantó un monasterio que llevaba su nombre.

Hombres de milicia insobornables que habían mantenido su fe. Desde muy pequeño aquella historia le había fascinado, y era el motivo por el cual había escogido aquel monasterio para retirarse. Se sentía continuador de las convicciones de aquellos soldados, hasta el punto de que le gustaba considerarse el legionario número 6 667. Quizá fue aquello lo que lo había empujado a alistarse en la Guardia Suiza Pontificia, que unía de manera tan perfecta la vida militar y la religión cristiana. La cruz y la espada habían cambiado el mundo y eran los elementos indisociables de su propia vocación.

Daniel Dayer vivía en una casita a las afueras del pueblo, no muy lejos de la abadía, con su perro, Glock, un pastor alemán que lo seguía a todas partes. El nombre del perro decía muchas cosas sobre su pasado. No todo el mundo le pondría a su mascota el nombre de una de las pistolas más famosas del mundo, utilizada tanto por la Guardia Suiza Pontificia como por las fuerzas armadas suizas.

El sol comenzaba a ponerse detrás de las montañas y Glock soltó un ladrido seco. Precisamente estaba recogiendo los últimos albaricoques del último árbol, tal como había previsto. Aquella precisión era uno de los rasgos que más admiraba de sí mismo, fruto sin duda de una genética más germánica que francesa, en uno de los pocos cantones que tenían el alemán y el francés conjuntamente como lenguas oficiales. Daniel siempre había pensado que el Valais debía de ser de los pocos territorios de Europa donde alemanes y franceses podían vivir sin pelearse.

Era el momento de volver a casa, comer algo ligero para cenar y leer un poco antes de dormir. *Mens sana in corpore sano* era, también, su divisa personal. Y la aplicaba a rajatabla. Cargó la última caja en el remolque, se subió al tractor descubierto y enfiló el camino de bajada hacia el monasterio. Para llegar debía cruzar el Ródano y atravesar el pueblo de San Mauricio. La villa era pequeña, alargada a lado y lado del río, y encajonada entre montañas. No era más grande porque sencillamente no disponía de espacio para crecer.

El tractor llegó enseguida al río. Empezó a cruzar el puente sobre el Ródano en dirección a la orilla izquierda, donde estaban el pequeño núcleo antiguo y la abadía, cuyo puntiagudo campanario lo saludaba por encima de los tejados. Oscurecía y en el puente no había prácticamente nadie. Solo pasaba algún ciclista, y el único sonido que quebraba el silencio era el traqueteo del tractor. Aun así, en el centro mismo del puente, en la acera del sentido contrario al suyo, había un hombre inmóvil, alto y espigado, vestido con una gabardina larga y negra, aunque era verano. Permaneció mirándolo todo el tiempo mientras Dayer pasaba frente a él. A pesar de los metros que los separaban, el antiguo miembro de la Guardia Suiza notó cómo aquella mirada descarada se le clavaba muy dentro y le provocaba una considerable incomodidad.

Aceleró el viejo tractor y acabó de cruzar el puente. Sentado a su lado, Glock también había levantado las orejas y miraba atrás, sin duda hacia aquella figura inesperada. Era evidente que el perro también se había puesto en alerta. Cinco minutos más tarde llegó al recinto del monasterio, aún con la mosca tras la oreja. Metió el tractor y el remolque en el cobertizo, situado a un centenar de metros del edificio principal. Se disponía a guardar las cajas de los albaricoques en la sala refrigerada que había dentro del almacén, pero decidió cerrar la puerta del cobertizo. Nunca antes lo había hecho. No había tenido necesidad, viviendo en uno de los cantones más seguros del país más seguro del mundo. Pero su instinto de protección se lo aconsejó. Antes de cerrar la puerta, echó un vistazo a los jardines del monasterio y comprobó que no había nadie. Glock no se separaba de sus piernas, con la cola baja y las orejas muy tiesas.

Trasladó las primeras cajas a la sala refrigerada y comenzó a tranquilizarse. Glock se tumbó junto al tractor. Quizá el instinto le hubiese jugado una mala pasada a Dayer aquella tarde. Se hacía mayor. Esbozó una sonrisa forzada y respiró hondo mientras cogía otra caja de fruta del remolque.

De repente notó un escalofrío en la nuca y se dio la vuelta. De pie frente a él, alto como una torre, estaba el hombre del puente. Lo miraba con una sonrisa fría, totalmente inexpresiva.

—*Ego tandem inveni te* —dijo con una voz suave, casi sin mover unos labios finísimos.

De pronto Daniel Dayer lo entendió todo. El instinto no le había fallado. Su peor pesadilla se había hecho realidad y estaba allí mismo, delante de él. Aun así, reaccionó con rapidez e intentó darle un puñetazo al intruso, pero el hombre respondió aún más deprisa y con la mano derecha detuvo el golpe. Inmediatamente después lo agarró con la mano izquierda y lo lanzó contra una estantería llena de tarros de conserva. Dayer cayó pesadamente mientras algunos botes de cristal se estrellaban contra el suelo.

Glock saltó como un león sobre el hombre, pero este alzó una mano y el perro cayó instantáneamente al suelo como un muñeco de felpa. Estaba muerto.

Antes de que Dayer pudiera incorporarse, magullado y dolorido, el hombre lo agarró y lo puso en pie sin ningún esfuerzo, como si fuese una brizna de paja. Sosteniéndolo frente a él, le dijo:

—¿Dónde está?

Dayer alzó la vista y lo miró de hito en hito. Los ojos del intruso eran de color gris, perfectamente simétricos sobre un rostro muy pálido; tenía el pelo negro como ala de cuervo.

—¿De verdad que aún no lo sabéis? —respondió Dayer lentamente—. Entonces es que hemos hecho bien el trabajo.

El rostro hasta ese momento inexpresivo del agresor se convirtió durante una milésima de segundo en un espectro. Rabioso, levantó a Dayer un palmo del suelo y exclamó:

—¿Qué sabrás tú, pobre mortal? No lo sabemos porque no siempre lo hemos buscado. Pero ahora mando yo, Belcebú, Príncipe del Infierno, Primer Lugarteniente y Señor de Ecron. Y la búsqueda se acerca a su fin.

Dayer no tenía ninguna posibilidad y lo sabía perfectamente. Su tiempo había acabado. Solo podía aspirar a una muerte honorable y a mantenerse fiel a todo aquello que había amado hasta el último aliento de vida.

—Te lo preguntaré por segunda y última vez: ¿dónde está? —dijo Belcebú, recuperando el rostro sereno y la voz pausada.

Dayer continuó mirándolo fijamente, pero no dijo

nada. Ante el silencio, los ojos de Belcebú brillaron con fuerza, sin duda para dar paso a un nuevo estallido de ira. De pronto vio cómo el antiguo miembro de la Guardia Suiza hacía una mueca con la boca, y tardó unas fracciones de segundo en entenderlo. Sus ojos refulgieron de rabia, le abrió la boca con las manos y le metió los dedos por la garganta.

—¡Escupe, cobarde!

Dayer ya no resistía, aunque se atragantaba por momentos.

—Has llegado tarde... —dijo de manera casi imperceptible cuando Belcebú le sacó los dedos de la boca.

Había roto un molar inferior artificial donde tenía guardada una pequeña dosis de cuatro gramos de cianuro. En pocos minutos habría muerto. Aquella cantidad podía matar a un buey. No había salvación posible.

Colérico, Belcebú lo tiró contra la pared del cobertizo con tanta fuerza que la agrietó. Medio aturdido en el suelo, Dayer gimió de dolor. El diablo lo levantó por el cuello con una sola mano y acercó el rostro a pocos centímetros del suyo. Un fuerte hedor a azufre impregnó los orificios nasales de Dayer. Haciendo de tripas corazón y gastando la poca energía que le quedaba, dijo:

—Tu naturaleza maligna te impide hacer nada. Solo puedes causar el mal. Tienes el poder de matar, pero no el de sanar.

—El suicidio es un pecado mortal. Te veré en el infierno hoy mismo y te martirizaré toda la eternidad si no me dices dónde está.

Daniel Dayer comenzaba a tener convulsiones. Conocía bien las fases de la muerte por envenenamiento. Pronto perdería el conocimiento y moriría poco después de un paro cardíaco.

—Que Dios me perdone.

Esas fueron sus últimas palabras. Los ojos se le pusieron en blanco y perdió el conocimiento mientras convulsionaba cada vez con más violencia. Belcebú lo lanzó contra las cajas de fruta, como un muñeco.

Unos minutos más tarde, las llamas devoraban el cobertizo lentamente. La puerta se abrió y Belcebú salió lentamente rodeado de humo. Cruzó el jardín hacia la entrada de la abadía mientras algunos monjes salían del edificio principal con el móvil en la mano llamando a los bomberos, sin que parecieran reparar en su presencia. A pesar de no lograr su objetivo, el demonio notaba que la búsqueda se estrechaba. Lo conseguiría más pronto o más tarde. Al fin y al cabo, tenía todo el tiempo del mundo.

Capítulo 3

En la imagen proyectada en la pantalla se veía un grupo de oficiales alemanes alegres y despreocupados. Algunos tenían grandes jarras de cerveza en la mano, otros se reían mientras fumaban y uno más bien regordete tocaba el acordeón. La mayoría llevaban desabrochado el cuello de la casaca y solo uno llevaba puesta la gorra, de manera poco marcial. Apenas se distinguían en los uniformes la calavera o las dos eses de las Schutzstaffel, los emblemas más conocidos de las SS. Los acompañaban algunas mujeres uniformadas, todas también con caras alegres y sonrientes. A los pocos segundos, en la pantalla se proyectó otra fotografía. En ese caso, se veían algunos oficiales alemanes tomando el sol tumbados en unas cómodas hamacas, con los ojos cerrados. También había algunas mujeres con las piernas tapadas con unas mantas de cuadros. El sol de la Europa central, aunque brillase, nunca calentaba lo suficiente.

—Estas personas que veis en las imágenes son guardianes de los campos de concentración de la Alemania nazi. ¿Nunca os habéis preguntado quiénes eran, qué hacían y cómo vivían cuando no estaban en los campos separando familias, decidiendo quién era gaseado y quién no, haciendo experimentos con personas o azuzando a los perros para que desmembrasen a los más débiles?

La treintena de alumnos del aula tenían los ojos clavados en las imágenes y no respondieron la pregunta retórica del profesor Bernat Balaguer.

—Los vigilantes de los campos nazis eran personas ordinarias, normales y corrientes. Eran padres y madres ejemplares que querían a sus padres y a sus hijos. Eran personas educadas y atentas que ayudaban a los ancianos y cuidaban a los suyos cuando estaban enfermos. Los vigilantes de los campos de concentración eran como cualquiera de nosotros. Eran miembros respetables y apreciados de su comunidad.

Una chica levantó la mano.

—Dime, Berta.

—Si eran capaces de matar a personas, de elegir cada día quién vivía y quién moría, me parece que no podían ser personas muy normales.

Dos o tres alumnos asintieron en voz baja.

—Entiendo que lo pienses y cuesta creer lo contrario, pero que no os quepa duda de que, para ellos mismos y para sus entornos, eran personas totalmente normales. Para ellos, trabajar en los campos de concentración era un empleo bien remunerado y digno. Y no solo eso: era también un servicio a Alemania y al Führer. Tenéis que pensar que cuando los campos de concentración se pusieron en marcha, la población alemana llevaba muchos años viviendo bajo una propaganda implacable y omnipresente. Para los vigilantes de los campos de concentración y para una buena parte de la población alemana, los judíos, los eslavos, los gitanos y los demás grupos étnicos o religiosos, los homosexuales, los discapacitados o los disidentes no eran personas, no eran humanos. Eran *untermensch*, «subhombres»; infrahumanos, podríamos decir. Debéis tener muy claro que su normalidad no es la nuestra. Sus prioridades y su manera de ver las cosas, de juzgarlas ética o moralmente, eran muy diferentes. Y también pueden serlo para nosotros mismos en función de las circunstancias.

—Perdona, pero matar niños es éticamente injustificable, hoy y en la Alemania nazi —insistió Berta, que siempre hacía más preguntas que los demás, quizá porque era menos joven y estaba más hecha que el resto.

—A ti te lo parece y a mí también, pero su escala de valores estaba totalmente corrompida y pervertida. Y quiero que os fijéis también en un aspecto: lo realmente terrible, lo totalmente incomprensible para nosotros hoy, es que para un vigilante nazi era éticamente aceptable enviar familias enteras a la cámara de gas y, sin embargo, seguramente le parecía reprobable no ayudar a un matrimonio de abuelos alemanes que pudiesen necesitar algo. Lo que quiero decir es que nuestros valores, nuestra moral más íntima puede verse absolutamente trastocada por la presión social, por el miedo o por la propaganda. Cualquiera de nosotros sería capaz de las más grandes barbaridades si se diesen las condiciones oportunas, creedme. Y luego sería capaz de volver a casa y cantarle una nana a su hijo.

El profesor pasó rápidamente otras pocas imágenes más. Se veía a soldados pakistaníes asesinando con la bayoneta a civiles bengalíes atados ante una masa de curiosos, hombres afganos lapidando a una mujer enterrada en el suelo hasta la cintura o negros del sur de

Estados Unidos quemados vivos y rodeados de blancos sonrientes y ufanos. Algunos alumnos apartaron la vista. Bernat se dio cuenta, pero las fotografías formaban parte esencial de la clase.

—Todas estas personas eran, para sus familiares y vecinos, perfectamente respetables. Seguramente se las consideraba incluso buenas personas. Y todo eso no tiene nada que ver con la religión o la cultura de cada cual. Esa maldad, para entendernos, es transversal y se perpetúa con el paso de los años. Hoy a nuestros ojos puede parecer que ha quedado atrás, pero ese huevo existe y se incuba en algún sitio, puede que incluso dentro de cada uno de nosotros. Solo espera el momento idóneo para eclosionar.

Pasó la siguiente imagen de la serie. Aparecía media docena de monjes posando para una fotografía en lo que parecía un pequeño claustro, todos con hábitos de color marrón claro. Un gato negro había quedado inmortalizado mientras paseaba entre las piernas de aquellos hombres.

—Para terminar, un par de imágenes más. Es un caso un poco distinto a los anteriores porque las circunstancias externas no habían cambiado y, por tanto, no podían tener ninguna influencia, pero también nos puede servir para cerrar esta sesión.

Bernat contó hasta cinco y cambió de imagen. Era una habitación presidida por una cruz. Uno de los monjes de la fotografía anterior estaba sentado en una silla, con el rostro muy sereno y el hábito manchado de rojo. A su alrededor estaba el resto de los monjes tendidos en el suelo, cubiertos de sangre. Algunos estaban salvajemente mutilados. En un rincón, el gato negro parecía posar para la fotografía, en apariencia ajeno a lo que le rodeaba.

—Esta matanza ocurrió hace unos seis años, en un monasterio ortodoxo aislado en las montañas de Bulgaria; puede que leyeseis la noticia en su momento. El hombre que cometió estos horribles asesinatos es el monje que veis sentado. Cuando llegó la policía se lo encontraron allí mismo, la mar de tranquilo. Explicó que los había matado porque estaba harto de los demás. Fue condenado a cadena perpetua y nunca se ha arrepentido.

—Debió de tener un brote psicótico —dijo un alumno.

—Es la explicación más lógica, pero todas las pruebas clínicas que se le practicaron lo descartaron, y él mismo contó que lo había hecho muy a conciencia. De hecho, había ido a la cocina del monasterio y había cogido tres cuchillos y un hacha para matar a sus compañeros. Y el aspecto relevante que enlaza con lo que os decía hace un momento es que su comportamiento en la cárcel es ejemplar: ayuda en todo lo que puede, cumple las órdenes de inmediato y se apunta a todas las actividades de voluntariado. Esa persona es hoy valorada por su comunidad, pero tuvo un momento, un instante, en el que se dejó arrastrar por la maldad.

Algunos alumnos ya empezaban a bostezar y a distraerse. El pico de atención había pasado y era la última clase del viernes. Bernat miró la esquina superior derecha de su ordenador portátil. Faltaban aún ocho minutos para el final de la lección, pero decidió ser magnánimo. Después de todo, ya no le quedaban imágenes por proyectar y creía que los alumnos habían entendido el fondo de la disertación del día. Llevaba unos cuantos años impartiendo aquella asignatura optativa que él mismo había propuesto en la Facultad de Filosofía, después de mucho tiempo trabajando en ella y dándole vueltas: «El bien y el mal a través de la Historia: una aproximación histórica, teológica y política». Y, sorprendentemente, siempre tenía algunas decenas de alumnos inscritos. Era obvio que el mal, en abstracto y en concreto, poseía un magnetismo poderoso. Puede que fuese culpa de las series de detectives o del auge de la novela negra. O tal vez existía algún motivo más profundo y arraigado.

—Podéis marcharos, fin de la clase de hoy —sentenció, mirando las caras de satisfacción de sus alumnos—. Tan solo dejadme insistir en la idea central: no hay personas buenas o malas. No existe un gen de la maldad que llegará un día en que se pueda extirpar. La bondad y la maldad son coyunturales y no estructurales y, por tanto, dentro de nosotros siempre conviven ambos elementos. Por suerte, la especie humana lleva años fomentando la bondad y sus valores esenciales por encima de la maldad, pero nunca se debe bajar la guardia. Solo hace falta que se den las condiciones idóneas para que la maldad tome el control, ya sea de manera individual o colectiva. Y, ahora sí, ya podéis recoger las cosas. Buen fin de semana.

Mientras la mayoría de los estudiantes recogían sus pertenencias y salían animadamente del aula, Berta y dos alumnos más se acercaron al profesor, que estaba guardando el portátil en la mochila.

—Bernat, cada viernes después de clase vamos a tomar unas birras al Estudiantil. ¿Te animas o qué?

Bernat esbozó una media sonrisa. Aquella situación se repetía antes o después cada curso. Era una ley universal no escrita que parecía cumplirse inexorablemente.

—Ostras, chicos, os lo agradezco mucho. Hoy no puedo, lo siento.

Berta insistió.

—Venga, que es viernes. ¿Qué mejor plan puedes tener que tomarte unas cervecitas con tus alumnos favoritos y seguir hablando del bien y del mal?

—No os puedo negar que es un plan inmejorable, pero creedme que no puedo. Siempre procuro acabar a una hora razonable para asistir a las vísperas de Montserrat —respondió el profesor, con la certeza de que acababa de lanzar una pequeña piedra en un estanque. Acabó de recoger el cable del portátil y cerró la cremallera de la mochila.

Los tres alumnos abrieron unos ojos como platos y se miraron entre sí.

—¿A Montserrat? ¿Ahora vas a misa a Montserrat?

—No solo voy a Montserrat —dijo Bernat sonriendo—. Vivo en Montserrat porque soy monje benedictino. Veo que la información no circula por los pasillos con la misma eficacia que cuando yo estudiaba en la universidad. Debo volver al monasterio porque la asistencia a las vísperas es la condición que me puso el padre abad para darme permiso para dar las clases.

—¿Nos estás vacilando? —preguntó Berta, totalmente incrédula.

—Ni mucho menos. Esta no os la esperabais, ¿eh?

—Pues la verdad es que no —respondió uno de los chicos.

—Pues ahora ya lo sabéis. Oye, ahora no os vayáis a pensar que esto cambia nada. Me habría apuntado sin dudar a tomar algo con vosotros, pero hoy no puedo, de verdad.

—Sí que lo cambia todo un poco, sí —murmuró Berta casi para sí misma.

Los cuatro salieron charlando del viejo edificio de la

Universidad de Barcelona y se dirigieron a la esquina de la calle Aribau, donde Bernat tenía aparcada la motocicleta, una Triumph Bonneville negra y brillante. El único elemento distintivo que Bernat le había puesto era una pequeña pegatina de la Virgen de Nuria. Era su única infidelidad a la Virgen de Montserrat.

El profesor se despidió de los alumnos hasta la semana siguiente, que sería la penúltima antes de las vacaciones de verano. Los estudiantes volvieron a insistir en tomar una cervecita para despedir el curso, y Bernat, a regañadientes, se comprometió a ello. Luego se puso el casco, se lo abrochó y encendió la moto, que se despertó con un estruendo y se fue espabilando con una cadena de pequeños petardeos. Cuánto le gustaba aquel sonido a Bernat.

Se subió a la moto, saludó con la mano a los alumnos y circuló lentamente Aribau arriba. Si el tráfico no lo impedía, a las seis y media ya estaría en Montserrat. Tenía por delante un fin de semana entero para dedicarse a leer, a rezar y a trabajar el huerto. *Ora et labora* le parecía el mejor lema de vida posible porque la ociosidad no solo era enemiga del alma, sino que él la consideraba uno de los peores vicios.

Capítulo 4

El coche del cardenal Hwang encaraba las últimas curvas de la carretera antes de llegar a Castel Gandolfo. Nunca había recorrido en tan poco tiempo la distancia que separaba la Santa Sede de la residencia de vacaciones del papa, donde precisamente Pablo VII pasaba unos días alejado de una Roma cada vez más calurosa y sofocante. El chófer era uno de los habituales del parque móvil pontificio y normalmente hablaba hasta por los codos, pero aquel día no había abierto la boca desde que habían salido del Vaticano. Seguramente el rostro de preocupación del cardenal le había desaconsejado iniciar conversación. Todos los chóferes sabían que el primado de origen coreano tampoco era, precisamente, el alma de la fiesta. De carácter reservado y discreto, el papel de Hwang no solo era ignorado por el gran público y los medios de comunicación que seguían la actualidad de la Santa Sede, sino que también era un perfecto desconocido para buena parte de los altos cargos de la curia vaticana. La mayoría de los otros cardenales ni siquiera habrían sabido decir exactamente a qué se dedicaba ni dónde estaba su oficina, si bien corría el rumor de que tenía libre acceso al papa y a todas las dependencias del Vaticano. El purpurado coreano huía de la pompa y la liturgia del poder al que estaban acostumbrados sus colegas, y siempre vestía de color gris, con una camisa *clergyman* rematada por un alzacuello de color blanco impoluto.

El coche redujo la velocidad cuando entró en el núcleo antiguo de Castel Gandolfo. Las viejas calles empedradas, las terrazas repletas de turistas y las tiendas de recuerdos que ocupaban parte de las aceras aconsejaban una reducción drástica de la marcha. El conductor estaba contento. Ya era casi mediodía, y con toda probabilidad los asuntos que el cardenal debía despachar con el papa les llevarían un buen rato. Si fuese un tema menor, el cardenal habría podido resolverlo por teléfono. Por tanto, el personal de servicio del papa le ofrecería la posibilidad de almorzar en las cocinas del Palacio Apostólico, como ya había sucedido en otras ocasiones. Y todos los chóferes sabían que se comía mejor en Castel Gandolfo que en el Vaticano. Quizá por ello había empujones y codazos cada vez que se requería un conductor para un servicio en la residencia estival del pontífice.

La puerta de acceso al palacio se abrió de par en par y el coche pasó lentamente bajo el portal de piedra coronada por el escudo de armas de la Santa Sede. El vehículo serpenteó por un camino hasta el aparcamiento de la residencia. El motor seguía aún en marcha cuando el cardenal Hwang abrió la puerta y dijo antes de salir:

—Gracias. No sé cuánto tiempo estaré con el papa. No os vayáis del palacio porque al terminar volveremos enseguida al Vaticano.

—No os preocupéis, estaré aquí cuando salgáis —dijo el chófer, pero el cardenal no oyó la respuesta porque ya subía las escaleras de la puerta principal, donde lo esperaba un asistente del pontífice.

—Lo estábamos esperando, eminencia. El papa lo recibirá enseguida. Acompáñeme.

Ambos subieron rápidamente las escaleras de mármol hasta el primer piso. En realidad, Hwang no necesitaba ningún acompañante ni ningún guía. Conocía aquel edificio a la perfección y habría sido capaz de llegar al despacho privado del papa con una venda en los ojos. El cardenal era menudo pero atlético, y su acompañante hubo de esforzarse para no quedarse atrás por los pasillos del palacio. Tenía sesenta años, pero conservaba las capacidades físicas y mentales de cuando tenía veinticinco. Su estado físico lo enorgullecía, sentimiento que no le causaba ningún dilema moral, dado que la vanidad ya no era un pecado capital desde que santo Tomás de Aquino los había reducido a siete.

Se dirigieron al despacho del papa por un largo pasillo, rodeados de retratos y bustos papales. El asistente aceleró el paso para llegar primero y abrir la puerta tras un par de golpes rápidos. El cardenal Hwang entró como una flecha. Pablo VII estaba sentado en su butaca, escoltado por dos grandes ventanales, por los cuales entraban dos torrentes de luz estival. Solo cuando los ojos se acostumbraban a aquellos haces lumínicos se podía contemplar el lago Albano, plácidamente situado dentro del cráter de un antiguo volcán, a los pies de Castel Gandolfo. El lugar no podía ser más bucólico, y por ese motivo ya había sido un destino de reposo y ocio para las clases dominantes de la Roma republicana e imperial, que habían levantado decenas de villas en la zona, bien comunicada con la capital mediante la vía Apia. Los antiguos romanos ya sabían lo que se hacían.

El pontífice estaba terminando de leer un documento que le había entregado un secretario que estaba sentado en una de las dos sillas frente a la mesa del despacho. Sonrió al ver entrar al cardenal Hwang, volvió a posar los ojos sobre el documento y lo firmó.

—Dejadnos solos, por favor —dijo Pablo VII mientras entregaba la hoja firmada a su secretario y se levantaba de la butaca—. ¡Bienvenido a Castel Gandolfo, cardenal!

Ambos se estrecharon las manos y se dieron un breve abrazo. Con el paso de los años, Pablo VII había ido experimentando un afecto creciente por Hwang. Como buen papa de origen italiano, la afectuosidad latina del pontífice le salía por los cuatro costados y engullía como un tsunami los esporádicos destellos emocionales que podía dejar escapar el primado coreano.

El papa, al igual que sus dos predecesores, no había designado a Hwang ni le había encargado ninguna misión concreta. El cardenal y su labor pasaban de un pontífice a otro, talmente como la férula papal. Y la relación del coreano con cada papa era siempre la misma: curiosidad resignada primero, confianza creciente después y amistad sincera al final.

—¿Cómo estás? ¿Cómo está la curia estos días? Vayamos a dar una vuelta por los jardines, que nos dé el aire —dijo el papa mientras salían al pasillo.

—Bueno, ya sabéis lo que pasa cuando el pastor no vigila a las ovejas. La falta de control favorece la dispersión y la laxitud.

El papa se rio antes de responder:

—¡Qué le vamos a hacer! Supongo que todos somos humanos, después de todo. Así pues, ¿qué noticias me traes, amigo mío?

Salieron a los jardines. Un sol de justicia caía sobre el palacio, pero los árboles les ofrecían sombras agradables y una brisa providencial acompañaba a los dos hombres mientras paseaban. Hwang se detuvo, miró al papa a los ojos y adoptó una actitud más seria de lo habitual.

—Santidad, permitidme que vaya directo al grano. Me temo que aquello que temíamos que pasase y deseábamos que nunca pasara ya está pasando. El comandante Dayer ha muerto.

El pontífice tomó aire lentamente y soltó un largo suspiro. Había intentado convencerse de que quizá aquella visita imprevista del cardenal respondiera a otro objetivo más banal, pero ya veía que no sería así. El coreano prosiguió, ante el silencio de Pablo VII.

—Lo encontraron anteayer en el almacén del monasterio de San Mauricio de Agauno. Se produjo un incendio muy violento e inexplicable, y dentro estaba el cuerpo de Dayer, totalmente calcinado.

—¿Un incendio? Entonces podría haber sido un accidente.

—Es muy improbable porque en el almacén no había mucho material combustible, y porque tampoco se ha podido determinar el origen ni el punto de inicio del fuego. Parece como si una lengua de fuego hubiese incendiado el edificio de repente y desde dentro. Todo quedó carbonizado en cuestión de minutos. Los bomberos han contado que nunca habían visto nada igual.

Pablo VII permaneció pensativo unos instantes, tratando de visualizar con la imaginación lo que el cardenal le estaba diciendo.

—Pero eso no es todo. El cuerpo del comandante

quedó totalmente calcinado, pero en la mandíbula le faltaba un molar. Precisamente el molar donde Dayer y los otros hermanos tienen la dosis de cianuro. Lo más probable es que se lo tragase y muriese antes de ser consumido por las llamas.

—¿Y no crees que pudiera haberse tragado la cápsula por error? —insistió el pontífice, que continuaba aferrándose a un azar bastante incompatible con la divina providencia.

—Santo padre, no creo demasiado en las casualidades, pero que se produzcan dos al mismo tiempo me parece absolutamente inverosímil. Estoy convencido de que el fuego fue intencionado para cubrir su muerte.

El papa no dijo nada durante unos instantes. Se quitó las gafas y se frotó los ojos. En su rostro ya no quedaba ni un atisbo de la jovialidad habitual.

—¿Lo saben los miembros de la Hermandad?

—No todavía. Sois el primero en saberlo, naturalmente.

—De acuerdo. Comunica la muerte de Dayer a los otros hermanos y a nadie más, pero impide que se hagan elucubraciones o se extraigan conclusiones precipitadas. Oficialmente, diremos que la causa de la muerte ha sido un trágico accidente fortuito. Mañana mismo regresaré a Roma y analizaremos bien todas las alternativas. Esta noche rezaré a Dios porque todo haya sido un accidente o, en el peor de los casos, para que nos dé fuerza y serenidad para afrontar este momento.

El cardenal Hwang y el papa retomaron el paseo en silencio. Los dos hombres notaban sobre los hombros el peso entero de una carga que jamás habían querido sostener y un vértigo que los precipitaba a las entrañas de la Tierra.

Capítulo 5

Francesc Maria Sort movía nerviosamente el pie mientras esperaba sentado en un banco de madera. Juan XXIII lo miraba con benevolencia y le sonreía desde el retrato que presidía la sala de espera de las audiencias papales del Palacio Apostólico de la Santa Sede. El abad de Montserrat le devolvió la sonrisa. Desde que era pequeño, en la casa de sus abuelos en Solsona, a aquel papa siempre lo habían llamado «el papa bueno», y él, como tantos otros catalanes de su generación, le tenía mucha devoción.

El abad había dormido poco y mal desde que había recibido aquella llamada del Vaticano no hacía aún tres días. Le habían pedido que se desplazase con la máxima celeridad a Roma y que no informara a nadie sobre el asunto, ni dentro ni fuera de su comunidad. No era la primera vez que lo recibía en audiencia el papa ni tampoco que lo convocaban repentinamente a la Santa Sede, pero en aquella ocasión tenía un mal presentimiento. El secretismo de aquel viaje le causaba cierto disgusto. Incluso había tenido que inventarse una excusa para justificarlo ante la comunidad. El abad detestaba la mentira porque, además, era un mal mentiroso. Era probable que los demás monjes hubiesen detectado que no les decía la verdad, y esa sensación no hacía que se sintiera bien. Nada bien.

La voz de un secretario pontificio lo apartó súbitamente de sus reflexiones.

—Reverendísimo padre, el pontífice lo recibirá ahora. Si me quiere acompañar...

—Gracias —respondió, levantándose con un respingo.

El abad de Montserrat seguía sin prisa los pasos del secretario, que resonaban ruidosamente en el suelo de mármol. Enseguida llegaron hasta una gran puerta de madera que ya estaba abierta. El papa y el cardenal Hwang estaban de pie en medio del despacho. Al verlo entrar, Pablo VII dio un paso adelante.

—Bienvenido a Roma, estimado padre abad —dijo con una sonrisa sincera.

Ambos se estrecharon las manos con afecto. Se apreciaban personalmente desde antes de que Pablo VII fuese elegido heredero al trono de san Pedro.

—Permitidme que os presente al cardenal Hwang, uno de los hombres imprescindibles y al mismo tiempo más discretos de esta santa casa.

A fe de Dios que debía ser discreto. El abad de Montserrat apenas recordaba su nombre de haberlo leído en alguna lista cada vez que se celebraba un cónclave para escoger un nuevo papa. No había sido capaz de ponerle cara ni tenía ninguna información sobre sus atribuciones. Ni siquiera sabía que vivía en Roma.

—Eminencia, es un honor saludaros.

—El honor es mío, reverendísimo padre. La basílica

de Montserrat es de las más bellas del mundo y ser su abad debe de ser, estoy seguro, una gran satisfacción.

—Podéis estar convencido de ello —respondió el abad Francesc Maria, cuya curiosidad crecía por momentos.

Hwang lo detectó en una fracción de segundo y añadió, dirigiéndose al papa:

—Creo que nuestro abad tiene ganas de saber el motivo de esta audiencia.

—Tienes toda la razón, cardenal —dijo el pontífice. Y continuó, mirando al abad directamente a los ojos—. Lo que os diremos hoy es absolutamente confidencial y no debéis hablarlo con nadie sin nuestro conocimiento y nuestra autorización.

Con un gesto invitó a Francesc Maria a sentarse en unas butacas. Pablo VII prosiguió mientras el cardenal cerraba la puerta del despacho.

—Lo que hoy sabréis es sin duda el secreto mejor guardado de la Iglesia católica, apostólica y romana, y puede que de toda la Humanidad.

Los ojos y las orejas del padre abad no podían estar más abiertos. Un gran nudo comenzaba a formársele en el estómago.

—Sé que os costará creerlo, pero lo que os diré ahora es la verdad más absoluta. —El pontífice tomó una bocanada de aire, miró al cardenal Hwang y añadió—: Hace más de siete siglos que la Iglesia tiene en su poder al primer enemigo de Dios. Fue capturado en Tierra Santa en circunstancias muy difíciles y desde entonces lo tenemos bajo estricta custodia y en el secretismo más absoluto.

—¿Qué enemigo, santidad? —preguntó el abad de Montserrat, cada vez más estupefacto—. ¿Es una metáfora?

El papa pensó que todo aquello sería excesivo para aquel hombre y que la estrategia comunicativa no estaba yendo por buen camino. Hwang lo observó y ambos se entendieron con la mirada.

—Tal vez sea mejor que nos acompañéis y lo entenderéis mucho mejor, amigo mío.

Los tres hombres salieron de la sala y se dirigieron a una escalera de mármol para acceder a la planta baja, desde donde salieron a los jardines del Vaticano. Rodearon la basílica de San Pedro envueltos en un intenso silencio, solo roto por el trino de algunos pájaros. Aquella paz contrastaba con el otro flanco de la basílica y la plaza, llena hasta la bandera de turistas los días soleados de los veranos romanos.

El papa y el cardenal avanzaban en silencio. A una distancia prudencial los seguían dos escoltas de la Guardia Suiza vestidos de civil. Aquel mutismo, interrumpido solo por algunas frases anodinas, exasperaba al abad de Montserrat. La curiosidad y el misterio lo habían dejado preocupado. Atajaron por delante de la iglesia de San Esteban de los Abisinios y tomaron el sendero del seminario etíope. Solo de vez en cuando se cruzaban con alguien, que saludaba al papa y a sus acompañantes con una ligera reverencia.

Pasaron frente al edificio de la Radio Vaticana, que a aquella hora emitía un programa sobre la labor de las misiones en todo el mundo. En cuanto dejaron atrás el edificio y sus antenas, la Torre de San Juan se perfiló antes ellos. Construida originalmente durante el siglo XIII por orden del papa Nicolás III, la imponente torre amarillenta era uno de los edificios menos conocidos y apartados de toda la Ciudad del Vaticano, a pesar de ofrecer una visión espléndida sobre buena parte de la ciudad de

Roma. La torre prácticamente señalaba el extremo oeste de la Santa Sede. Más allá, tan solo había un lienzo de muralla y el helipuerto pontificio.

Un guardia suizo controlaba el acceso. Al verlos llegar, abrió la puerta y los tres entraron en un pequeño vestíbulo, sorprendentemente modernizado dada la antigüedad del edificio. Los dos escoltas se quedaron fuera de la torre. El cardenal Hwang se dirigió a una puerta metálica blindada e introdujo ocho dígitos en un pequeño dispositivo de la pared. La puerta se abrió automáticamente y los tres accedieron a una segunda sala completamente vacía y recubierta de planchas de metal. En la sala solo había la puerta de un ascensor. El abad Francesc Maria comenzó a desear que el papa hubiese convocado a cualquier otro de los miles de abades que había repartidos por todo el mundo.

Entraron en el pequeño ascensor y pulsaron el único botón que había. El artefacto se puso en marcha y comenzó a bajar. El papa posó una mano en el hombro del abad.

—No os preocupéis, ya llegamos.

—Creedme que ya tengo ganas —respondió el abad en un hilo de voz.

Unos segundos más tarde, que a Francesc se le hicieron eternos, el ascensor se detuvo y el cardenal Hwang abrió la puerta. Frente a ellos había un guardia suizo, con chaleco antibalas y armado con un fusil de asalto. Hizo una pequeña reverencia y, siguiendo una indicación del cardenal, abrió una pesada puerta de madera reforzada con remaches y hierros forjados, con diversos crucifijos clavados de diversas medidas y materiales. Aquella puerta debía de tener al menos dos o tres siglos, y daba paso a una escalera excavada directamente en la roca, que descendía hacia la oscuridad. El lugar era frío y húmedo.

El guardia bajó el primero después de encender una hilera de bombillas que apenas iluminaban la escalera. Los cuatro bajaron más de cien escalones, recorriendo unas paredes llenas de crucifijos, reliquias y otros objetos religiosos, hasta llegar a un pequeño rellano, donde había una nueva puerta, esa vez más pequeña y de madera lisa. El guardia la abrió con una llave. Para entrar hubieron de agacharse un poco, hasta acceder a una minúscula sala circular, iluminada por una sencilla bombilla colgada del techo. En el centro de la estancia, sobre cuatro pequeños pilares de piedra que emergían de una pila bautismal con dos dedos de agua, había una caja de madera vieja, que no debía de superar el metro de ancho y de alto. El arca no tenía asas; una gruesa cadena la cerraba por todos los flancos y confluía en lo alto en un grueso candado. En cada uno de los seis lados de la caja había una cruz roja dibujada. El resto era madera desnuda, salvo una pequeña mirilla casi imperceptible en uno de los lados.

—¿Qué es esto? —preguntó el abad.

—Reverendísimo padre, tenéis ante vosotros al mismísimo Satanás.

El abad Francesc Maria hubo de sujetarse al cardenal para no perder el equilibrio y caer al suelo.

Capítulo 6

Recorrieron al revés el camino de ida con paso rápido y enseguida volvieron a entrar en el despacho privado del papa en el Palacio Apostólico. El cardenal Hwang sirvió agua fresca y los tres se sentaron alrededor de una mesa sobre la cual solamente descansaba un ejemplar de la Biblia. El abad de Montserrat estaba pálido después de recorrer en silencio todo el trayecto de regreso desde la torre de San Juan. Una cosa era tener conciencia de la existencia del diablo y otra muy diferente era haber podido sentir su siniestra presencia al otro lado de un tablero de madera. Su cuerpo aún se estremecía y un escalofrío tembloroso le recorría cada centímetro de la piel cada vez que pensaba en ello.

—Como comprenderéis, no os hemos hecho venir hasta aquí solo para mostraros a nuestro cautivo —dijo Pablo VII para romper el silencio reinante.

—Me lo puedo imaginar, santidad —respondió Francesc Maria. Y, sobreponiéndose al vértigo emocional de la última hora, intuyó cuál era la respuesta correcta—. Podéis disponer de mi persona y de toda la comunidad de Montserrat para todo aquello que sea necesario, como no puede ser de otro modo. Somos y existimos para servir a Dios.

El papa le agradeció aquellas palabras. Bebió un sorbo de agua y dijo:

—Como os imaginaréis, la vigilancia del prisionero, por llamarlo de alguna manera, es y ha sido la misión más elevada de la Iglesia desde hace más de siete siglos. Es una pesada carga que nos obliga a una vigilancia constante, a estudiarlo y a aprender, y a reforzar constantemente todo aquello que debilita su poder maligno.

El abad de Montserrat escuchaba cada palabra como si fuese un versículo sagrado y no apartaba la mirada de los ojos del pontífice. El papa prosiguió:

—A lo largo de estos años hemos visto toda clase de cosas, como os podréis imaginar. Más de una vez hemos estado a punto de perder su custodia, con todo lo que ello habría significado. Por eso es el secreto mejor guardado del Vaticano. Se trata de una información que conocen poquísimas personas, y ha de seguir siendo así por siempre jamás.

Pablo VII se detuvo un instante, como para dar tiempo a su interlocutor a ir digiriendo lentamente aquella revelación. El cardenal Hwang aprovechó la pausa para tomar el relevo.

—De hecho, como bien dice nuestro santo padre, esta es una información secreta que solo conoce un grupo reducido de personas especialmente elegidas. Todos aquellos que participamos en la custodia de nuestro prisionero hemos hecho una promesa sagrada que nos conjura a mantenerlo cautivo y a dar la vida, si fuese necesario, para evitar que pueda escaparse. Todos forman parte (formamos parte, mejor dicho) de una organización cuya existencia negaremos siempre: la Hermandad del Ángel Caído. Esta fraternidad es secreta y está prohibido poner su nombre por escrito, hablar de su actividad o referirse a ella de cualquier modo que pudiera revelar su existencia.

Hwang miró al pontífice en busca de un gesto de aprobación para continuar. Era consciente de que siempre iba más al grano que el santo padre, quien, como buen italiano, disfrutaba haciendo unos largos circunloquios antes de abordar los asuntos, como un buitre antes de tocar el suelo. El pontífice asintió con la cabeza y el cardenal prosiguió.

—La Hermandad está integrada por laicos y eclesiásticos que se han conjurado para vigilar al cautivo y atender cualquier emergencia que pueda surgir. Son hermanos limpios de espíritu que han estudiado a fondo la demonología. El santo padre es, naturalmente, el gran maestre de la Hermandad, y yo soy el maestre comandante. El resto son maestres guardianes. Desde hoy mismo, vos también deberíais ser miembro. Solo si sois miembro y os comprometéis, podemos continuar con esta conversación y haceros saber por qué motivo os hemos convocado hoy aquí. ¿Estáis dispuesto?

—Naturalmente —respondió el abad, consciente de que no podía decir otra cosa.

El cardenal tomó la Biblia con una mano, puso encima la mano derecha de Francesc Maria y recitó:

—¿Juráis por Dios Nuestro Señor y por todos los santos que aceptáis libremente la pertenencia y las servidumbres de la Sagrada Hermandad de Guardianes del Ángel Caído, que guardaréis el secreto acerca de su existencia, que obedeceréis todas las órdenes que recibáis del gran maestre y del maestre comandante, y que custodiaréis, entregando la vida en caso necesario, al enemigo de Dios?

—Lo juro —respondió el abad de Montserrat, plenamente consciente de que aquel era un camino sin retorno.

El pontífice agarró las manos del abad y le agradeció la promesa solemne con una mirada que decía mucho más que todas las palabras que hubiese podido pronunciar.

—Estimado Francesc Maria, ahora ya no hace falta que os llame reverendísimo padre, puesto que desde este preciso instante ambos somos hermanos unidos en esta fraternidad que tiene encomendada la misión más grande imaginable. Me habéis hecho muy feliz y estoy muy contento de que hayáis aceptado ser miembro de ella.

El abad se daba cuenta de que aquel era, muy probablemente, el momento más importante no solo de su trayectoria monástica, sino de toda su vida eclesiástica. No obstante, se preguntaba con ansiedad creciente por qué razón concreta lo habían hecho miembro de la Hermandad y qué misión le encargarían. Esperaba, sobre todo, que no lo obligaran a dejar de ser abad de Montserrat ni que lo llamasen para vivir en Roma y custodiar aquella caja. Era consciente del voto de obediencia que acababa de hacer, pero no le habría gustado ni una pizca. Vivir en comunidad en su país lo hacía feliz, y de ningún modo quería perder eso.

El papa parecía leerle el pensamiento.

—Enseguida os explicaremos qué queremos de vos, pero antes debemos contaros algunos aspectos muy importantes de cara a la misión que os encomendaremos. Hace mucho tiempo, en algún momento del siglo XIII, un grupo de personas elegidas por la divina providencia tuvo la oportunidad de capturar a Satanás. En lugar de recular o dejarse llevar por el pánico, aquellos hombres escogidos no solo lo intentaron, sino que lo consiguieron. Sus nombres, junto con todo aquello relativo a este hecho trascendental, no pueden ser revelados, y de hecho tienen una importancia relativa porque lo realmente importante es la consecuencia de su acción.

El pontífice hizo otra pausa antes de proseguir.

—La captura del diablo y el debilitamiento de su poder no han hecho desaparecer el mal del universo, como todos nosotros podemos comprobar cada día. Pero estamos absolutamente convencidos de que lo reduce, que la propagación de la maldad sería muy superior si Satanás pudiese seguir gobernando el infierno. Desde que lo tenemos bajo nuestro control, la Hermandad ha estudiado a fondo el modo de menguar su poder, de reducirlo. No solo lo hemos observado y hemos analizado qué consecuencias tenían algunas decisiones que se han tomado, sino que hemos estudiado su poder en los libros, manuscritos, tradiciones y bibliotecas de todos los rincones del mundo y de todas las religiones.

—¿Y cómo se debilita su poder? —preguntó el abad de Montserrat.

Con una mirada, el papa invitó al cardenal Hwang a responder.

—Con el paso de los siglos hemos entendido que el poder de Satanás no es una fuerza constante e inalterable, sino que crece y decrece en función de las circunstancias, del momento o del entorno. Para entendernos, su poder es inmenso cuando está en las profundidades del infierno, pero se reduce en la superficie, entre los hombres y las mujeres. Y aún se puede encoger más en entornos sagrados o con una fuerte espiritualidad, ya sean de naturaleza divina o humana.

—¿Naturaleza humana?

—Sí —respondió el cardenal—. Como habéis visto, la caja de madera está encima de una pila con agua. Esa agua es bendita y se cambia cada dos días. La caja está construida con la madera de la propia cruz donde Cristo fue crucificado, y el candado que cierra la cadena se fundió con los clavos con que lo clavaron. Además, habéis visto que, en todo el camino y en la celda, las paredes están recubiertas de reliquias, cada una de las cuales irradia una esencia virtuosa que santifica su entorno. A todo ello cabe añadir la fuerza espiritual que posee la propia Santa Sede. La suma de todos estos elementos tiene a Satanás en una situación de extrema debilidad, casi en estado letárgico. Hemos logrado contenerlo hasta prácticamente la mínima expresión. Por la mirilla se le ve acurrucado y pequeño, y hace muchos años que no se comunica. Pero está bien vivo, y su maldad se percibe perfectamente cuando te acercas a él.

Francesc Maria permaneció unos instantes pensativo.

—Perdonad la osadía, sin duda hablo sin conocimiento de causa, pero ¿no es posible matar al diablo?

Si alguna pregunta esperaban sus interlocutores era justamente esa. El abad no sería el primero ni el último en formularla.

—Aunque supiésemos cómo matarlo, que no lo sabemos, tampoco lo haríamos —respondió el pontífice—. Los textos sagrados más antiguos ya nos indican que la existencia del bien se debe, precisamente, a la existencia del mal. ¿Cómo se podría hacer el bien si no hubiese la opción de hacer el mal? Y a la inversa. Las personas pueden elegir libremente qué camino de vida quieren recorrer y qué acciones llevar a cabo, y, en consecuencia, serán ese camino y esas acciones las que decidirán su futuro en la otra vida. Si el mal desapareciera, si no existiese, los hombres no serían libres, del mismo modo que tampoco lo serían si el bien desapareciera. Ese equilibrio entre el bien y el mal es eterno y no nos corresponde a nosotros alterarlo.

—Lo que decís tiene toda la lógica del mundo —afirmó el abad de Montserrat, encogiéndose de hombros.

—Hay más cosas que debéis saber —dijo el papa.

El tono serio que empleó no presagiaba nada bueno. Como si estuviesen siguiendo un guion establecido, el cardenal retomó el hilo del discurso.

—Como sabéis, Satanás no es el único demonio que existe; el infierno está lleno de ellos. Existe una auténtica legión de diablos, de todo tipo y rango, demonios mayores y demonios menores, algunos muy conocidos, por desgracia. A menudo se combaten unos a otros en luchas fratricidas que duran siglos, para luego cambiar de bando y traicionarse unos a otros. Están sedientos de poder y todos quieren mandar por encima del resto, especialmente los demonios mayores y los lugartenientes principales de Satanás. La envidia y la ambición les son innatas. Todos conspiran y solo son leales a sí mismos, con una única excepción, que es la fidelidad absoluta a su soberano, que no es otro que Satanás.

El abad visualizaba toda clase de escenas espeluznantes mientras escuchaba aquellas palabras. Francesc Maria siempre había creído en el infierno y en el diablo, por supuesto, pero siempre había pensado en ello desde un punto de vista metafórico, teológico, casi simbólico, sin ninguna derivada material o real. Para él, el demonio era la esencia más pura de la maldad, y no tenía una representación concreta, sino que se manifestaba a través de acciones de los hombres. El diablo estaba en todas artes y a un tiempo en ninguna, surgía inesperadamente en una decisión, en una mentira, en un crimen, en una calamidad, en un momento de debilidad. Satanás caminaba entre la gente, pero nunca había pensado seriamente que el diablo como tal existiese físicamente. En cambio, las imágenes que en ese momento se le representaban en la mente eran aterradoras. El pontífice prosiguió:

—Como no podía ser de otro modo, los lugartenientes del diablo lo han buscado a lo largo de los siglos con más o menos afán. Siempre ha sido así. Los demonios que lo quieren liberar lo hacen movidos únicamente por su interés en consolidar la posición de fuerza que tienen en el infierno. El demonio que haga volver a Satanás será, sin duda, su favorito y, por tanto, gobernará por encima de todos los demás. Se convertirá en un verdadero virrey del inframundo.

—Todo esto que contáis es terrible —dijo el padre abad con una voz casi imperceptible, como si hablase para sí.

—Efectivamente. Y la consecuencia de esa búsqueda no es solo que debamos permanecer atentos y vigilantes, sino que, de vez en cuando, cuando menos lo esperamos, los servidores de Satanás asaltan algún monasterio o basílica en busca de su amo. Estos ataques han ocurrido siempre, durante siglos, y por ello se ha cambiado la ubicación del prisionero en diversas ocasiones. Por desgracia, los ataques se han multiplicado últimamente. Hace seis años fue víctima un cenobio de Bulgaria donde mataron a todos los monjes; puede que recordéis la noticia. Esta acción nos preocupó mucho porque durante años el diablo estuvo recluido allí. Pero el hecho que nos ha alarmado más ha sido el asesinato, hace escasas semanas, de un maestre guardián de la Hermandad del Ángel Caído. Es el primero al que han podido identificar los demonios, y el primero que es asesinado. Poco a poco van estrechando el círculo y cada vez están más cerca de su objetivo. De hecho, no sabemos si ya han averiguado que está en Roma, pero recientemente la Guardia Suiza ha detectado movimientos extraños, a veces inexplicables, en el entorno de la Ciudad del Vaticano, y todo el mundo está inquieto. Es imperativo que traslademos al prisionero y nos aseguremos de no dejar ningún rastro de la operación ni de su nueva ubicación.

Dicho esto, el papa y el cardenal se miraron un instante. Hwang tomó la palabra.

—Bueno, me parece que ha llegado el momento de decirle al abad el motivo por el cual lo hemos convocado hoy en Roma.

—Sí, ha llegado el momento —asintió Pablo VII—. Estimado Francesc Maria, después de analizar las posibles ubicaciones por todo el mundo, hemos llegado a la conclusión de que Montserrat es el lugar idóneo para mantener cautivo a Satanás.

El corazón del abad dio un brinco y comenzó a latir con intensidad. Las manos se le empaparon en sudor. Que llevase un rato intuyendo hacia dónde se encaminaba la conversación no significaba que no tuviese una débil esperanza de que el encargo no fuese, finalmente, el que le acababan de comunicar.

—¿Montserrat? ¿Está seguro, santidad? —preguntó casi retóricamente.

—Estamos más que convencidos —respondió Hwang—. Montserrat cumple muchas de las condiciones que estábamos buscando. Es una basílica sagrada cargada de una espiritualidad intensa, y es imprescindible que el lugar escogido sea santo. Recordad que el poder de Satanás decrece en la medida en que el poder de Dios es más intenso. Esta condición excluye la inmensa mayoría de posibles ubicaciones. Aparte, hay una comunidad de monjes benedictinos, la vuestra, que puede asumir perfectamente y con absoluta discreción la tarea que se le encomienda. Finalmente, desde el punto de vista geológico, Montserrat es una montaña de rocas sedimentarias unidas por un conglomerado calcáreo que forma una piedra durísima, y durante milenios la erosión ha creado un relieve extraordinario lleno de grutas y simas profundas. Los lugares donde recluir al prisionero son numerosísimos.

El abad estaba absolutamente abrumado. Sus interlocutores se miraron y, sin necesidad de decirse nada, comprendieron que a aquel hombre le resultaría difícil digerir todo aquello. De hecho, a ellos mismos les había costado entenderlo y asumirlo cuando se lo explicaron años atrás. El pontífice puso sus manos sobre las del abad.

—Sé que os sentís afligido y con una carga insoportable a cuestas. A veces la voluntad de Dios es ardua y nos pide cosas que nos cuesta comprender. Sé que estáis preocupado por vuestra comunidad y por la seguridad de vuestros monjes. Pero tened en cuenta que esta decisión ni es inamovible ni es para siempre. Es posible que dentro de un tiempo se pueda encontrar otra ubicación, pero ahora mismo Montserrat es nuestra elección, y os pedimos que cumpláis este servicio a Dios.

Francesc Maria vio un rayo de sol entre las nubes. Tal vez después de todo fuese transitorio. El papa se dio cuenta y compuso una sonrisa piadosa.

—Quizá me he explicado mal. No os quiero crear

falsas expectativas: estoy hablando de décadas y no de años. Ya sabéis que los tiempos de Dios no son los tiempos de los hombres. Ni vos ni nosotros estaremos aquí cuando se decida el próximo traslado del prisionero. La decisión corresponderá a los futuros maestres de la Hermandad del Ángel Caído, al igual que nos corresponde ahora a nosotros tomar la mejor decisión, con la guía y el consejo del Espíritu Santo.

El abad Francesc Maria se esforzó por sobreponerse al aturdimiento, asintió con la cabeza y dijo:

—Santo padre, después de lo que he escuchado, admito que nunca habría podido adivinar que este sería el encargo que recibiría de la Iglesia. Pero podéis tener la seguridad de que Montserrat no fallará.

Los ojos del papa brillaron con fuerza. Sabía que el abad estaba hecho un manojo de nervios, pero que era muy sincero en su compromiso.

—De ahora en adelante el cardenal Hwang, en tanto que maestre comandante de la Hermandad, se comunicará con vos para organizar el traslado y decidir la mejor ubicación para el prisionero —dijo. Y, mirando al cardenal, añadió—: Creo que ya no nos queda ningún otro aspecto por hablar, ¿es así?

Hwang, que iba más al grano que el pontífice, levantó ligeramente el dedo índice de la mano derecha.

—Falta un tema menor pero relevante. Vos, como abad de Montserrat, debéis pensar y decidir qué miembro o miembros de su comunidad pasarán a serlo también de la Hermandad. Cuantos menos sean, mejor para todos, empezando por la propia seguridad de la abadía.

El cerebro del abad era un hervidero de pensamientos, temores e inquietudes, y dentro de aquella maraña frenética solo le venía un nombre a la cabeza.

Capítulo 7

La bolsa de plástico del supermercado se le escapó entre los dedos mientras cerraba la puerta del maletero del coche. Instintivamente, Berta Bosch apretó los ojos con fuerza y arrugó la nariz cuando oyó romperse los tarros de cristal de tomate triturado. Todo lo que acababa de comprar debía de haber quedado manchado. Suspiró con resignación. Con una mano recogió la bolsa por las asas sin pararse a contemplar la magnitud de la tragedia mientras con la otra sujetaba el resto de las cosas que llevaba y se dirigía a la puerta que daba acceso al bloque de pisos. Sin perder el equilibrio ni las bolsas, abrió la puerta del ascensor, subió a su planta y, en un ejercicio de funambulismo, consiguió abrir la puerta de casa con la llave. Después de encender la luz con un rodillazo, soltó todos los paquetes encima de la mesa de la cocina y se quitó las zapatillas pisándose el talón con el pie.

«Bienvenidos a un fantástico día de mi fantástica vida», pensó Berta apretando las mandíbulas y dejándose caer en el sofá. Cerró los ojos un instante. Estaba agotada. El sol se había ocultado hacía un buen rato. Y solo era martes.

En días como aquel se preguntaba en qué momento de su vida había dejado de ser la protagonista principal de una película estadounidense de sábado por la tarde para convertirse en un personaje secundario de un film introspectivo sueco de cineclub. En ocasiones se torturaba preguntándose si todo había sido culpa suya o si podía descargar su rabia contra el azar. O contra los demás, por supuesto. Puede que hubiese sido demasiado intuitiva y que nunca hubiese querido escuchar los consejos de nadie, más bien todo lo contrario: siempre le había gustado remar a contracorriente. Cuanto más le decían algo, más empeño ponía en hacer lo contrario. Un clásico de su vida. Una chica rebelde sin ningún motivo de peso.

Eso era lo que había sucedido en su matrimonio con Carles. Todo el mundo le había dicho que no se casara con él, que lo dejara lo antes posible. Todos le decían que no era de fiar, que no tenía la mirada limpia y que era un mujeriego. Todo el mundo lo veía, al parecer. Todo el mundo menos ella, por supuesto. Estaba absolutamente abducida por aquel hombre. No podía ser más simpático, más guapo, más atractivo y más triunfador en todas las facetas de la vida. Siempre era el alma de la fiesta. Por eso se casó en cuanto él se lo propuso y tuvieron un hijo en menos de un año. «Casarse no tendría interés si al cabo de un año no fuéramos tres» era un dicho que él le había repetido a menudo. Se negó a escuchar a su madre o a sus amigas cuando le decían que no había necesidad de correr tanto, que esperase un poco, a ver si todo iba bien. Nada. Se tiró a la piscina.

Por eso, en el momento en que él se marchó de casa cuando el pequeño Martí aún no tenía ni un año, lo que más le dolió fueron las miradas compasivas de prácticamente todo el mundo. Por fortuna nadie le soltó un «ya te lo dije», pero los ojos con que la miraban parecían repetirlo una y otra vez. Berta había sido siempre una chica segura de sí misma y orgullosa, incluso un poco soberbia, y por eso aquel fracaso, visto en tiempo real por la gente que la quería y a la que ella no había querido escuchar, le dolía especialmente. En el fondo de su alma sentía que les había fallado.

La otra gran apuesta de su vida había sido dejar Derecho para convertirse en policía. Desde muy pequeña había mostrado un gran interés y curiosidad por los Mossos d'Esquadra, y no se perdía ninguna película de policías, abogados y cárceles. A toda la familia le hacía mucha gracia cuando decía que de mayor quería ser policía. A todos les hacía mucha gracia hasta que, un día, comunicó que dejaba la universidad para prepararse en cuerpo y alma para las pruebas del cuerpo. Entonces casi nadie la apoyó; más bien lo contrario. Abandonar la carrera de Derecho parecía un pecado capital en una familia en la que su padre y su abuelo eran abogados reconocidos.

Contra viento y marea, se había preparado a fondo para las pruebas y las había superado con creces. Lo había dado todo porque quería estar en cabeza, al nivel de los mejores de su promoción. No deseaba ser una *mossa d'esquadra* de la cuota reservada a las aspirantes femeninas, sino que quería que sus méritos fuesen indiscutibles. El paso por la Escuela de Policía de Catalunya tampoco fue fácil. Más de un compañero la había acosado con más o menos descaro. Qué paradoja: precisamente algunos de aquellos moscones llegarían a ser policías encargados de combatir el acoso.

En cualquier caso, finalmente se había graduado, y recordaba el último día en la academia como uno de los más felices de su vida. El lanzamiento final de las gorras fue, para ella, un acto de reafirmación personal y el cumplimiento de un sueño. Podía reivindicarse a sí misma ante cualquiera. Incluso su madre, mezclada entre el público, se había emocionado y derramado más de una lágrima.

Con el paso del tiempo, no obstante, el trabajo había dejado de ser una vocación y se había convertido simplemente en una opción laboral. La ilusión inicial había dejado paso al desencanto, y el desencanto había abierto la puerta a la frustración. Aquellos primeros tiempos extraordinarios se habían transformado gradualmente en una cadena llena de eslabones monótonos: la adrenalina ya no le corría por las venas cada vez que encendían la sirena para desplazarse al escenario de un delito, los detenidos entraban en la trena por una puerta y salían por otra, y por cada caso interesante que caía en sus manos había mil que se reducían a más burocracia y más papeleo. La decepción iba creciendo en su estómago cada día un poco más, y no veía ningún horizonte en el cuerpo que la motivase mínimamente.

Para colmo, cada vez que conocía a un hombre interesante se le escapaba inevitablemente entre las manos, como si nunca fuese el momento correcto o ella no fuera la persona adecuada. Si no estaba casado era gay, y si no era gay ni estaba casado resultaba que era un imbécil. En ocasiones hasta cumplían las tres líneas rojas simultáneamente. El tema era para mear y no echar gota. «El mercado está fatal», le decían siempre sus amigas cuando quedaba con ellas para ahogar las penas a base de gin-tonics.

Berta sonrió, todavía con los ojos cerrados. Admitía que la última modalidad no la había visto venir. Bernat, el profesor más interesante de la universidad donde asistía a clase, había resultado ser monje de Montserrat. Esa circunstancia sí que no podía revertirla de ninguna manera. ¿Se podía tener peor suerte? Seguramente, no.

Con treinta y tres años y un hijo de seis, a Berta le parecía que ya había vivido todo lo que podía vivir y que el tiempo que le quedaba no sería más que un viaje río abajo. Viviría sola, su hijo se marcharía de casa a los dieciocho para irse a Londres y envejecería rodeada de gatos, libros de autoayuda, amigas amargadas y vino blanco. El tópico se le aparecía como un fantasma cada noche, cuando apagaba la luz y el cerebro recorría invariablemente un rosario de pensamientos negativos. Sabía que todo aquello eran proyecciones irracionales y tremendistas, pero era así como lo vivía. Puede que estuviese deprimida, pero tampoco tenía tiempo ni ganas de ir al psicólogo. A bastantes quebraderos de cabeza y demasiadas deudas tenía ya que enfrentarse.

«No te quejes tanto, que estás en la flor de la vida, tienes la edad de Cristo», le decía su madre para animarla. Precisamente tenía la edad en la que Jesucristo había sido torturado y crucificado. Muy oportuno, sí, señora. Al menos Jesús obraba milagros. Si ella hubiese podido, ya sabía cuál habría sido el primero: dar marcha atrás y no casarse nunca con Carles. Por otro lado, por supuesto, si no se hubiese casado, nunca habría sido madre de Martí, que era la única alegría de su vida. Qué complicado era todo, por el amor de Dios, y qué contradictoria podía llegar a ser la vida.

En días como ese echaba especialmente de menos a su padre. Había muerto hacía justo un año por una enfermedad que se lo había llevado de manera fulminante. Apenas habían podido despedirse, y lo añoraba cada día desde entonces. Si bien tenía a sus hermanas y a su madre, Berta siempre había sido más de su padre, la niña de sus ojos. Lo adoraba. Ningún otro verbo definía con tanta precisión la devoción que sentía por él. Había sido más que un padre. Había sido su consejero, su amigo, siempre la escuchaba primero y le daba un buen consejo después. Nunca la había censurado ni recriminado nada. Incluso cuando le advertía de que estaba tomando el camino equivocado o una decisión errónea, jamás se lo echaba en cara cuando se estrellaba. Él era su héroe y ya no lo tenía. En definitiva, una mierda.

La vibración del móvil disipó aquella espiral de pensamientos pesimistas. Abrió los ojos, cogió el teléfono y miró quién llamaba. Era su caporal. Qué raro que la llamase tan tarde, sobre todo después de haber terminado su turno. Atendió la llamada.

—Hola, Marc —respondió Berta, incorporándose un poco en el sofá y forzando una buena voz.

—Berta, perdona que te llame tan tarde. Me acaban de telefonear de prefectura y me han dado una noticia que creo que no te va a gustar. Lo siento.

—A ver, ¿qué pasa ahora? ¿Es que esta gente no tiene nada más que hacer?

—Resulta que en Barcelona van infradotados de agentes y nos han pedido dos personas para reforzar las comisarías de Sant Martí y Ciutat Vella. Os han pedido específicamente a ti y a Miquel. Os trasladan. Lo siento mucho, en serio. Es una putada.

Berta acabó de hundirse por dentro. Sin embargo,

brotó de ella un arranque de orgullo e hizo de tripas corazón. Una de sus máximas en el cuerpo era no demostrar debilidad alguna.

—¿De verdad? Qué panda de cabrones. ¿No podían escoger a nadie más?

—Se ve que no. Tú y Miquel fuisteis los últimos en llegar. Ellos ya lo saben, ya sabes que en prefectura tienen toda la información. He pedido que al menos el traslado sea el mes que viene y me lo han aceptado, y, por tanto, aún os tendremos unas semanas en el puerto. Es lo máximo que he conseguido.

La comisaría del puerto de Barcelona era un destino diferente dentro del cuerpo, casi único. Aquella singularidad era una de las pocas cosas que le gustaba del trabajo. Y ahora la perdía. Realmente, había comprado todos los números del sorteo de la mala suerte.

—Lo siento, Berta. Mañana nos vemos y lo hablamos —dijo Marc, constatando el silencio resignado al otro lado.

El caporal colgó el teléfono. Berta arrojó el móvil encima de la alfombra mientras dejaba escapar un taco en voz alta. Se levantó dando un brinco, se sirvió una copa de vino blanco de una botella abierta que tenía en la nevera y se la bebió de un solo trago. Ya eran las nueve y media y aún tenía que cenar, preparar algunas comidas para el táper, poner una lavadora y tenderla, pedir hora telemáticamente para pasar la ITV y pensar qué coño iba a hacer durante las vacaciones de verano con Martí. Y, para más inri, si en su nuevo destino le cambiaban el turno quizá se vería obligada a dejar las clases en la universidad, justo ahora que acababa de matricularse para el curso siguiente. Una de las cosas buenas de trabajar en la comisaría del puerto de Barcelona eran los horarios, mucho mejores que en las comisarías de distrito, lo cual le permitía ir tres días a la facultad de Filosofía. Solo de pensarlo volvió a coger la botella de vino y se sirvió una segunda copa. Se la merecía. Esa semana Martí estaba con su padre, y al día siguiente no tenía que madrugar para llevarlo al colegio.

Capítulo 8

Bernat salió del despacho del abad Francesc Maria en un estado de ánimo que ni él mismo habría sabido definir. Pero tenía muy clara una cosa: aquello que el abad de Montserrat vivía con evidente pesimismo como un infortunio, casi como una maldición, él lo vivía con una excitación que le costaba reprimir. Era muy consciente de los riesgos enormes que comportaba aquella misión, y que la propia seguridad y continuidad de la comunidad monástica entraba en zona de peligro, pero prefería, desde siempre, ver el vaso medio lleno. De hecho, consideraba que el monasterio tenía una oportunidad de oro para servir a Dios como nunca antes lo había hecho. Cumplir aquel encargo sería poner el nombre de Montserrat en el frontispicio de la Iglesia, de un modo determinante y por siempre jamás. Puede que de manera secreta, ciertamente, pero habría ofrecido el máximo sacrificio cuando se le había requerido.

Cuantas más vueltas le daba, más veía los aspectos positivos que los negativos. En todo caso, los inconvenientes serían para él mismo porque a partir de aquel mismo momento su vida cambiaría de un modo radical. Sin ir más lejos, había entrado en el despacho del abad como monje de la comunidad y había salido de él con una condición añadida. Ahora era, también, maestre de la Hermandad del Ángel Caído, una fraternidad cuya existencia desconocía hasta hacía escasamente una hora. Aún veía la cara del abad mientras le recitaba el juramento de adhesión a aquella organización. Era prácticamente como si le diera el pésame, como si le estuviese rezando el responso. Respetaba al abad y lo quería como al padre que él no había podido tener, pero desde siempre había tenido muy claro que no era un hombre de acción. La vida contemplativa le sentaba la mar de bien. En cambio, él había vivido aquel juramento como el inicio de un nuevo camino, casi con ilusión.

No obstante, Bernat no se consideraba una persona temeraria ni impulsiva. Desde que hubo superado una juventud más bien errática, meditaba y analizaba siempre cada decisión importante y cada paso que debía dar. Siempre contaba, de hecho, que habían pasado casi tres años entre el primer instante en que había pensado en la posibilidad de hacerse monje y la primera conversación sobre esa opción con el maestro de novicios de Montserrat. Había sido un proceso de meditación largo, no un arrebato. Existía una motivación primigenia, profunda y casi inconfesable, por supuesto, pero a esta la había seguido una larguísima reflexión y una prolongada conversación consigo mismo. Le gustaba tomar decisiones firmes y no dar marcha atrás, en ningún ámbito. Los caminos se podían bifurcar mil veces, pero no se podían desandar. La vida era demasiado corta para perder el tiempo volviendo atrás, y aún más para lamentarse. De todo aquello hacía ya más de una década y nunca se había arrepentido. «Las decisiones importantes son como la buena cocina: es preciso mucho más tiempo de cocción que de degustación», le decía a menudo su abuela.

Tenía el convencimiento, además, de que si Roma había optado por Montserrat, no debía ser por motivaciones azarosas ni banales. Al fin y al cabo, la infalibilidad del papa era un dogma de la Iglesia y, por tanto, no era necesario darle vueltas al tema. La decisión estaba tomada, no valía la pena perder ni un minuto con eso. Era preciso cumplir la orden con la máxima eficiencia y discreción, sin pensar en uno mismo ni en el coste personal o colectivo que podría conllevar semejante carga. Si bien era cierto que le gustaba discutir algunas órdenes y directrices, aquella le parecía, por increíble que pudiera parecer, totalmente coherente.

Salió de la basílica a la plaza de Santa Maria. Un sol de pleno verano lo deslumbró y notó al instante la calidez de sus rayos implacables sobre la piel. En los días soleados, a Bernat le encantaba sentir el contraste entre el frescor sombrío que siempre reinaba en la basílica y el exterior. Le gustaba el sol, el buen tiempo, el verano y todo lo que llevaba aparejado. Lo hacía sentirse vivo. Cuando sus ojos se habituaron a aquella luminosidad, observó a los cientos de peregrinos y turistas que se movían de aquí para allá en ese gran hormiguero que era el monasterio los días festivos.

Ciertamente, si él fuese un diablo no buscaría a Satanás en un lugar tan concurrido y popular. No había un enclave más visitado en todo el país. Él mismo había ido de pequeño en incontables ocasiones con la familia. A veces habían subido para pasar el día y otras se habían alojado allí. La sierra formaba parte del paisaje vital de su familia desde hacía generaciones. De hecho, Montserrat era un nombre familiar. A su madre y a su hermana pequeña las habían bautizado con ese nombre. Al hacerse mayor había subido a pie con sus amigos, y conocía y amaba cada rincón de la montaña. Bernat no podría ser monje de ningún otro monasterio.

Además, había leído que el mejor escondite era siempre el menos previsible porque era el más improbable. Le gustaba explicar a sus alumnos, en ocasiones introduciéndolo con calzador incluso sin venir a cuento, que después de la derrota de la guerra civil española y en plena Segunda Guerra Mundial, el lehendakari José Antonio Aguirre había elegido la ciudad de Berlín para esconderse de los nazis. El presidente vasco era lo bastante inteligente como para saber que el último lugar donde lo buscaría la Gestapo sería, precisamente, la capital del Tercer Reich. Incluso les había pedido a sus tres hijos menores de diez años que, en las calles berlinesas, repletas de parafernalia nacionalsocialista, le hablasen siempre en castellano y no en euskera. En cambio, el presidente Lluís Companys, más torpe y más incauto, se escondió a medias en una casita de la bretaña ocupada, donde fácilmente fue detectado por los servicios secretos españoles y delatado a los invasores alemanes. El resto de la historia era bien conocido: uno continuaría siendo lehendakari hasta 1960 y el otro sería fusilado en 1940. La historia siempre daba buenas lecciones a quien sabía tomar nota.

Se sentó en la escalera que conducía al Hotel Abat Cisneros, cerró los ojos y dejó que el sol le acariciase la piel. Allí no estaba permitido sentarse, pero, en su caso, los vigilantes de seguridad de la abadía ya habían tirado la toalla. Tenían claro que los monjes de Montserrat eran, por derecho terrenal y por derecho divino, los dueños del lugar. Aquella escalera era, junto con el huerto, uno de sus lugares favoritos para meditar, y no pensaba renunciar a él.

Mientras su cerebro bajaba el ruido de la multitud de turistas, pensó de qué manera podía concretar el encargo del abad. En una palabra, le había encomendado que se ocupase de todo. El bueno de Francesc Maria no sabía por dónde empezar a ponerse manos a la obra. Era necesario buscar y encontrar la mejor ubicación, organizar el traslado y decidir también si convenía que otros monjes pasasen a ser miembros de la Hermandad del Ángel Caído. Le había dado una semana para pensarlo y le había anunciado que el cardenal Hwang viajaría al monasterio para conocer toda la operación y dar su visto bueno. El maestre comandante de la Hermandad aprovecharía el desplazamiento para explicarle, con el máximo detalle, de qué modo la Iglesia había aprendido a contener el poder maléfico del Maligno.

Precisamente a Bernat le inquietaba más la custodia del diablo en Montserrat que no la elección de la ubicación concreta o el traslado en sí. Todo eso era pura logística y, por tanto, tenía una solución técnica, pero no era, en realidad, el núcleo del asunto. El fondo del encargo era la custodia indefinida de Satanás. El cautivo permanecería en el monasterio diez años o diez siglos, eso nadie podía vaticinarlo en aquel momento. En consecuencia, su cabeza se saltaba con impaciencia las fases iniciales y dibujaba los escenarios y las rutinas que comportaría la vigilancia de aquel huésped tan poco deseado.

Y, por supuesto, la vigilancia comportaba dar por hecho que, tal como le había explicado el abad, los demás diablos persistirían en la búsqueda de su amo y señor. Y no era precisamente retórica. El abad le había contado que diversas personas, incluso algún miembro de la propia Hermandad, ya habían dado la vida por aquella causa. Era preciso preverlo y prepararse para todos los escenarios, incluido un ataque contra el monasterio. Por ese motivo, el secreto era sin duda la primera gran muralla defensiva. Prácticamente nadie de la comunidad benedictina debía estar al corriente del asunto. Por su propia seguridad, incluso. También era imprescindible conocer bien qué otras armas podían tener a su alcance para defenderse y, en la medida de lo posible, tratar de comprender el modo de pensar y razonar de los servidores de las tinieblas. ¿Qué haría él si fuese un lugarteniente de Satanás y quisiera saber dónde lo tenían recluido? He aquí una de las primeras preguntas a las que había que dar respuesta.

Conocer al enemigo y no subestimarlo era la primera regla que habría que seguir en todo momento. La segunda no era menos importante: era vital conocerse a uno mismo y no sobrevalorarse. La humildad, que impregnaba absolutamente el espíritu de la regla de san Benito, era una herramienta estratégica en aquel combate que se le había encomendado. Decidió empezar por ahí. Dedicaría el resto de la mañana a viajar a la mente de Satanás y sus servidores. Por la tarde se daría una vuelta por todo el monasterio para ver si daba con posibles ubicaciones para el futuro prisionero, aunque una idea concreta comenzar a anidar en su cerebro.

Se levantó de la escalera y se dirigió de nuevo a la basílica. La heterogénea cola de visitantes para subir al camarín de la Moreneta casi salía hasta la plaza. Eso le dio una idea. Entró en el atrio y pasó junto al círculo interior del centro mismo del patio. *AΩ Christus caput corporis ecclesiae toto orbe diffusae*, leyó por enésima vez. «Cristo, cabeza del cuerpo de la Iglesia repartida por todo el mundo». Dirigió sus pasos hacia la izquierda para acceder al camino del Ave María, encajado entre la basílica y la roca de la montaña. Normalmente, los turistas que subían a ver a la Virgen salían por aquel caminito, y por ello Bernat hubo de abrirse paso a contracorriente. El hábito que vestía, no obstante, le servía de escudo invisible y la mayoría de las personas le abrían paso con cierta reverencia. A Bernat le encantaba aquella sensación. Se sentía como un barco rompehielos en las aguas del Ártico.

Se acercó a una caja llena de velas nuevas y cogió una cubierta de plástico rojo. Las había de todos los colores, pero a él le parecía que el carmesí era el único que podían tener los cirios en una iglesia. Era el color más místico, en su opinión. Aproximó el teléfono móvil al dispositivo para hacer la donación pertinente y oyó el sonido electrónico que confirmaba el éxito de la operación. Lo maravillaba la alianza entre la tecnología y la fe. Nadie podía afirmar que la Iglesia no fuese moderna. Se dirigió a las estructuras de hierro llenas de velas titilantes y encendió la suya. La depositó entre las demás al tiempo que rezaba una breve oración a la Moreneta y le rogaba fortaleza y protección para afrontar aquel momento tan inesperado como trascendental.

Luego hizo el camino a la inversa, volvió al atrio y entró en la basílica por la puerta reservada a la comunidad. La temperatura descendió de inmediato. Recorrió los umbríos pasillos sin encontrarse ni un alma, entró en la biblioteca del monasterio y se encaminó directamente a las estanterías donde él mismo había consultado tantas veces los libros y los tratados que abordaban la figura del diablo en todas sus vertientes. Qué ironía. En su momento, el abad había arrugado ligeramente la nariz cuando le pidió autorización para impartir clases sobre el bien y el mal en la universidad, y ahora, precisamente, el abad recurría a él por su conocimiento en la materia. Ya lo dijo el poeta Isaías: los caminos de Dios no siempre son los nuestros.

Capítulo 9

Belcebú dejó atrás el castillo de Sant'Angelo y el río Tíber, y echó a andar por la vía de la Conciliación. Frente a él aparecía la basílica de San Pedro, con su cúpula de más de ciento treinta metros de altura, de mármol refulgente, recortada sobre un cielo azul.

Mientras caminaba, las decenas de personas con las que se cruzaba cada minuto no parecían prestarle demasiada atención. Cualquiera que se hubiese fijado, lo habría tomado por un italiano más bien clásico y arquetípico. Belcebú detestaba a los turistas, y nunca habría querido que lo tomasen por uno de aquellos humanos sudorosos, mal vestidos y gritones que llenaban los centros de las ciudades europeas cada verano. Él era un diablo con nobleza y, por tanto, en la superficie quería exhibir la misma clase que se le reconocía en el inframundo. Podía adoptar el aspecto humano que le apeteciera, pero tenía varias personalidades favoritas. Le gustaba especialmente encarnarse en la figura de un hombre alto, atractivo, pálido y con el pelo muy negro y bien peinado. Le gustaba vestir con colores oscuros, calzar zapatos de cordones y también llevar abrigos largos, casi hasta los tobillos. Aquel, sin embargo, era un bochornoso día de verano y había sustituido la gabardina o el abrigo por una americana de lino gris marengo, un color que consideraba particularmente elegante. Los humanos eran unos seres miserables que se afanaban por sobrevivir en un mundo de engaños y penurias efímeras, pero no podía dejar de sentirse atraído por algunas de sus especificidades. Aparte de la ropa, a Belcebú le gustaba comer bien, motivo por el cual frecuentaba los mejores restaurantes del mundo, donde era conocido y hacía las reservas a nombre de señor BZ.

La intensa claridad del sol le molestaba de manera ostensible en los ojos, habituados a la penumbra, y por eso también llevaba unas grandes gafas de sol. Habría preferido recorrer aquel camino a la luz de la luna, pero sin duda habría pasado menos desapercibido. En el exterior, la discreción no solo era la mejor estrategia posible para la expansión del mal, sino que había sido uno de los mandamientos más explícitos que les había dado Satanás, con penas severas en caso de incumplimiento. Hacía más de dos milenios que había dictado aquel decreto y, a pesar de su ausencia, aquella orden, como las demás, se cumplía escrupulosamente.

Pero, de un tiempo a aquella parte, Belcebú percibía que la autoridad de Satanás se difuminaba lentamente, se erosionaba de manera imperceptible, como la arena del desierto, que parece inmóvil y estable, pero se mueve y avanza cada día un poco más. El recuerdo y la autoridad del rey del inframundo se empezaba a debilitar, sobre todo entre los demonios más jóvenes y más impetuosos. Nadie se atrevía a decirlo, pero el vacío de poder era un agujero que se hacía más grande cada día.

Y el poder no podía estar vacante indefinidamente. Lo veía en las miradas furtivas, en los rumores que resonaban por las cavernas, en los ecos de las conversaciones fugaces.

Por ese motivo, algunos de los diablos más viejos habían intensificado la búsqueda de su soberano. Era cada vez más urgente restituir en el trono del infierno a su legítimo propietario y cortar de raíz aquella inquietud. No todos los viejos demonios, por supuesto, tenían ese objetivo: los había que preferían vivir eternamente sin un tirano que los atase en corto, y esa provisionalidad los satisfacía. No moverían un dedo para encontrar a Satanás, y aún menos para rescatarlo. Entre estos, algunos, en el fondo más abismal de sus entrañas, albergaban secretamente el deseo de convertirse en los sucesores de Satanás algún día. Se abstenían de decirlo, sin embargo, porque aquella traición era el crimen más horrible imaginable y el castigo sería tan espantoso que haría borrar al resto de criaturas del infierno.

Belcebú era muy consciente de todo eso. Conocía demasiado bien a todos sus camaradas y sus debilidades, razón por la cual se había puesto al frente de la búsqueda de Satanás y se había jurado a sí mismo que lo devolvería al infierno para restablecer el orden y la autoridad. Y él sería su primer lugarteniente, el favorito, la mano derecha del rey de la oscuridad. La venganza que se desencadenaría contra los hombres duraría siglos y la casta eclesiástica se arrepentiría de su osadía y temeridad. Habían tenido el atrevimiento de desafiar a todas las fuerzas de las tinieblas y pagarían un altísimo precio por ello.

A pesar del odio que les tenía, Belcebú les reconocía una audacia innegable. Habían demostrado ser valientes y, sobre todo, leales a Dios. La lealtad era una cualidad que le gustaba particularmente. Sin lealtad, nada podía funcionar. Ni por arriba ni por abajo, por supuesto. Y aquellos hombrecillos, pobres criaturas mortales de vidas efímeras como los penachos del diente de león, habían servido bien a su dios. Ojalá que la mayoría de las criaturas del infierno tuviesen aquella actitud, aquella lealtad a cambio de nada, aquella fidelidad insobornable a un objetivo y a una creencia. La fe, la llamaban los mortales. Aquel concepto lo maravillaba. Fe en un ser invisible que casi nunca daba nada a cambio.

Belcebú continuó caminando entre tiendecitas de recuerdos, cafeterías y heladerías. A su derecha podía ver, en cada esquina, el pasillo elevado que enlazaba la Ciudad del Vaticano con el castillo de Sant'Angelo, refugio predilecto de los papas cada vez que había disturbios en las calles de Roma. En las fachadas de los imponentes palacios de la vía de la Conciliación ondeaban las banderas de las diversas legaciones diplomáticas ante la Santa Sede. *Divide et impera*, pensó Belcebú. El día que los hombres se uniesen y dejaran atrás las pequeñeces que los dividían todo sería más difícil para los intereses del infierno. Afortunadamente, el egoísmo innato de los hombres y de los pueblos era una vía excelente sobre la cual la maldad se deslizaba fácilmente.

A cada paso, la basílica de San Pedro crecía y se hacía más imponente frente a él. Ya podía notar el abrumador peso que irradiaban los lugares sagrados. Le costaba más caminar, como si avanzase sobre lodo o como si unas manos invisibles lo empujasen hacia atrás. Otros demonios menores ya no habrían podido seguir adelante o se les habrían quemado los ojos si hubiesen mirado más tiempo la basílica. Pero él no era un diablo cualquiera. Él era uno de los príncipes del infierno, de los más antiguos que se podían recordar. Había pisado la tierra de Canaán ya durante el periodo que los hombres llamaban la Edad del Bronce, e incluso mucho antes. Había caminado entre los hombres que veneraban dioses griegos y dioses romanos, y dioses incontables de otros países y continentes, y había visto cómo el único Dios había tenido éxito difundiendo todas aquellas creencias y había enviado a su hijo a la tierra. Él, al igual que Satanás, había sido un ángel que había roto las cadenas de Dios y había descendido al inframundo. La soberbia de Dios les resultaba insoportable.

A Belcebú, los teólogos lo asociaban a las moscas, a la traición, a la glotonería y a las tiranías. También lo acusaban de poseer a niños y niñas que le llevaban sus esclavos y de incitar a los sacerdotes a pecar. Aparecía citado en los textos bíblicos, donde al menos se le reconocía la condición de demonio mayor. Todo aquello era para él motivo de regocijo. Los hombrecillos lo ignoraban todo y, en cambio, se enzarzaban en grandilocuentes debates teológicos hablando de cosas de las que no sabían ni jota. Eran cucarachas a ras de suelo, desconocedores de todas las dimensiones del universo. Le generaban tanta lástima como repugnancia.

Ya llegaba a la plaza de San Pedro. Le costaba avanzar. Sus pasos se espaciaban y sus movimientos se enlentecían. Se detuvo justo en el límite de la Santa Sede, sobre los adoquines recalentados por el sol de la plaza de Pío XII. Habría podido seguir adelante, pero haciendo un esfuerzo tan grande que habría llamado la atención. Percibía en cada centímetro de la piel una fuerza adversa amenazadora. También percibía un zumbido en los oídos, que lo conminaba a recular. Se preguntaba si obispos y cardenales eran conscientes de la fuerza invisible que irradiaban los lugares sagrados. Puede que fuesen demasiado ignorantes para saberlo.

Desde donde estaba podía observar el Palacio Apostólico y las ventanas de los apartamentos papales, por una de las cuales el pontífice se asomaba a saludar y a bendecir a sus fieles. El papa actual le resultaba especialmente patético, con aquella falsa modestia y la bonhomía exagerada de quien intenta caer bien a todo el mundo. Pablo VII parecía que no supiese cuál era su misión profunda y la importancia de todo lo que estaba en juego. Definitivamente, no estaba a la altura del lugar que ocupaba, todo le iba demasiado grande. Con toda probabilidad, ni siquiera supiese cómo había llegado a ser papa de Roma. Era obvio que el sistema de elección de los papas era un disparate.

La opinión de Belcebú sobre el papa no era en absoluto improvisada ni fruto de un arrebato. Había seguido con meticulosidad los reinados de los cerca de 270 papas que habían desfilado por el trono de San Pedro, uno tras otro. La mayoría le habían parecido mamarrachos pomposos, vanidosos y ridículos, rodeados de grandes comitivas y parafernalia. Cuanto más pequeño era el papa, más séquito exigía a su alrededor. Los detestaba tanto que se había permitido el lujo de matar al menos a una docena, no siempre con el beneplácito de Satanás. También había comprado a dos o tres. En cambio, había respetado a algunos, sobre todo por su disciplina y autoridad, o por su humildad. Admiraba a aquellos rivales que no se lo ponían fácil, y menospreciaba a los adversarios demasiado débiles.

Aguzó la mirada y observó con detenimiento los edificios del Vaticano. Percibía, en mitad de la inmensa fuerza espiritual que brotaba en la Ciudad Santa, los ecos de un gemido de auxilio. Hacía ya unos años que lo había escuchado por primera vez. Era un grito muy débil, casi un susurro. En otras ocasiones no discernía nada de nada, por más que se acercase. Con el tiempo, un primer pensamiento fugaz se había ido transformando en una intuición, y posteriormente se convirtió en una convicción, de la cual comenzaba a tener indicios firmes. Cada vez estaba más convencido de que la Iglesia había recluido a Satanás en algún escondrijo del Vaticano. ¿Realmente habían sido tan majaderos como para encerrarlo en la propia Roma? En realidad eran muy capaces, y probablemente no era tan mala idea. Al fin y al cabo, era el lugar más sagrado de todos. En cualquier caso, si aquellos pobres mortales creían que el Vaticano era un sitio inexpugnable se equivocaban de medio a medio. Siempre había un resquicio, un despiste, un exceso de confianza. Siempre había algún mortal demasiado débil de espíritu a quien comprar. Qué gran recurso, el soborno.

Si algo tenían los demonios, además, era todo el tiempo del mundo. Tan solo había que observar, escuchar y actuar cuando fuese necesario, como cuando había ido a buscar al tal Dayer. Era cierto, tal como le habían contado sus espías y confidentes, que había una hermandad de carceleros. Pobres ingenuos. Una vez que liberase a Satanás, los mataría uno tras otro. Pagarían su osadía con el tormento.

Consideró que ya llevaba demasiado tiempo plantado en la plaza. La canícula comenzaba a ser enojosa, incluso para él. Hacía un calor casi infernal, tal y como había leído más de una vez en algún titular. Sonrió. Le encantaban los titulares y las referencias al infierno y a los demonios. La idea de la maldad estaba muy viva en el subconsciente de los mortales. Era terreno adobado. Se dio la vuelta y se dirigió al río Tíber. Sus pasos ganaban fuerza y velocidad a medida que se alejaba de aquel muro invisible. Ya llevaba muchas horas en la superficie y tenía ganas de regresar al infierno. Utilizaría el mismo portal por el que había entrado. Quizá cuando llegase, algún diablo bocazas se atrevería a preguntarle de dónde venía y a qué había ido al mundo de los hombres. Sin duda él se lo callaría. Aquella misión la llevaba en secreto, con la ayuda de sus servidores más fieles. Había demasiado en juego.

Capítulo 10

Era la tercera vez que el cardenal Hwang pisaba Montserrat. Las dos ocasiones anteriores lo había hecho de incógnito, haciéndose pasar por uno de los centenares de miles de visitantes que cada año subían a la montaña sagrada de los catalanes. Había recorrido la sierra por todos los senderos posibles y había estudiado, con planos incluidos, las opciones que ofrecían todos y cada uno de los edificios del monasterio. En ambas ocasiones se había alojado en las celdas de la residencia Abat Marcet y había participado en las misas y otros actos litúrgicos. También había escuchado el canto celestial de los niños de la Escolanía y, como cualquier visitante, se había quedado maravillado. Montserrat era un lugar extraordinario.

Durante sus dos estancias había usado un nombre ficticio y un pasaporte surcoreano falso, elaborado por los eficaces servicios de la Gendarmería de la Ciudad del Vaticano. A nadie podía sorprenderle que un coreano fuese un católico devoto porque el cristianismo no era precisamente una religión ajena a Corea. Los primeros misioneros se habían aventurado por allí durante el siglo XVII, y el número de cristianos del país, entre católicos y protestantes, superaba los diez millones de personas —en Corea del Sur, naturalmente, porque Corea del Norte tenía el triste honor de ser el país del mundo que más reprimía y perseguía a los cristianos—. No obstante, la documentación falsa había sido una precaución casi innecesaria. Ni los monjes montserratinos más aficionados a seguir la actualidad vaticana sabían que había un cardenal que se llamaba Hwang.

Las dos visitas a la montaña lo habían convencido de la idoneidad del lugar. Tal como le habían dicho, el macizo desprendía un enorme magnetismo y una fuerza mística poco habituales. Si para el público general ya era bastante evidente, para las personas entendidas como Hwang esa energía espiritual se hacía casi palpable. Y si él la percibía en toda su magnitud, los demonios también. Montserrat, como Roma u otros lugares sagrados, irradiaba un poder casi lumínico que era el mejor escudo posible contra los servidores de las tinieblas.

El cardenal no olvidaba nunca una de las teorías que había leído en un antiquísimo libro de demonología escrito en arameo que había encontrado en un remoto monasterio iraquí poco después de la caída de Sadam Huseín: los ángeles y los demonios se equilibraban eternamente desde polos opuestos, y lo que a unos les generaba atracción a los demás les generaba rechazo, y a la inversa. Montserrat, por tanto, sin duda debía de provocar repugnancia y debilitar a los vasallos de Satanás tanto como fascinaba y reforzaba el espíritu de los servidores de Dios.

Como las otras veces, ya había notado aquella serenidad creciente mientras el pintoresco tren cremallera avanzaba lentamente montaña arriba. Como en las dos ocasiones anteriores, había decidido subir a Montserrat en transporte público, si bien ya no viajaba bajo una identidad falsa. Y como las otras dos veces, había optado por el cremallera y no por el aéreo de cabinas amarillas. El cardenal prefería tener los pies en el suelo antes que poner su vida en manos de un cable. Tenía muy claro que sería Dios quien le daría fin a su vida, pero tampoco era necesario ponérselo fácil, y menos un día nublado como aquel.

Fiel a su frugalidad espartana, apenas lleva consigo equipaje. Solamente cargaba a la espalda una mochila negra, que tenía bordada la insignia de la Athletica Vaticana, el primer y único club deportivo de la Santa Sede. Dentro llevaba un poco de ropa y el ordenador portátil. El abad Francesc Maria lo había esperado en el mismo andén, junto con Bernat. Normalmente recibía a los visitantes ilustres delante de la basílica, pero aquella ocasión era ciertamente especial y merecedora de saltarse todos los protocolos. Al cardenal le había sorprendido que solo algunos viajeros autóctonos hubiesen reconocido al abad de Montserrat, y aún habían sido menos aquellos que lo habían saludado tímidamente alzando la mano. La discreción y la modestia de los catalanes quedaban confirmadas.

El abad le había presentado a Bernat en la estación. El cardenal consideraba que la primera impresión era la que más contaba, y que las percepciones de los primeros minutos solían ser acertadas. Y aquel monje le había causado una magnífica impresión. Parecía la justa medida de muchas cosas: educado sin ser empalagoso, curioso sin ser impertinente, discreto sin ser ausente y obediente sin ser servil. Era obvio que el abad había acertado cuando lo había propuesto como miembro de la Hermandad. Aquella visita no podía comenzar mejor.

Se habían dirigido al recinto del monasterio rodeados de una multitud de visitantes de todas las procedencias posibles. El abad había explicado al cardenal que los orígenes del monasterio se remontaban a una ermita pequeña y recóndita que veneraba una imagen de la Virgen que unos chiquillos que pastoreaban al ganado habían encontrado en algún momento del siglo IX. Aquellos primeros ermitaños, que malvivían expuestos al frío, a las privaciones y a los bandidos, y aún con medio país en manos de los sarracenos, no podían ni soñar que diez siglos después el lugar acogería a millones de visitantes. Aquel éxito solo podía ser obra de la Virgen de Montserrat y de la divina providencia, y correspondía a la comunidad de monjes poner buena cara y obtener el máximo provecho para el progreso de la fe, pese a los inconvenientes y preocupaciones que generaba la avalancha continua de gente. Una vez en las dependencias de la comunidad, el abad había tenido que excusarse. Le correspondía inaugurar unas jornadas espirituales de un grupo de estudiantes de secundaria y no podía faltar.

—Cardenal, os dejo en manos de Bernat. Él se ocupará de vuestro alojamiento y de todo lo que podáis necesitar. Naturalmente, todo el monasterio está abierto de par en par para vos y a vuestra disposición.

—Os lo agradezco mucho. Estoy convencido de que Bernat y yo ya tenemos muchas cosas de las que hablar —dijo Hwang—. Yo tengo muchas preguntas que hacerle, y estoy seguro de que él también tiene muchas para mí.

El abad de Montserrat les anunció que se reunirían a la hora de cenar y se despidió.

Después de dejar la bolsa del cardenal en una discreta alcoba de la hostelería especialmente reservada para él, Bernat lo invitó a salir al claustro del monasterio, situado a los pies de la pared vertical de roca de la sierra. Era un lugar de reposo y calma, fuera del alcance de los turistas, reservado a los miembros de la comunidad. Era necesario levantar la cabeza para ver el cielo, que se iba encapotando a gran velocidad. No tardaría mucho en ponerse a llover. Las tormentas de verano eran las favoritas de Bernat. La cortina rabiosa de lluvia, el descenso repentino de la temperatura y el olor a tierra mojada lo transportaban instantáneamente a su infancia. Los aguaceros estivales eran cada vez menos frecuentes y, por tanto, los disfrutaba todavía con más ilusión. Los dos se sentaron en el poyete que separaba la galería cubierta del jardín. Dos mariposas juguetonas pasaron frente a ellos.

—Antes que nada, cardenal, permitidme que os diga que para mí es un honor y un privilegio formar parte de este cometido y ser miembro de la Hermandad del Ángel Caído —comentó Bernat.

—Celebro muy sinceramente que lo veas como un privilegio, aunque en todo momento debes ser consciente del riesgo que comportará para ti y para tu comunidad. Y permíteme que te tutee, y te pido que también lo hagas. Tenemos por delante un desafío colosal, y es mejor que nos ahorremos los formalismos excesivos.

—¿Estáis seguro? Sois un cardenal, no puedo evitar ser consciente de ello todo el tiempo —respondió el monje, esbozando una sonrisa de circunstancias.

—Yo mismo olvido con frecuencia que soy cardenal, y creo que no me verás nunca vestido de purpurado —dijo Hwang con media sonrisa—. Además, nuestra relación será, de ahora en adelante, como miembros de la Hermandad, y eso cambia radicalmente todas las reglas de la jerarquía eclesiástica.

—De acuerdo —respondió Bernat—. Así lo haré.

Justo en aquel momento, las primeras gotas de lluvia comenzaron a caer sobre el claustro. Sin duda, los árboles y las plantas del jardín agradecerían aquella agua después de demasiados días de canícula estival. El cardenal y el monje no se movieron, a pesar de que las gotas más descaradas lograban mojarles los zapatos y los pantalones. Fiel a su carácter directo y poco amigo de andarse con prolegómenos, Hwang fue al grano.

—Bernat, para esta misión debes estar preparado y tener una gran firmeza espiritual. Dejando aparte la búsqueda que llevan a cabo otros diablos menores y el riesgo que ello comporta, Satanás tiene muchas armas y muchos recursos, aunque lleve siglos recluido, y trata de tentarnos, en unas ocasiones recurriendo al miedo y otras, a nuestras debilidades. Nos consta que lo ha intentado en el pasado y que alguna vez se ha salido con la suya, aunque gracias a Dios no tuvo éxito en su objetivo, que no es otro que escaparse y volver al infierno.

—Ostras, no sabía que Satanás estuviese tan activo. Pensaba que estaba en un estado más bien letárgico. ¿Alguna vez se ha comunicado contigo? —preguntó Bernat.

—No olvidemos que está vivo y coleando. Pero, respondiendo a tu pregunta, te diré que nunca se ha comunicado conmigo. Desde que soy miembro de la Hermandad, y de eso ya hace más de tres décadas, jamás ha entrado en contacto conmigo ni con ninguno de los otros miembros, aunque sí percibimos su presencia, y que algunas veces, observando por la mirilla, hemos podido ver sus dos ojos, rojos y ardientes como la lava, brillando en la más absoluta oscuridad. En ocasiones muestran una mirada de rabia, y otras una mirada triste, que ruega compasión. Es una imagen que hiela la sangre, créeme. Por eso casi nunca miramos dentro de la caja, y mi consejo es que tú tampoco lo hagas jamás. No obtendrás nada bueno de ello y es preciso evitar cualquier contacto. Solo lo hacemos cuando no hay más remedio, para estudiarlo o para comprobar que continúa aletargado. Y, sobre todo, nunca observamos el interior cuando estamos solos. La historia nos dice que el diablo siempre tienta en la intimidad, sin testigos.

—Con solo pensarlo noto un escalofrío. Si ya tenía pocas ganas de mirar dentro de la caja, te aseguro que ahora ya no tengo ninguna.

—¿Has decidido cuál es la mejor ubicación para el diablo? —preguntó el cardenal.

—Sí. Justo debajo de la capilla de la Santa Cueva, en el lugar exacto donde a unos niños se les apareció la Virgen en el año 880, hay una pequeña gruta sellada y tapiada. El abad y yo creemos que puede ser un buen lugar. Mañana temprano te llevaré con los primeros rayos de sol, cuando aún no hay visitantes en la montaña. Por supuesto, tenemos otras posibilidades, pero la Santa Cueva es el punto más sagrado de la sierra de Montserrat, el lugar exacto que la providencia escogió para hacer aparecer a la Virgen. Existe un magnetismo muy especial que podrás comprobar por ti mismo.

El cardenal reflexionó unos instantes antes de responder:

—Si consideras que es el lugar elegido, debes de tener razones de peso, pero a priori no me parece una mala elección. Después de todo, no está en la basílica ni en el resto del monasterio, que es precisamente donde la lógica haría pensar que se podría tener al prisionero. Mañana lo estudiaremos bien sobre el terreno y tomaremos una decisión.

El monje sonrió por dentro. El abad Francesc Maria había expresado sus dudas sobre el enclave escogido por la ristra de gente que visitaba la Santa Cueva, pero Bernat pensaba que el hecho de que fuese un lugar tan frecuentado hacía menos verosímil que precisamente un par de metros más abajo tuviesen al diablo encerrado.

Dado que habían entrado en materia en un clima de confianza, Bernat no pudo abstenerse de hacer una pregunta que llevaba días rondándole por la cabeza.

—Cardenal, ¿crees que hay indicios razonables para pensar que en el infierno puedan estar al corriente del cambio de ubicación?

El cardenal se disponía a responder, pero un trueno furioso retumbó contra las rocas de la sierra de Montserrat. Desde donde estaban no habían podido ver el relámpago que había originado aquel estrépito. El agua continuaba cayendo como una cortina, y Hwang prosiguió.

—Creo sinceramente, y créeme que desearía estar totalmente equivocado, que debemos proceder partiendo de la base de que nuestros enemigos están al tanto del traslado. No podemos ser ingenuos. Eso nos dará un motivo adicional para ser todavía más discretos y más prudentes.

Bernat asintió mientras dejaba escapar un suspiro

de aceptación resignada. La sensación de peligro crecía en su interior, pero al mismo tiempo no le generaba temor alguno.

—Pues lo mejor es adelantarnos y hacer el traslado lo más pronto posible —dijo el monje—. Debemos actuar antes de que sea demasiado tarde, y el factor sorpresa es vital. De hecho, la columna vertebral de la sorpresa es unir la velocidad con el secretismo, como decía el general Von Clausewitz.

El cardenal se rio.

—Me gusta que tengas esos referentes porque estamos exactamente en mitad de una guerra que no tendrá nunca un ganador absoluto ni un perdedor absoluto. El resultado de esta guerra es un empate permanente, pero hace siglos obtuvimos una posición ventajosa y no podemos dejarla escapar.

El diluvio perdió fuerza. El cielo de color gris plomo se iba deshilachando y el sol volvía a asomar entre las nubes. Las tormentas de verano siempre eran intensas pero breves, y aquella no sería una excepción. Un fuerte olor a tierra mojada invadía los orificios nasales de ambos hombres.

—Si lo consideras oportuno, me gustaría saber cuándo y cómo será el traslado, para tenerlo todo a punto para la recepción —dijo Bernat—. Pero tampoco quiero saber nada que no deba saber, solo faltaría.

—¡Por supuesto que tienes que saberlo todo! Te explicaré las diversas posibilidades que hemos estudiado para conocer tu parecer. No solo eres maestre guardián de la Hermandad, sino que serás el custodio del diablo en Montserrat y, por tanto, tu opinión tiene un gran valor. Es más, creo que no solo debes preparar la acogida del prisionero en Montserrat, sino que debes participar activamente en la planificación y ejecución del traslado.

Bernat echó un vistazo alrededor del claustro para comprobar que se encontraban completamente solos. Una vez que estuvo seguro, dijo:

—Te escucho.

Capítulo 11

El conductor del monovolumen negro miraba por el retrovisor continuamente y levantaba un poco el pie del acelerador cada vez que la distancia con el camión que lo seguía crecía demasiado. De ninguna manera podía permitir que un coche se situase, por accidente o deliberadamente, entre el monovolumen y el camión.

Ambos vehículos, con matrículas diplomáticas, habían salido del Vaticano a primera hora de la tarde y enseguida habían entrado en la autopista AI en dirección norte. En el monovolumen viajaban tres miembros de la Hermandad del Ángel Caído y el cardenal Hwang, sentado justo detrás del conductor. En el camión había tres hombres más de la Hermandad. Todos, salvo Hwang, vestían de manera cómoda e informal, fuertemente armados con fusiles SG 550, equipados con chalecos antibalas e interconectados con micrófonos y auriculares. Cada quince minutos, el capitán Doyle, un irlandés corpulento sentado al lado del cardenal, preguntaba por el intercomunicador a sus hombres del camión si había novedades.

—¿Todo en orden?

—Todo en orden —respondían invariablemente desde que habían salido del Vaticano.

Por si eso fuera poco, una pequeña cámara enfocaba la cabina del camión y las imágenes se reproducían en tiempo real en una tableta que Doyle miraba de vez en cuando. Dos cámaras más retransmitían imágenes en directo: una situada dentro del remolque de carga del camión y otra encima de la puerta posterior. En ambos vehículos había un silencio tenso. Hacía tres horas que habían salido y el sol comenzaba a ponerse. El pequeño convoy ya había dejado atrás Emilia-Romaña y entraba en la gran llanura de Lombardía.

Acababan de cumplirse tres semanas desde el viaje del cardenal a Montserrat, donde había convenido la ubicación del prisionero de acuerdo con el abad y con Bernat, y donde se habían discutido diversos calendarios y opciones de traslado. Hwang estaba muy satisfecho con la iniciativa que había demostrado el monje en todo momento. A diferencia de la inmensa mayoría de los miembros de la Hermandad, que procedían de la Guardia Suiza, Bernat no tenía formación ni experiencia militar. Seguramente era ese el motivo de que hubiese mostrado cierta inclinación a meditar las directrices y dar su opinión antes de acatarlas, aunque solo fuese por no guardárselo. Aquella actitud tan poco sumisa complacía al cardenal, cuya experiencia militar se remontaba a su juventud, cuando había cumplido el servicio militar obligatorio de dieciocho meses en las fuerzas armadas de Corea del Sur. Desde el primer día había detestado la vida castrense y todo lo que conllevaba, lo que había acabado empujándolo a seguir la vía del sacerdocio. La obediencia, a la cual también lo obligaba la Iglesia, no era precisamente lo que más le gustaba. Por eso, cada vez que Bernat dudaba, preguntaba o sugería otras posibilidades, el cardenal se veía, en cierto modo, reflejado en él.

Había decidido confiar en él y, entre las diversas opciones, se había decantado por el traslado que el monje benedictino había defendido con más convicción. La única condición que el monje le había puesto era que él mismo acompañaría al convoy. La operación era demasiado arriesgada para dejar a Doyle solo al frente.

El cardenal comenzaba a relajarse cuando de pronto el capitán miró la pantalla de la tableta y clavó sus ojos en ella, acercándose al dispositivo. Justo detrás de sus hombres, sentados de lado en la hilera del conductor, había una figura humana.

—¡Muchachos, cuidado, a vuestra espalda! —gritó el capitán, lo que sobresaltó a Hwang, que también pegó los ojos a la pantalla.

Casi al instante vio cómo dos de los hombres del camión se volvían de manera instintiva. A pesar de encontrarse a menos de un metro de aquella presencia, no parecían verla.

—Capitán, ¿qué pasa? Aquí no hay nada.

El cardenal estaba paralizado. La figura, que continuaba inmóvil, miraba fijamente la cámara del circuito cerrado, como si fuese plenamente consciente de que lo observaban desde el vehículo de delante. Su rostro, no obstante, era completamente inexpresivo.

—¡Hay alguien detrás de vosotros! —bramaba el capitán—. ¡Desde aquí lo vemos perfectamente!

En la pantallita observaron cómo los hombres del camión se volvían nerviosamente e incluso uno de ellos desenfundaba la pistola. Era obvio que no veían ni percibían nada, a pesar de que la presencia continuaba siendo visible.

El cardenal tomó la iniciativa aprovechando que precisamente pasaban a la altura de un rótulo indicador de la autopista.

—¡Desviémonos en la primera salida! Faltan dos kilómetros para la primera área de servicio. ¡Mantengamos la calma, por favor!

El conductor del monovolumen, sin perder los nervios, aceleró y activó el intermitente como indicación al conductor del segundo vehículo. Por el retrovisor vio cómo el camión también comenzaba a acelerar y ponía el intermitente.

—Todos alerta —dijo el capitán—. En cuanto nos paremos saldremos en posición de ataque hacia la cabina del camión. Los del camión mantened la calma, abrid todas las puertas y bajad cuando paremos.

Todo el mundo respondió afirmativamente y los hombres del monovolumen se dispusieron a tomar las armas y a comprobar los cargadores.

—Es mejor que te quedes en el coche —dijo Doyle al cardenal.

—¿Estás de broma? —respondió Hwang. Y, poniendo la mano en el micrófono del capitán para que los demás no lo oyesen, añadió—: ¿Tenemos un diablo en el camión de atrás y quieres que me quede impasible? Toda ayuda será poca, Doyle. Y me temo que nuestras armas no harán ningún efecto.

Los fusiles y las pistolas estaban cargados con balas benditas fabricadas con acero elaborado, en parte, con restos del hierro de la Lanza del Destino, con la que un soldado romano hirió a Jesús cuando estaba en la cruz. Por supuesto, aquellos proyectiles no se habían probado nunca contra diablo alguno, pero, una vez más, la Hermandad aplicaba el principio de santificar todo aquello que pudiese ser empleado contra el inframundo. El cardenal Hwang, hombre de fe, pero siempre con los pies en el suelo, albergaba dudas razonables de que aquella munición mostrase algún tipo de efectividad.

Los dos vehículos recorrieron un kilómetro a gran velocidad, pero parecía que el tiempo se había ralentizado. Cada segundo se les hacía eterno y el capitán Doyle no apartaba los ojos de la pantallita, donde seguía viendo aquella figura siniestra detrás de sus hombres. De vez en cuando, el ser miraba la cámara y luego a los tres hombres. La escena era terrorífica, incluso para un soldado bregado como él. El cardenal no miraba la pantalla. Su cerebro estaba concentrado en el encuentro que tendrían al cabo de pocos minutos, un encuentro que siempre había considerado inevitable, y de cuyo resultado tenía un mal augurio. Hwang cerró la mano izquierda sobre el puño de la mano derecha para notar la frialdad del anillo cardenalicio que siempre llevaba puesto, y comenzó a decir, en voz bajísima, una pequeña oración en lengua coreana. Si en algún momento de su vida había tenido algún sentido encomendarse a Dios, era precisamente en ese.

Justo cuando empezaban a recorrer el último kilómetro, por la pantallita vieron cómo el intruso clavaba los ojos en la cámara con más intensidad y sonreía, alterando por primera vez un rostro totalmente impertérrito. Doyle intuyó que era el preludio cínico de algo que no podía ser bueno. No le dio tiempo a volverlo a pensar. La figura levantó el brazo derecho a media altura y lo dobló horizontalmente, igual que si fuese a soltar un bofetón.

—¡Alerta! ¡El intruso se mueve! —exclamó el capitán por el interlocutor.

No tuvo tiempo de decir nada más. Sus hombres apenas pudieron darse la vuelta. El cardenal Hwang fijó la mirada en la pantalla. Nadie sabría jamás si en aquella ocasión, finalmente, los hombres del camión habían podido ver la figura maléfica que tenían detrás.

El ser volvió a mover el brazo horizontalmente, sin prisa y sin tocar a ninguno de los hombres, pero al instante los decapitó a los tres. Las tres cabezas rodaron de los hombros mientras el camión se desviaba bruscamente de su carril hacia la derecha y chocaba violentamente contra la valla de seguridad de la autopista. El impacto destrozó el murete de protección y el vehículo se precipitó por un pequeño terraplén sobre una zona agrícola.

El capitán y el cardenal se quedaron horrorizados. Instintivamente, el conductor del monovolumen, perfectamente entrenado para las situaciones límite, activó las luces de emergencia y detuvo el vehículo en el arcén. Los cuatro hombres se apearon de inmediato, saltaron la barrera de protección y echaron a correr hacia el camión. Los tres guardianes llevaban las armas largas en posición de ataque.

El camión estaba volcado de lado, con la parte interior de la cabina reventada por el impacto contra la valla. Se había detenido a casi un centenar de metros de la autopista. Los hombres llegaron enseguida, se detuvieron a poca distancia y se situaron en semicírculo. El capitán Doyle empezó a avanzar. En el interior de la cabina volcada, a través del parabrisas hecho añicos, podía ver a sus hombres decapitados, pero al mismo tiempo, con los cinturones de seguridad bien abrochados. Qué paradoja tan patética.

Apuntando con el fusil, se aproximó lentamente, intentando distinguir a aquel diablo para vaciar sobre él el cargador. La rabia lo devoraba. No podía evitar sentirse responsable de la muerte de sus hombres. Al fin y al cabo, él era su capitán. Aun así, esa vez no veía a nadie más en la cabina. Quizá estaba allí y era invisible a sus ojos, como lo había sido a los ojos de sus compañeros asesinados.

—¿Buscáis a alguien?

Una voz suave y armoniosa acababa de pronunciar aquellas palabras justo detrás de los hombres de la Hermandad, que se volvieron rápidamente y pudieron contemplar, a su lado, la figura siniestra que habían visto en la pantalla. Anochecía, pero su rostro era pálido como la luna. Uno de los hombres apretó el gatillo y efectuó dos disparos. Los proyectiles le impactaron en el pecho. A tan poca distancia, dos balas de 5,56 milímetros habrían tumbado a un rinoceronte.

—Ingenuos mortales, ¿creéis que podéis causarme algún daño? —añadió mientras empezaba a caminar con decisión hacia los cuatro hombres.

Doyle y sus guardias abrieron fuego indiscriminadamente, apuntando a la cabeza y el pecho de aquel demonio, pero, a pesar de la lluvia de balas, el diablo dio un salto y se plantó ante uno de los hombres, lo agarró por el chaleco y lo lanzó al aire como si fuese un muñeco de paja. Mientras el hombre caía al suelo decenas de metros más allá, cogió a otro guardián por el cuello y se lo rompió sin ningún esfuerzo, como si aplastase una simple lata de bebida.

El capitán Doyle se abalanzó sobre él y le dio un puñetazo. El ser no se inmutó y, con un gesto rapidísimo, le metió la mano dentro del pecho, como si estuviese hecho de mantequilla derretida. El irlandés tuvo el tiempo justo de mirar a aquel diablo fijamente antes de morir, sin comprender casi nada. Antes de dejarlo caer al suelo, el demonio se secó la mano llena de sangre en la ropa del capitán. Entonces volvió la cabeza en dirección al cardenal Hwang.

—Hace ya tiempo que sé de tu existencia y tenía ganas de conocerte personalmente —le dijo mientras se le acercaba—. Me ha costado tirar del hilo hasta aquí, y eso es mérito tuyo, sin duda. Pero ¿de verdad pensabas que nunca llegaríamos a encontrarnos?

—¿Quién eres? —le espetó el cardenal. Hwang no perdía la calma. Al fin y al cabo, si había de morir, que fuese dignamente y sin mostrar ni un ápice de miedo. Cuando se convirtió en miembro de la Hermandad del Ángel Caído había prometido dejarse la piel si era necesario.

—Soy Belcebú. Eres un hombre culto y seguro que has leído y oído mi nombre, pero eso es algo sin importancia. Lo realmente importante es que esta noche mi dueño y señor vuelve a su casa. Para nosotros comenzará una nueva era y para vosotros será una pesadilla.

—¿Una nueva era? —respondió el cardenal—. Tu dueño es desde hace tiempo una sombra de lo que había sido. ¡Ni lo reconoceríais! Está más muerto que vivo, nos hemos ocupado bien de eso durante todos estos siglos.

Por primera vez, el rostro pálido de Belcebú se transformó, poseído por la ira. Se acercó tanto al cardenal que el hombre podía percibir el aliento putrefacto que salía de la boca de aquel demonio.

El cardenal saltó hacia atrás para alejarse de Belcebú

y sacó una cruz de plata del bolsillo de su chaqueta mientras decía:

—*Christus mecum, Christus ante me, Christus me pone, Christus in me, Christus infra me, Christus supra me...*

El demonio retrocedió ligeramente cuando el cardenal avanzó con la cruz en alto.

—¿De verdad crees que puedes detenerme recitando la coraza de san Patricio?

Hwang continuó avanzando lentamente.

—*Christus ad dextram meam, Christus ad laevam meam, Christus hine, Christus illine, Christus a tergo...*

El demonio dio otro paso atrás, notando la fuerza purificadora de aquella plegaria protectora escrita por san Patricio en algún momento de las profundidades del siglo V. Hwang advirtió que la oración hacía recular a Belcebú y la retomó con mayor énfasis mientras continuaba avanzando despacio.

—*Christus in corde omnis hominis quem alloquar, Christus in ore cujusvis qui me alloquatur, Christus in omni oculo qui me videat, Christus in omni aure quae me audiat.*

De pronto Belcebú susurró unas palabras en lengua demoníaca, sus ojos se encendieron como tizones y avanzó tan deprisa que, antes de que el cardenal pudiese reaccionar, el demonio ya lo había agarrado por el cuello y lo había levantado un palmo del suelo. Aquellos ojos diabólicos se clavaron en los del coreano, que prácticamente notó cómo aquella mirada penetraba en su cuerpo y le recorría todas y cada una de las venas como una serpiente hambrienta. El dolor era insoportable, y lo último que vio antes de perder el conocimiento fue la sonrisa perversa y glacial de Belcebú.

El demonio arrojó el cuerpo del cardenal al suelo, se dio la vuelta lentamente y se dirigió a la caja del camión. Las sirenas de los vehículos de emergencia ya se oían en la distancia y algunos conductores que habían detenido sus vehículos observaban desde la autopista sin atreverse a acercarse, asustados por los disparos. El diablo no parecía tener ninguna prisa. Belcebú se dirigió a la parte posterior y rompió con la mano el cerrojo de las puertas sin hacer ningún esfuerzo. Las abrió y contempló, bien asegurada con cadenas y cuerdas en uno de los costados del remolque volcado, una caja de madera con una cruz roja pintada en cada lado. Aquel momento anhelado durante siglos estaba a punto de convertirse en realidad. Muy pronto entrarían juntos por las puertas del infierno y sentaría a Satanás en su trono legítimo; el resto de los demonios mayores tendrían que bajar la mirada ante él y arrodillarse como prueba de sumisión. Comenzaba una nueva era, y él sería el gran triunfador.

Segunda parte

Capítulo 12

Roma, 5 de junio de 1458

A sus setenta y nueve años, Alfonso de Borja notaba que se acercaba inexorablemente al final de sus días. Un síntoma evidente era que cada vez recordaba más y más su infancia y sus años de juventud. Acostumbrado a las conjuras, las desconfianzas y las traiciones como método de supervivencia en la curia vaticana, nunca había sido un nostálgico de nada, razón por la cual, precisamente, se sorprendía a sí mismo recordando y añorando momentos lejanos. Siempre había oído decir que, cuanto más viejo se hacía alguien, más atrás viajaban sus pensamientos, y ahora lo experimentaba en primera persona. Aquella sensación nueva lo divertía y lo advertía a partes iguales.

Le gustaba descender por la memoria y verse a sí mismo jugando entre los naranjos de la alquería de Canals mientras escuchaba a su madre llamándolo para comer desde la puerta de la torre familiar. De hecho, desde que había llegado a papa con el nombre de Calixto III, sus familiares le decían que la alquería había pasado de conocerse con el nombre de Torreta de Canals a ser llamada la Torre de Calixto. Quedaba de manifiesto que un papa no podía haber crecido en una simple torrecita; lo mínimo era que fuese una torre, sin diminutivo. «Menudas bobadas», les decía cada vez que se lo contaban mientras, interiormente, su vanidad se complacía en ello.

Sus parientes también le contaban cosas que no le gustaban tanto. Los sarracenos no solo continuaban viviendo en las inmediaciones de la alquería, sino que se multiplicaban como conejos. Después de la conquista del rey Jaime se les había permitido quedarse en el Reino de Valencia, y aquellos mudéjares habían convertido una gracia real en una amenaza creciente. Los cristianos nunca serían mayoría, y quién sabía si un día esos infieles ayudarían a los turcos a tomar aquellas tierras ganadas con la ayuda de san Jorge. Ese pensamiento solía inquietarlo, y no desaprovechaba la ocasión de suplicar a Dios que los infieles fuesen expulsados de aquellas tierras para siempre. Anhelaba que tarde o temprano llegase un rey con el coraje suficiente para tomar esa determinación.

También recordaba a menudo, con una sonrisa de satisfacción, sus años en el Estudio General de Lérida, la primera y única universidad de la Corona de Aragón. Había sido un alumno aplicado, pero no era menos cierto que también había cumplido con creces las expectativas menos académicas y más terrenales que se esperaban de un estudiante joven e inquieto que vivía a decenas de leguas de su casa. Alfonso de Borja se había doctorado en Derecho Civil y Derecho Canónico, aunque lo que realmente le habría gustado era haber sido doctor en Teología. Desgraciadamente, la bula papal que permitía implantar esos estudios en Lérida no había llegado hasta el año 1426, cuando hacía tiempo que él había concluido sus años de estudiante y ya ejercía como consejero y emisario real en la corte de Alfonso el Magnánimo.

Qué lejos quedaba todo aquello. Había transcurrido toda una vida, pero a él le parecían al menos media docena. Gastado por el paso inexorable del tiempo, su cuerpo había empequeñecido. Se notaba enflaquecido y contrahecho, y todo le pesaba. Estaba orgulloso, en cambio, de conservar todo el cabello, blanquísimo y pulcro como su indumentaria papal.

Alfonso de Borja se estaba dejando acunar por esos pensamientos cuando tres acompasados golpes en la puerta lo desvelaron.

—Adelante —dijo mientras se levantaba lentamente de la cama.

Un camarlengo entró en la alcoba acompañado de un ayuda de cámara, que llevaba una palangana con agua y que rápidamente se adelantó para asistir al pontífice. Desde hacía un tiempo necesitaba descansar media hora en su habitación privada después de almorzar. Siempre había detestado la siesta, que revelaba pereza y desgana, y que en el contexto romano era una imprudencia grave. Ya lo decía el dicho: «No se puede estar a todo, echar la siesta y cuidar el huerto». Cada minuto constituía un tesoro que era necesario aprovechar, siempre con un ojo puesto en las habituales conspiraciones de palacio. Pero a su edad ya se veía incapaz de llegar al anochecer si no hacía una parada a primera hora de la tarde. Con la ayuda del camarero, se lavó la cara, se vistió sin prisa y salió de las estancias papales. El palacio de Letrán no era un lugar donde le gustase vivir. Aún había secciones enteras devastadas por los incendios del siglo anterior. Además, se encontraba demasiado lejos de la basílica de San Pedro y del castillo de Sant'Angelo, y en tiempos convulsos no era prudente residir allí. Ahora bien, su situación, en lo alto de la colina del Celio, le proporcionaba unos aires ventilados que impedían que las pestilencias romanas llegasen a sus pulmones.

Calixto III se dirigió en silencio por los pasillos del palacio hasta la capilla privada pontificia, situada cerca de sus estancias. El nombre no hacía honor a las dimensiones físicas de la capilla. Las palabras *Sancta Sanctorum* se pronunciaban con temor y misterio entre la plebe, y también en buena parte de la curia. Eran muy pocas las personas que habían entrado alguna vez, y por ello el mito se iba agrandando en cada generación. La capilla no superaba los diez metros de largo y estaba presidida por un altar bajo la inscripción *Non est in toto sanctior orbe locus*.

El pontífice atravesó lentamente la capilla iluminada por decenas de velas y se sentó en el primer banco. Alzó la mirada y leyó aquella inscripción por enésima vez. «No hay un lugar más sagrado en todo el mundo». No tenía ninguna duda de que lo era. El altar, dominado por una imagen de Cristo, cubría un relicario de madera con los huesos de trece santos. No era una imagen cualquiera. La había comenzado a pintar el evangelista Lucas, pero fue un ángel quien finalizó la obra. El poder y la santidad de la imagen eran tales que mejor no acercarse demasiado; decían que un papa se había quedado ciego porque quiso mirar la imagen desde muy cerca. Fuese falsa o cierta aquella historia, Calixto III prefería no arrimarse mucho, y la contemplaba siempre desde una distancia prudencial.

Aquella tarde había hecho llamar a los hermanos

Rodrigo y Pedro Luis Borgia. Además de hermanos, eran sobrinos suyos, y al mismo tiempo les había otorgado cargos de confianza para sobrevivir en aquella Roma que detestaba abiertamente a los catalanes. «Donde no hay sangre no se hacen butifarras», le gustaba decir. Rodrigo ya era cardenal y vicecanciller de la Iglesia, y era la esperanza y el futuro de la familia. Por su parte, Calixto III había nombrado a Pedro Luis capitán general de los ejércitos pontificios. Si un hermano gobernaba los asuntos divinos, el otro hacía lo propio con los militares. Era mejor no dejar nada al azar, especialmente en las cosas de la familia.

Una vez bien sentado encima de la fría madera, el papa sacudió ligeramente la cabeza y el camarlengo abrió la puerta principal de la capilla. Rodrigo y Pedro Luis de Borja entraron en la sala, cada uno ataviado con las ropas correspondientes a su cargo. La muceta y el bonete rojos del cardenal contrastaban con la sobriedad de su capitán general, que llevaba en la mano derecha el bastón de comandante de los ejércitos pontificios, un nombre de lo más pomposo que servía para aglutinar una ristra de unidades más o menos disciplinadas, órdenes militares y milicias al servicio de obispos y ciudades. Los Estados Pontificios eran un gigante con pies de barro, y absolutamente todo el mundo lo sabía. Los dos hermanos se acercaron al papa, hicieron una reverencia y se sentaron a su lado. El camarlengo salió de la capilla y cerró la puerta con un golpe lento, que retumbó en todo el oratorio.

—Buenas tardes, santidad —dijo Rodrigo—. ¿Cómo os encontráis? Veo que tenéis mejor aspecto.

El pontífice le respondió con una mirada que delataba cierta decepción.

—Rodrigo, no me adules, te lo ruego. Soy viejo y cada día estoy más decrépito, y lo ves tú y lo ve toda la curia.

El cardenal bajó la mirada instintivamente. No solo era su papa, sino también el tío que llevaba muchos años haciéndole de padre. Calixto III optó por ir directamente al objetivo de la reunión.

—Como sabéis, estoy cerca del final de mi pontificado. Es así y debemos aceptarlo porque es ley de vida y ley de Dios. No se puede hacer nada y tampoco tendría ganas, sinceramente. Estoy cansado.

Sus sobrinos lo escuchaban con atención. El pontífice prosiguió.

—Estoy seguro de que no os ha pasado inadvertido que os he convocado en un lugar poco habitual. En esta capilla no se reza para pedir cosas mundanas ni puede acoger conversaciones menores. Por eso os quiero dar una noticia extraordinaria y haceros un encargo todavía más extraordinario.

Calixto III se detuvo y volvió ligeramente la cabeza para ver los ojos de sus sobrinos. Sus miradas se le clavaban como flechas.

—Siempre os he dicho que nuestras conversaciones son secretas y solo son escuchadas por Dios —prosiguió—. Quiero que tengáis muy claro que lo que os voy a decir es un secreto de confesión, y que os conjuráis a actuar con la máxima discreción. Las paredes de Roma tienen orejas, y las ventanas tienen ojos.

Ambos hermanos asintieron con la cabeza. Sus cerebros dibujaban escenarios y posibilidades, pero ninguno de los dos habría adivinado lo que el papa les iba a decir, aunque hubiesen tenido mil oportunidades de predecirlo.

Calixto III volvió la cabeza para asegurarse de que no quedaba nadie en la capilla. No había ni un alma, y el único movimiento imperceptible en el Sancta Sanctorum era el de los santos pintados en los frescos de las paredes, que parecían cobrar vida animados por las decenas de velas que bailaban en la oscuridad.

La narración que comenzó a desgranar Calixto III dejó a sus sobrinos estupefactos. Ante las miradas atónitas de Rodrigo y Pedro Luis, les contó la captura del diablo y su salida de Tierra Santa durante la caída de Acre, su periplo por diversos reinos y capitales, sus intentos de fuga y la corrupción de algunos guardianes, hasta su llegada a Roma y su confinamiento en un lugar secreto. Les explicó cómo habían aprendido a debilitar el poder de Satanás. Les enumeró qué libros y tratados antiquísimos de demonología se guardaban en el Archivo Secreto, les reveló los nombres de los sabios de todo el mundo conocido a los que habían consultado, e incluso les detalló cómo y cuándo habían podido hablar con él.

Rodrigo no sabía si su tío deliraba o les estaba tomando el pelo. Conociéndolo como lo conocía, sin embargo, era evidente que Calixto III les estaba confesando la verdad. Los dos hermanos lo escuchaban, y ninguno de los dos se atrevía a interrumpirlo con las preguntas infinitas que les venían a la cabeza. Solo cuando el pontífice se quedó en silencio, interpretaron que ya había acabado.

—Dios mío, estos hechos podrían provocar el fin del mundo tal como lo conocemos si el diablo cayese en malas manos —dijo el capitán general.

—Es exactamente como dices, Pedro Luis. Por este motivo, las personas que lo saben se pueden contar con los dedos de las dos manos y, aun así, sobran.

—¿Puedo preguntar dónde está la prisión de Satanás? —dijo el cardenal.

Calixto III aguardaba la pregunta desde hacía un buen rato.

—La tenéis ante vosotros. La prisión de Satanás está justo debajo del altar más sagrado de la capilla más sagrada de la ciudad más sagrada de la cristiandad.

Ambos hermanos notaron un escalofrío recorriéndoles la columna vertebral. Su tío se dio cuenta.

—No os preocupéis. Desde hace unos cuantos años el diablo no da señales de ningún tipo ni se percibe su maldad, pero no podemos confiarnos ni bajar la guardia: en el pasado también ha tenido periodos de letargo alternados con etapas de más actividad. Actualmente, cuatro de los últimos caballeros de la Orden del Dragón velan al prisionero y lo debilitan regularmente con reliquias, oraciones y agua bendita. Pero precisamente por eso os quiero hacer una petición.

—Lo que sea, tío —respondió Rodrigo, casi por instinto.

—Quiero que se constituya una comunidad destinada únicamente a la custodia del prisionero, a garantizar que ni se pueda escapar ni pueda ser rescatado por otros demonios o por reinos y naciones contrarias a la fe. El santo padre Nicolás V me hizo este encargo en su lecho de muerte y yo lo pasaré a quien crea que me puede suceder, pero esta cadena es frágil y un día podría romperse. Es necesario que una comunidad tenga el mandato único de velar por este asunto todos los días del año, sin descanso. Es el encargo que os hago a vosotros dos, y sé que será una pesada carga. ¿Puedo confiar en vosotros?

Rodrigo tomó aire, miró a Pedro Luis como solo pueden mirarse dos hermanos, y dijo:

—Santo padre, no os fallaremos. Podéis confiar en nosotros.

—No es a mí a quien no podéis fallar. Es a Dios mismo —respondió el pontífice.

Los tres permanecieron un momento en silencio. Encima del altar, el rostro de Cristo pintado por un ángel los miraba con semblante compasivo. Las velas continuaban titilando en la oscuridad.

En el crepúsculo de su pontificado, Calixto III sentía que había cumplido la voluntad de Dios y que había sido un albacea fiel del encargo recibido de su predecesor. Se había quitado un peso de encima, pero lo abrumaba pensar que había cargado aquella piedra inmensa sobre los hombros de sus sobrinos.

Rodrigo y Pedro Luis también pensaban en la misión que les acababa de encomendar. El primero, pese a tener asignados los asuntos de Dios, tan solo le daba vueltas a cómo encajar todo aquello en su ambición infinita. El segundo, más acostumbrado a tener los pies en el suelo y en la táctica militar, ya esbozaba vertiginosamente qué estructura se requería para asumir aquel encargo, cuántos hombres serían necesarios y qué mando debía tener.

Solo dos meses después, Alfonso de Borja moría en plena canícula romana y aquella encomienda casi póstuma pasaba a ser su legado más secreto. Ni el tío ni los dos sobrinos podían imaginar que Rodrigo también sería elegido papa unos cuantos años después ni que ocuparía el trono de san Pedro con el nombre de Alejandro VI. Tampoco que una de sus prioridades sería la creación de la Hermandad del Ángel Caído.

Capítulo 13

La calle de Napoleón Bonaparte no tenía nada de especial. De hecho, en la ciudad de Latina prácticamente ninguna calle tenía nada de especial. Todas eran igual de aburridas, anodinas, sin ninguna particularidad ni nada que llamase la atención. Las ciudades diseñadas con una regla y un cartabón son el sueño de los urbanistas, pero a menudo son la condena de sus habitantes. Sobre el plano resultan muy pulcras y ordenadas, con unas avenidas amplias y unas calles rectas e igualitarias. No existe ninguna diferencia entre calles porque sus inspiradores y sus arquitectos tampoco quieren diferencias entre las personas que vivirán allí. Con frecuencia, estas ciudades surgidas de la nada están diseñadas por autócratas fascistas o comunistas, pero con el mismo anhelo de lograr la igualdad, una nueva fraternidad, la sociedad perfecta de un futuro que nunca llega.

Este era exactamente el caso de Latina, una localidad fundada por el propio Duce en 1932 con el nombre de Littoria sobre unos pantanos desecados y convertidos en un mosaico de campos agrícolas y ciudades idénticas. Secar marismas para hacer ciudades encima era una manía antigua de los hombres, aunque fuese contra natura.

Urbanísticamente, en Latina había todo lo necesario para tener una vida plena: colegios, ayuntamiento, empresas, hospitales, estación de tren, estadios y parques. Lo tenía todo excepto una cosa, la más importante de todas: no tenía historia. Todo el mundo era un recién llegado procedente de cualquier lugar de Italia. Nadie tenía raíces ni antepasados en el cementerio. Nadie tenía casas viejas ni huertos con árboles centenarios. Nadie era de allí y todos eran forasteros. Todos los habitantes eran huérfanos de ciudades lejanas. Una ciudad sin historia es como una persona sin alma.

Mario Mancini encarnaba todo eso, pero nunca se había parado a pensarlo. Tenía demasiado trabajo para perder el tiempo con disquisiciones filosóficas. Vivía el presente y pensaba en el futuro, pero jamás miraba al pasado. Consideraba que hacerlo no tenía ningún sentido. Aquel día, como cada tarde desde hacía muchos años, aparcó su vieja furgoneta Fiat Ducato de color blanco con el lema *Transporti regionali MM* pintado de color negro delante del pequeño edificio de apartamentos de la calle Napoleón Bonaparte número 36, apoyó la espalda contra el vehículo y encendió un cigarrillo. Exhaló muy lentamente el humo de la primera calada, como si todo el día hubiese contenido la respiración. El último cigarrillo del día era su máximo placer. Era el momento en que trataba de poner la mente en blanco mientras inconscientemente hacía la transición entre un día más de arduo trabajo y el pequeño oasis que había construido con Giulia, la mujer con la que llevaba casi treinta años de matrimonio y con quien había tenido dos hijas.

Dio unas caladas más, arrojó la colilla al suelo, la pisó con más voluntad que ganas y entró en el edificio. El ascensor no funcionaba, como solía ocurrir, y subió las escaleras renegando hasta el segundo piso, donde estaba su pequeño apartamento. Eran solo dos plantas, pero el tabaco, la edad y cierta fatiga derivada de la diabetes mal llevada hacían que cada día le costase más subir las escaleras. Abrió la puerta de casa y dejó la chaqueta en el perchero del recibidor mientras su gato, Galileo, le daba la bienvenida frotándose entre sus piernas.

—¡Ya estoy en casa, Giu! Y no te imaginas el encargo que me han hecho hoy —dijo Mario mientras se dejaba caer en su sillón favorito y el gato se le subía al regazo—. Un encargo realmente inesperado, pero ya he dicho que sí porque pagan muy bien.

De la cocina llegó la respuesta de su mujer.

—¿Un encargo inesperado y bien pagado? ¿Quién te lo ha hecho? No quiero que aceptes encargos de extraños, por mucho que te paguen. En esta casa somos humildes pero honestos, Mario. Recuerda que no sería la primera vez que te engañan; ya te he dicho muchas veces que eres demasiado ingenuo y que no todo el mundo es tan bueno como tú.

El hombre sonrió antes de responder. La honestidad insobornable de su esposa y su sentido de la justicia eran dos de los rasgos que lo habían enamorado, y todavía lo cautivaban.

—¡Giu, no te preocupes! Ha venido a verme un señor del Vaticano. No sabría decir si era un cura o no, ya sabes que hoy en día eso es muy difícil de saber, pero sí que me ha dejado claro que trabaja para el Vaticano, y que es catalán. Eso lo ha remarcado dos o tres veces;

es como si estos catalanes estuviesen muy satisfechos de serlo.

—¿Y cuál es el encargo concreto, Mario? —dijo Giulia saliendo de la cocina.

—¡Quieren que traslade una obra de arte desde Roma hasta el monasterio de Montserrat, cerca de Barcelona! ¿Te lo puedes creer?

Giulia se rio con ganas.

—¿Tú tienes que trasladar una obra de arte? ¿A otro país? Supongo que ya le has dicho que eres transportista de muebles, paquetes, trastos, mercancías y frutas y verduras, y que nunca has trabajado fuera de la región del Lacio. Excepto aquella vez que tuviste que trasladar un leopardo disecado a Palermo, ¿te acuerdas?

—Pues claro que se lo he dicho, sobre todo porque el seguro que tengo no incluye objetos artísticos y no quiero pillarme los dedos —respondió Mario—. Pero este catalán ha insistido y me ha asegurado que no habrá ningún problema y que el seguro corre a cuenta del Vaticano. No entiendo por qué me quieren a mí ni cómo han dado con mi nombre...

—La Iglesia lo sabe todo de todos, ya lo sabes. ¿Y dices que te pagan bien?

—¡Más que bien! —dijo Mario mientras se frotaba los dedos índice y pulgar de las dos manos—. Me pagan casi lo que gano en tres meses enteros de trabajo; gasolina, peajes y alojamiento aparte.

—Pues si te pagan tan bien quiere decir que la pieza tiene mucho valor. ¿Qué obra de arte es, concretamente?

Mario se encogió de hombros. Su mujer siempre hacía demasiadas preguntas y él, en cambio, siempre hacía demasiado pocas. Presintió la embestida, pero intentó esquivarla preventivamente.

—No me lo han dicho ni he querido preguntarlo, Giu. No he querido parecer un cotilla.

No lo consiguió.

—¡Mario, no tienes remedio! ¿Vas a transportar más de mil kilómetros una cosa que no sabes qué es? Me parece una imprudencia. Quizá tendrías que haber dicho que no.

—Giu, querida, lo importante de todo este asunto es que obtendremos un buen pellizco. Las niñas ya están en la universidad, viven en Roma de alquiler y todo eso nos cuesta mucho dinero. Llegamos muy justos a final de mes, creo que no hace falta que te lo recuerde. Este encargo no nos solucionará la vida, pero nos permitirá no ir tan apurados. Y a lo mejor tú y yo podremos permitirnos algún capricho.

Giulia amaba a Mario con locura desde el primer minuto de conocerlo, hacía ya muchos años, en aquel chiringuito de la playa. Ciertamente no era el chico más inteligente ni el más atractivo de Latina, pero rezumaba bondad por los cuatro costados y siempre encontraba el lado positivo ante cualquier situación. Y, en el fondo, tenía razón. La consecuencia práctica de aquel encargo sería un ingreso de bastante dinero en la raquítica cuenta bancaria familiar. Tal vez no era necesario darle tantas vueltas.

—Seguramente tienes razón, Mario —dijo, dulcificando la voz—. Haz ese transporte y lo iremos a celebrar como Dios manda, nunca mejor dicho.

Ambos se rieron. Giulia prosiguió.

—¿Cuándo es el traslado de la obra?

—Dentro de dos días. Será todo muy precipitado, pero ya he pospuesto algunos encargos y lo puedo asumir. Si no perdemos el tiempo, creo que podré tenerlo todo listo en tres días.

—¿En solo dos días? Ay, Mario, tengo un mal presentimiento con este encargo, francamente. Pero, bueno, como bien dices, el dinero nos va a venir muy bien. Solo te pido que seas muy prudente y tengas los ojos bien abiertos.

—Por eso no tienes que preocuparte, amor mío. El catalán que me ha hecho el encargo vendrá conmigo en la furgoneta todo el trayecto, desde que carguemos la pieza hasta que la deposite en Montserrat. Así, él se hará cargo de cualquier eventualidad. ¡No le des tantas vueltas! Te preocupas demasiado.

—Espero que todo sea para bien —dijo su esposa.

Mario se levantó mientras el gato saltaba al suelo de un brinco.

—Voy a ducharme, que hoy he sudado como un cerdo cargando más de dos mil libros que la señora Rossi ha donado a la biblioteca municipal. Me parece que ya no tengo edad para hacer este trabajo... Aprovecharé para mirarme el azúcar y puede que me pinche insulina.

—Pues espabila, que cenaremos en cuarto de hora —respondió su mujer mientras volvía a la cocina, intentando convencerse de que aquella era una buena noticia.

Capítulo 14

Dos días después, unos minutos antes de las cuatro de la tarde, Mario entraba con su furgoneta en la Ciudad del Vaticano por la puerta Perugino, situada casi a los pies de la cúpula de San Pedro. Hasta que el agente con cara de pocos amigos de la Gendarmería Vaticana no le había permitido finalmente el paso, no había podido respirar de alivio; al fin y al cabo, solo llevaba una autorización sellada y firmada por un tal cardenal Hwang, del que nunca había oído hablar. En el último momento había tenido miedo de que todo aquello no fuese más que una broma de mal gusto de sus amigos del sindicato de transportistas, que cuando se aburrían, vaya hatajo de bestias, eran capaces de pensar en los disparates más insólitos.

Siguiendo las indicaciones del gendarme, Mario esperó un instante a que saliera del Vaticano un camión bastante grande precedido por un monovolumen negro. Las matrículas diplomáticas de los dos vehículos llamaron la atención del transportista. Cuando hubieron pasado, Mario encendió la furgoneta y comenzó a circular lentamente. Era la segunda vez que entraba en la Santa Sede. La primera había sido cuando iba al colegio, con toda la clase. Nunca había vuelto. Seguramente su falta absoluta de fe era una explicación. No sentía aversión alguna hacia los curas, como los viejos comunistas de su pueblo; simplemente en algún momento había perdido la fe y había dejado de ir a misa los domingos, decisión que había hecho enfadar mucho a su esposa.

Mario condujo su furgoneta hasta el aparcamiento de la única estación de tren del Vaticano. El Ferrocarril del Vaticano y aquella parada diminuta se habían negociado durante los Pactos de Letrán del año 1929, que supusieron el reconocimiento de la Ciudad del Vaticano como un estado independiente por parte del Reino de Italia. Desde entonces, la Santa Sede disponía de un servicio de tren regular que básicamente unía el Vaticano con Castel Gandolfo, y de vez en cuando operaba algún tren conmemorativo o para algún servicio especial. A Mario todo aquello le parecía un poco de andar por casa.

Bajó del vehículo y después de mirar a ambos lados se encendió un cigarrillo. No había ningún cartel que lo prohibiese ni ningún gendarme que le pudiese llamar la atención. En el aparcamiento la actividad era escasa. Miró el reloj que llevaba en la muñeca derecha y comprobó que, sorprendentemente, había llegado dos minutos antes de la hora prevista. De hecho, siempre procuraba ser puntual, pero el tráfico, y muy especialmente en Roma, nunca lo ayudaba a cumplir sus compromisos. En aquella ocasión, sin embargo, quien lo contrataba no era un cliente cualquiera y no podía cometer ningún error. Tal vez aquel encargo fuese el primero de muchos si cumplía rigurosamente y sin hacer demasiadas preguntas.

Llegaron las cuatro en punto, acompañadas del sonido de las campanas. Si en Roma era difícil adivinar de qué iglesia procedía el tañido de una campana, en la Ciudad del Vaticano ya resultaba completamente imposible. Justo en aquel momento llegó al aparcamiento un pequeño camión, que estacionó junto a la furgoneta de Mario. Nada más verlo, el transportista tiró el cigarrillo al suelo mientras aventaba un poco el aire.

Bernat bajó del camión por la puerta del copiloto, acompañado por dos hombres más con uniformes operativos de la Guardia Suiza.

—Buenos días, Mario, bienvenido al Vaticano. Veo que no has tenido ningún problema para entrar —dijo el monje catalán estrechándole las manos amigablemente.

—Gracias, señor Bernat, todo ha ido tal como usted me dijo.

Era la segunda vez que Mario veía a Bernat. Solo hacía cuarenta y ocho horas desde que se habían conocido, cuando entró en su pequeña y desordenada oficina de Latina para hacerle aquel encargo tan inesperado.

—Perfecto. Si te parece bien, estos dos hombres nos ayudarán a cargar la obra en tu furgoneta y podremos irnos enseguida. ¡El tiempo es oro!

—Por supuesto, tengo la furgoneta vacía y el depósito bien lleno de gasolina, tal como le prometí.

Bernat estaba contento. Su plan comenzaba exactamente como lo había planeado. Mario abrió las puertas del vehículo mientras los dos uniformados hacían lo propio con las de su pequeño camión. Luego uno de ellos entró de un salto en la parte trasera del camión y entre los dos extrajeron con mucho cuidado una caja de madera clara de dimensiones considerables, que cargaron en la furgoneta de Mario. Entre los tres aseguraron la caja con cinchas y cerraron las puertas posteriores del vehículo con un cerrojo, cuya llave entregaron a Bernat, lo cual sorprendió al transportista.

—Ya está todo listo, podemos irnos —dijo Bernat. Y, dirigiéndose a los dos guardias, añadió—: Eso es todo, compañeros. A partir de aquí ya nos encargamos nosotros.

—Bernat, cualquier cosa que necesites nos llamas, ya lo sabes —respondió uno de los hombres.

—Espero no tener que hacerlo y que todo vaya bien.

Los hombres se despidieron y se marcharon en el pequeño camión con el que habían llegado. El monje benedictino y el transportista se montaron en la furgoneta. Bernat dejó la mochilita que llevaba en la parte de atrás de los asientos, donde también estaba la pequeña maleta que Mario llevaba consigo, y se sentó en el tercer asiento de la parte delantera, junto a la ventanilla. Aquel viaje duraría, como mucho, dos o tres días. Salieron del Vaticano por la misma puerta por la que había entrado Mario no hacía ni media hora.

Sin decirse nada el uno al otro, ambos tenían la misma sensación. Bernat sentía que finalmente ejecutaba la misión que se le había encomendado y que dejaba atrás horas y horas de discusión con el cardenal Hwang y con el abad de Montserrat. Había llegado al límite del agotamiento repasando y debatiendo escenarios. Entre las dudas del abad y la tozudez del cardenal, Bernat había llegado a perder la paciencia. Ahora, en cambio, dentro de la furgoneta y camino de Montserrat, se sentía pletórico. Su propuesta se estaba ejecutando punto por punto y lo embargaba una sensación próxima a la felicidad.

A su lado y con las manos en el volante, Mario tenía el deseo de que aquel fuese un contrato y un contacto que le cambiase la vida, lástima que le llegase tan cerca de la jubilación. Pero, después de todo, más vale tarde que nunca. Intuía que aquel viaje vendría acompañado, en cierto sentido, de un cambio vital. Puede que, después de tantos años partiéndose el lomo a cambio de un sueldo más bien magro, la suerte estuviera a punto de sonreírle de una vez. No acababa de entender por qué lo habían escogido a él y su vieja furgoneta, pero tampoco le importaba demasiado. Lo importante era que él estaba allí, con aquel monje a su lado y con una pieza valiosísima en la furgoneta, camino de Cataluña.

Salieron de Roma y tomaron la autopista A12. El día era soleado y Mario había puesto una emisora de música italiana de los años setenta y ochenta. Si hubiese estado solo habría puesto el volumen más alto y se habría pasado el rato cantando a pleno pulmón las canciones que iban poniendo, pero no quería importunar a su compañero de viaje ni dar una mala imagen. Tan solo habían intercambiado algunas frases de cortesía, pero Bernat enseguida había dejado que la mirada se le perdiera en el horizonte y sus pensamientos se encontraban muy lejos de allí.

Circulaban por la autopista a buen ritmo y sin demasiado tráfico. Los días laborables de principios de verano eran tierra de nadie; aún no había llegado la migración de turistas del norte de Europa y muchos italianos ya estaban medio de vacaciones o habían enviado a la chiquillada a las segundas residencias. Mario, acostumbrado a conducir la furgoneta en trayectos más bien cortos por calles estrechas y carreteras secundarias, estaba entusiasmado ante la perspectiva de un viaje largo y agradable por autopista.

Sin embargo, aquella alegría iba a durarle muy poco. Nada más dejar atrás la salida de la antiquísima ciudad costera de Santa Severa, Bernat hizo una indicación a Mario y dijo:

—Tienes que disculparme, Mario, pero hay un pequeño cambio de planes. En lugar de hacer todo el trayecto por carretera, desvíate en la próxima salida, la de Civitavecchia. Iremos en barco hasta Barcelona en un ferri rápido.

Mario se quedó estupefacto. Esa no la había visto venir.

—¿Cómo dice? ¿Iremos en barco?

—Sí. No te preocupes, ya tenemos los billetes con tu matrícula y hemos reservado una cabina doble para descansar. Ni que decir tiene que las comidas corren a nuestro cargo. Será mejor para ti, que te fatigarás menos, y para la pieza que transportamos, porque habrá menos sacudidas y movimientos.

—Por mí no tiene que preocuparse en absoluto, señor Bernat. Llevo toda la vida conduciendo y nunca he tenido ningún accidente. Me gusta mucho conducir —dijo Mario, intentando emplear un tono de voz a medio camino entre hacerse el ofendido y la cordialidad.

—Ya sé que eres un buen conductor y una persona prudente; por ese motivo hemos contratado tus servicios. Pero la decisión está tomada y es lo que vamos a hacer.

Mario no sabía si enfadarse con Bernat o centrarse en el lado positivo del cambio, que lo tenía: un viaje laboral en barco, para un transportista de mercancías por carretera, era una oportunidad con indudables ventajas. Como no tendría que hacer su trabajo, podría dedicarse a descansar, comer, ver la televisión y pasear por la cubierta durante las veinte horas que duraba, aproximadamente, la travesía. No serían unas vacaciones, pero tampoco exactamente trabajo. Optó por el pragmatismo. Quien paga manda y el cliente siempre tiene razón, especialmente si es un buen cliente. Y por nada del mundo quería empezar la relación profesional con la Iglesia con mal humor y caras largas.

—Como usted diga, señor Bernat. —Sonrió de oreja a oreja.

La furgoneta salió de la autopista y se dirigió a la terminal de ferris del puerto de Civitavecchia. Los dos hombres retomaron el silencio mientras en la radio sonaba una vieja canción melancólica de Fabrizio de André.

Capítulo 15

Berta observaba con curiosidad la fila de pasajeros que subía lentamente por la pasarela hasta la entrada del crucero que debía llevarlos a Menorca después de hacer una escala de pocas horas en la ciudad de Barcelona. Hacer un crucero por el Mediterráneo no entraba en sus previsiones, y no solo por una cuestión de dinero. Desde muy joven detestaba las aglomeraciones, y con el paso de los años cada vez disfrutaba más de los encuentros reducidos con amigos o familiares. Por nada del mundo cambiaría un fin de semana con sus amigas del colegio en una masía de los Pirineos por un crucero con miles de personas desconocidas apretujadas dentro de un barco, por más lujos que tuviesen a su alcance. Por eso a Berta le parecía incomprensible que tanta gente desease embarcarse y pagase tanto dinero. Quizá lo hacían, en gran parte, para darse importancia delante de amigos y familiares y colgar fotos y vídeos en las redes sociales. Algo no iba bien en el mundo, pensaba.

La mayoría de los turistas regresaban al crucero muy cargados, con bolsas llenas de ropa, zapatos, joyas y recuerdos de Barcelona. Berta se preguntaba si toda aquella gente compraba tantas cosas en cada escala que hacían y si al final el barco no se hundiría por exceso de peso. Comprar compulsivamente era un defecto que le gustaba criticar cuando lo veía en los demás, si bien ella misma no era para nada un ejemplo de disciplina y contención. En su casa entraban más trastos de los que salían, y tenía los altillos y los armarios llenos de cosas que se arrepentía de haber comprado en algún momento de debilidad, en especial, zapatos. Tenía tantos que podría calzarse un par distinto durante cien días. Todos aquellos zapatos contribuían de un modo determinante a la falta de orden general de su casa, en coherencia con la falta de orden general de su propia vida, motivo por el cual no tenía demasiada autoridad moral y se sentía un poco mal cuando le exigía a Martí que ordenase su habitación y recogiese los juguetes cuando terminase de jugar, o cuando le decía que no le podía comprar todo aquello que le pedía cada vez que salían a la calle. La teoría se la sabía muy bien, pero le fallaba la práctica.

Los últimos viajeros acabaron de entrar en el barco y la larga pasarela se retiró lentamente. El crucero zarparía pronto, y antes de una hora no sería más que una silueta recortada en el horizonte. Berta consideró que ya no tenía ningún sentido continuar en aquel punto y se dirigió al coche patrulla, donde la esperaba Ricard, su compañero de turno en aquel servicio ordinario de seguridad ciudadana.

Arrancaron el coche y circularon lentamente por los muelles. A última hora de la tarde había poca actividad, a pesar de ser temporada alta de pleno verano. Trabajar en la comisaría del puerto era un destino codiciado dentro del cuerpo de Mossos d'Esquadra. Patrullar por los muelles era lo más parecido a aquello que soñaba cuando estaba en la Escuela de Policía y que no había encontrado en las comisarías de las áreas básicas policiales de Barcelona. No solo ofrecía seguridad a trabajadores y pasajeros y había detenido a unos cuantos chorizos de medio pelo, sino que había participado en algunas operaciones de altos vuelos contra traficantes de droga y de personas en las áreas de los contenedores. Incluso había vivido un tiroteo contra criminales de una red delictiva de Europa del este que pretendían embarcar clandestinamente coches de lujo robados.

En cambio, los agentes adscritos a seguridad ciudadana y destinados a las comisarías del centro de Barcelona se pasaban el día persiguiendo carteristas y pequeños traficantes de droga. Ese trabajo ya era poco estimulante en sí mismo, pero lo que desmotivaba a los policías era el hecho de que cada día detuviesen exactamente a los mismos carteristas y los mismos traficantes, a los cuales los jueces dejaban, invariablemente, en libertad con cargos cada vez que los llevaban al juzgado. Delincuentes y policías se conocían a la perfección, y los primeros se burlaban de los segundos abiertamente. Berta no quería aquella vida. No había querido ser agente de policía para sentirse la tonta de la película. Y era justo la vida que le esperaba. Aquel era su último día en la comisaría del puerto.

Dejaron atrás los muelles y llegaron a la comisaría, un edificio pequeño y funcional ubicado junto a las dependencias administrativas del puerto de la capital catalana. Aparcaron el vehículo al lado de los otros y entraron. Berta se dirigió a su escritorio mientras Ricard se lanzaba a la máquina expendedora de cafés. Si hubiese tenido allí mismo una máquina de bollería industrial, habría sido la segunda parada de Ricard.

Berta se dejó caer en la silla y depositó encima de la mesa las dos armas que siempre llevaba encima: una pistola Walter P99 y una táser. El arma eléctrica no era de uso obligatorio, pero ella la había solicitado insistentemente hasta que se la habían concedido. Llegado el caso de tener que recurrir a las armas, prefería soltar una descarga eléctrica antes que un disparo de bala. Y tenía bastante claro que no dudaría en utilizarlas si fuese conveniente. Era delgada, fuerte y atlética, pero recurriría a las pistolas antes que enzarzarse en una pelea a base de golpes de porra y puñetazos. Eso lo dejaba para sus compañeros más exaltados. Ya había visto bastantes lesiones graves en otros agentes como para no correr el riesgo de sufrir una que la dejase de baja unos cuantos meses.

Recorrió con la mirada la mesa casi vacía que tenía delante. Ya lo tenía casi todo recogido. Al lado del ordenador solo quedaba una fotografía de Martí con sus abuelos, tomada el día de la fiesta de su quinto cumpleaños. Sería la última cosa que pensaba guardar en la caja de cartón que tenía bajo la mesa, junto con un cartel promocional del Montseny que estaba colgado detrás de su silla. La de cosas que había acumulado en aquella comisaría durante tres años y que ahora arrastraría como un cangrejo ermitaño a su nuevo destino, donde, con el paso del tiempo, se añadirían nuevos sedimentos de cachivaches y objetos que, tarde o temprano, acabarían irremediablemente en el contenedor.

Berta miró el reloj del teléfono móvil. Acababan de pasar dos horas desde que había comenzado su último turno, que había doblado con un compañero que había pedido el día libre. Tenía por delante casi quince horas más de guardia. Como mínimo, también había doblado el sueldo de aquel día. No tenía ninguna intención de pasar todas aquellas horas sentada frente al ordenador sin hacer nada, como si estuviese esperando en el corredor de la muerte. No quería lamentarse ni ofrecer una imagen patética a sus compañeros. Pasaría las últimas horas haciendo lo que más le gustaba, que era patrullar por los muelles al aire libre. Abrió en el ordenador los documentos con los horarios de los barcos que tenían previsto llegar o salir de Barcelona, y anotó la lista de servicios que pensaba hacer. Fijó la mirada en un ferri procedente de Italia que atracaría en el puerto al día siguiente por la tarde y decidió que aquel sería su último servicio en el puerto. Un ferri era siempre menos vistoso que un crucero, pero transportaba personas de carne y hueso, gente con preocupaciones terrenales y que no tenía tanto dinero como los cruceristas. Gente como ella, precisamente.

Cogió el móvil, buscó el contacto de su exmarido en la agenda y lo llamó. A aquella hora Martí debía de estar en casa y podría charlar un rato con él antes de cenar. Mientras escuchaba los tonos de espera, pensó que su hijo pasaría toda la semana con su padre y, como siempre, lo echaría mucho de menos. Incluso más que otras veces, porque no se incorporaría a la nueva comisaría hasta dentro de cuatro días y, por tanto, dispondría de más tiempo para añorarlo. Más le valía llenarse la agenda de aquellos cuatro días festivos o se le caería la casa encima y vaciaría ella sola un par de botellas de vino blanco.

Capítulo 16

Bernat contemplaba desde la cubierta de popa cómo el enorme buque blanco que enlazaba Civitavecchia con Barcelona se alejaba perezosamente de la costa italiana. La furgoneta estaba en la bodega del ferri, perfectamente asegurada. Le había pedido a Mario que se quedase un rato en el vehículo mientras él estiraba las piernas y tomaba un café en alguno de los bares de la nave. Había aducido que no podían dejar sola una pieza de semejante valor, argumento que aquel buen hombre parecía haber entendido. Después de todo, el transportista no ponía pegas a nada ni hacía preguntas. Como mucho se encogía de hombros y enarcaba las cejas. Era obvio que pagarle tan generosamente tenía sus ventajas.

Había decidido quedarse toda la noche al lado de Satanás y cederle la cabina a Mario. Aunque no preveía que hubiese ningún incidente, toda precaución era poca. Aquella travesía en barco no había sido precisamente un capricho o una decisión tomada al azar. El agua no era un medio favorable a las fuerzas del mal, como explicaban todos los libros y manuales de demonología que había podido consultar. No en vano, tampoco por azar, Dios utilizaba el agua como elemento de purificación, en ocasiones incluso en forma de diluvio universal. Nada había más antagónico en el infierno de fuego que los mares y los océanos. Si Satanás aún conservaba algún poder que le permitía comunicarse con el infierno, lo tendría mucho más difícil desde un barco que desde tierra firme. Y si lograba hacer llegar alguna señal al infierno, a sus servidores les costaría mucho localizarlo, y todavía más asaltar el buque.

La línea de la costa se volvía cada vez más fina en la distancia. Bernat sacó el teléfono móvil de su bolsillo y miró la pantalla. Solo tenía una rayita de indicador de cobertura. Pronto dejaría de tenerla y pasaría unas cuantas horas incomunicado. En el barco había un servicio de wifi de pago, pero la Hermandad prefería comunicarse con mensajes SMS, por seguridad. Solo cuando tuviese a la vista Barcelona recuperaría la cobertura y se podría volver a comunicar con Hwang y los demás compañeros. Si todo iba bien, el convoy del cardenal cruzaría pronto la frontera de Italia con Suiza y continuaría su camino hasta Suecia. La idea de organizar un traslado ficticio había sido suya y, pese a las reticencias iniciales del cardenal, al final la propuesta se había abierto camino. El último mensaje de Hwang era de hacía justo una hora. No había ninguna novedad. Él le había respondido, sin ser muy explícito, que ya habían embarcado según el plan previsto. Si ya eran pocos los hombres de la Hermandad que estaban al corriente del falso traslado, aún eran menos los que sabían que el transporte real se haría por mar. El papa y el abad estaban informados, por supuesto, pero habían hecho pocas preguntas sobre los detalles, cosa que Bernat había agradecido.

Mientras miraba el horizonte, rememoraba las conversaciones que había tenido con el cardenal en Montserrat. Más allá de la misión concreta y tangible que tenían entre manos, existían unas dimensiones religiosas y políticas que apasionaban a Bernat. Recordaba perfectamente el momento en que le preguntó por qué razón la Iglesia no había confiado el secreto a las autoridades gubernamentales, con el objetivo de que fuese el Estado quien asumiese la custodia de Satanás. Con seguridad tendrían más capacidad y más recursos para levantar una prisión inexpugnable, había sugerido.

Al igual que el resto de las cuestiones que pudiesen surgir, aquella pregunta hacía la tira de años que los maestres de la Hermandad se habían planteado, y la respuesta siempre había sido negativa. Para empezar, ninguna institución civil se hubiera creído que Satanás había sido capturado y encarcelado. Era una historia tan inverosímil y rocambolesca que habría sido desacreditada y rechazada. Y, con cada año que pasaba, todavía se lo hubieran creído menos, dada la velocidad con que la pérdida de la fe se propagaba entre los gobernantes del mundo. Pero en el caso improbable de que algún estado o algún mandatario se hubiese creído la verdad, era casi seguro que habrían perdido el control del prisionero, con las derivadas que ello habría podido comportar. Por ejemplo, nadie podía garantizar que algún gobernante no liberase a Satanás a cambio de prebendas personales. Nadie podía garantizar el mismo nivel de secretismo en un estado que en el seno de la Iglesia. Y, finalmente, tampoco nadie podía garantizar que en algún momento, ya fuese por un despiste o por mala voluntad, la historia no diese el salto a los medios de comunicación y pasase a ser de dominio público. Y si eso ocurriera, ¿cuántas organizaciones, legales o no legales, no tratarían de liberar a Satanás a cambio de recompensas inconfesables? ¿Y la gente? ¿Cómo reaccionaría la masa si fuese conocedora de la existencia física del diablo?

Eran demasiadas preguntas que solo se podían responder positivamente apelando a la rectitud de los hombres y de las mujeres, pero no hacía falta ser un sabio ni un profeta para saber que la fortaleza espiritual de los laicos debía ser, necesariamente, mucho más débil que la de los hombres de Iglesia. Los riesgos eran mayores que los posibles beneficios, si es que realmente había alguno. Por todos esos motivos, el farragoso peso de aquella carga solo podía recaer sobre los hombros de la Santa Madre Iglesia. Esa parecía la voluntad de Dios, y correspondía a la Hermandad soportarla.

Bernat apenas podía ver ya la línea finísima de la costa. Pronto se encontrarían en alta mar y se acentuaría la sensación de soledad que siempre sentía cuando navegaba. El sol se deslizaba lentamente por poniente. Recordó los ocasos y los amaneceres que tanto le gustaba ver desde Montserrat. Fue consciente de lo mucho que echaba de menos el monasterio. Era un sentimiento paradójico. Cuando pasaba allí demasiados días seguidos, no veía el momento de escapar un rato para dar unas clases en Barcelona o hacer una excursión larga por el macizo. Quizá se estuviese haciendo mayor, o quizá aquella misión le hubiese abierto una nueva dimensión espiritual que desconocía y que le reforzaba el sentido de comunidad. Quién sabía si aquel encargo totalmente inesperado sería perfecto para acabar de dar todo el sentido a su vocación.

El monje suspiró y pensó que ya era hora de volver a la furgoneta y liberar a Mario de su guardia inconsciente. Se dirigió a la cafetería del barco y compró un bocadillo de queso, una bolsa de patatas fritas y un refresco de limón. Aquella sería toda su cena. No era para tirar cohetes, pero seguramente los mejores platos del ferri tampoco serían nada del otro mundo. Luego fue un momento al baño y bajó por las escaleras hasta la bodega. En mitad de un mar de coches, se dirigió a la furgoneta, que estaba aparcada en un lateral, al lado de otros vehículos de más volumen. Mario estaba sentado en el lugar del copiloto jugando al Tetris con el móvil mientras seguía escuchando música italiana a todo trapo. No vio llegar a Bernat y se llevó un pequeño susto cuando el monje golpeó con los nudillos en la ventanilla. Apagó el móvil, bajó el volumen de la música y abrió la puerta.

—¿Ya estamos lejos de la costa? La radio empieza a tener interferencias.

—Sí, ya casi no se ve. Escucha, Mario, ve a dar una vuelta y a cenar algo. Yo ya me he comprado la cena y pasaré la noche en la furgoneta.

—¿Pasará la noche aquí? ¿Está seguro, señor Bernat? Tenemos un buen cerrojo, y hay cámaras de seguridad en la bodega. Yo creo que podemos dormir juntos en la cabina sin preocuparnos de que nos roben. Y si nos robasen, los ladrones no podrían ir muy lejos...

—Seguramente tienes razón, pero nunca me perdonaría que la pieza sufriese algún desperfecto. El santo padre nos ha encargado personalmente este trabajo y no podemos fallar de ninguna manera, y hablo más por mí que por ti. Vete tranquilo a dar una vuelta, come algo y descansa.

—De acuerdo, como usted quiera. Pero vendré mañana muy temprano para que pueda subir a ducharse a la cabina y a desayunar. ¿Estamos de acuerdo?

—Estamos de acuerdo.

Mario cogió su bolsa de viaje, salió de la furgoneta, le dio una palmadita en el hombro al monje benedictino a modo de despedida y desapareció entre los coches. Bernat se montó en el vehículo, se sentó en el asiento del copiloto y cerró la puerta.

Enseguida fue plenamente consciente de que era la primera vez que estaba solo a escasos dos metros de Satanás. No era una sensación que le gustase demasiado, para ser sinceros. Solamente los separaba una fina plancha metálica que tenía una pequeña abertura de cristal para observar, desde la cabina del conductor, la carga de la furgoneta. Prefirió no pensar en ello. Cogió el móvil y comprobó que, ahora sí, ya no tenía cobertura de ningún tipo. Comenzaban unas largas horas de travesía solitaria con el diablo como compañero de viaje. «Vivir para ver», pensó.

Aunque ligeramente a destiempo, rezó en voz alta las vísperas que tanto le gustaba cantar en el monasterio de Montserrat. El cardenal Hwang le había asegurado que rezar cerca del diablo lo debilitaba todavía más, y por ello lo hizo con más ganas que nunca. Luego se comió el bocadillo y las patatas despreocupadamente mientras comenzaba a leer un libro sobre los viajes y las peripecias del monje Bonaventura Ubach por Tierra Santa a principios del siglo XX. Llevaba años queriendo leerlo y había decidido que le dedicaría las horas muertas de aquel viaje. Se había prometido a sí mismo que procuraría distraer la mente y no obsesionarse con la misión, un objetivo nada fácil de conseguir dadas las circunstancias. Logró leer una docena de páginas seguidas antes de que su cerebro se desconcentrase.

Miró el reloj del móvil. Ya eran las nueve y media de

la noche. Fuera ya debía haber oscurecido, y desde la cubierta del ferri debía ser difícil distinguir dónde se acababa el mar y dónde comenzaba la cúpula celeste. Seguramente Mario se perdería esa visión porque estaría cenando mientras continuaba jugando al Tetris. Su despreocupación asombraba a Bernat, pero al mismo tiempo demostraba que la estrategia era un éxito. La mejor garantía del secretismo absoluto de aquel traslado era que ni el propio transportista tuviese ni la más remota idea de qué estaba transportando. Si no lo sabía, no podía contarlo.

Fijó de nuevo la mirada en la página que tenía a medio leer y se esforzó por retomar la lectura. Acababa de leer un par de páginas más cuando escuchó la voz de una niña. En mitad del silencio de la bodega de la nave, aquella voz infantil le heló la sangre.

—Bernat, no sabes cuánto te he echado de menos.

Capítulo 17

Bernat miró nervioso a su alrededor dentro de la cabina de la furgoneta. Observó también el exterior por las ventanillas del vehículo. Hasta donde podía ver, no había nadie. Intuía perfectamente de dónde venía aquella voz infantil, pero deseaba fervientemente estar equivocado. Hizo un esfuerzo por no mirar la carga de la furgoneta a través del ventanuco interior. Pasó unos segundos en silencio mientras el corazón le latía acelerado y varios escalofríos le recorrían la columna. Quizá había sido una traición de su subconsciente y realmente no había escuchado ninguna voz. Debía intentar ser lo más racional posible en medio de aquella misión tan irracional.

Después de todo, era lógico que los nervios y el estrés de aquel encargo saliesen por algún lado, y tal vez el cansancio le había jugado una mala pasada. De hecho, la serenidad y la sangre fría que había demostrado desde el principio le habían sorprendido incluso a él mismo, y quién sabía si la procesión le iba por dentro y emergía precisamente en ese momento, en el barco.

Permaneció un instante en silencio, prestando total atención. No escuchó nada de nada. Poco a poco se fue calmando. La voz debía haber sido una fantasía, o eso quería creer.

Tomó un último trago de refresco de limón y se secó el sudor de la frente deslizando la lata de metal. Pasaría la noche en vela, era evidente. Respiró hondo y cogió el libro por tercera vez. Intentó leer un poco, pero las letras bailaban ante sus ojos. Era obvio que no podría concentrarse, y lo cerró. El monje Bonaventura Ubach lo miraba compasivamente desde la portada a través del tiempo. Sus ojos le transmitían una solidaridad que, solo en la bodega del ferri, nadie más podía ofrecerle. Quizá aquel monje, durante su largo periplo en solitario por Oriente Medio, también se había sentido muy solo.

Bernat apoyó la nuca en el reposacabezas del vehículo y cerró los ojos. Estaba fatigado y necesitaba dormir. No había pasado ni un minuto con los ojos cerrados cuando oyó muy claramente la misma voz.

—Bernat, ¿de verdad que no quieres hablar conmigo?

Los ojos se le abrieron de inmediato. Ahora no cabía ninguna duda. Había reconocido aquella voz. Volvió la cabeza y miró el ventanuco que separaba la cabina del conductor de la carga de la furgoneta. Por primera vez, notó una fuerza de atracción que procedía de la parte de atrás del vehículo. Aguardó unos instantes, apretó las mandíbulas y levantó la cabeza para aproximarse a la pequeña abertura. A través del cristal vio la caja tal como la habían dejado hacía unas horas en la Ciudad el Vaticano. Estaba muy sujeta y fijada con las cintas de trincaje. Todo parecía normal, pero percibía con claridad un magnetismo procedente del interior de la caja.

Abrió la puerta lentamente, bajó de la furgoneta y avanzó por el lateral del vehículo hacia la puerta de atrás. En la distancia, al otro extremo de la bodega, un hombre trasteaba en el maletero de su vehículo. Era el único movimiento que había en el buque; el silencio era casi absoluto.

Se situó ante las puertas posteriores de la furgoneta. Su corazón palpitaba tan fuerte que casi podía oír sus propios latidos. Se metió la mano en el bolsillo y agarró con firmeza la llave del cerrojo, pero no la sacó. Trató de mantener la cabeza fría y pensar racionalmente. Respiró hondo varias veces. Un intenso dolor de cabeza comenzó a taladrarle el cerebro. Cuanto más lo pensaba, más le dolía.

Su instinto le decía que no abriese la puerta. El cardenal ya se lo había advertido más de una vez y él mismo le había asegurado que no caería en ninguna trampa, y menos aún en una tan evidente. Notó una punzada fortísima en la cabeza, que lo dejó aturdido. Cuando el pinchazo se fue disipando, pudo sentir la fuerza de atracción que irradiaba la caja, que lo empujaba a acercarse.

De repente se preguntó si alguna vez volvería a tener la oportunidad de observar al mismísimo Satanás. De hecho, no sabía si volvería a estar solo con el diablo. El propio Hwang y otros miembros de la Hermandad habían mirado por la mirilla y lo habían observado. Él también era miembro de la fraternidad de guardianes y, por tanto, tenía el mismo derecho a hacerlo. Quizá incluso podría hablar con él. Quizá el diablo quería transmitirle alguna información crucial. ¿Quién era él, un simple monje benedictino, para dejar pasar aquella oportunidad que tal vez no se repitiera? Puede que incluso hubiese sido elegido por Dios para comunicarse con el demonio en aquel momento. Tal vez debía dejarse llevar y no darle tantas vueltas. Aquella posibilidad se le había quedado clavada en el cerebro. Ya no le dolía la cabeza.

Bernat tomó una decisión. No tenía nada que perder si observaba por la mirilla, aunque solo fuese un momento. Se sentía lo bastante fuerte como para resistir cualquier tentación. Al fin y al cabo, el poder del diablo había menguado considerablemente y él siempre había tenido las ideas claras y la voluntad de hierro. Estaba convencido de que no se arrepentiría. Sabiendo que con toda probabilidad era una trampa, era de todo punto imposible que cayese en ella. Se sentía muy seguro de sí mismo, casi invulnerable.

Sacó la llave del bolsillo, la metió en el candado y lo abrió. Luego abrió las dos puertas de la furgoneta. Ante él, al alcance de su brazo, estaba la caja de madera clara que contenía en su interior la verdadera prisión del diablo desde hacía siglos. Para no despertar ninguna sospecha ni dar pie a preguntas indeseadas, habían metido la caja de Satanás dentro de otra que hiciese más verosímil que estaban trasladando una obra de arte.

Bernat acercó la mano y tocó la madera. Sentía sobre sus hombros el peso del compromiso de sus compañeros de la Hermandad del Ángel Caído a lo largo de los años. No les fallaría. No los traicionaría. La fuerza de atracción era cada vez más fuerte. Desató las correas de sujeción. Abrió una caja de herramientas que había al lado y desatornilló una de las planchas de madera. Frente a él tenía el plafón de madera vieja, ancestral, con la cruz pintada de rojo y la mirilla en el centro. Estaba sereno, y notaba una atracción imparable que lo empujaba a mirar por la pequeña abertura.

Se acercó a la mirilla con una gran lentitud, absolutamente consciente de que estaba a punto de ver algo extraordinario que poquísimos hombres en toda la historia de la humanidad habían visto. Aproximó el ojo y miró el interior. Lo que vio lo dejó sin aliento. Sentada dentro de la caja estaba Montserrat, su hermana pequeña.

Capítulo 18

Bernat se apartó tan precipitadamente de la caja que, desde la furgoneta, cayó de espaldas al suelo de la bodega del barco. Se dio un fuerte golpe en la cabeza, pero ni siquiera lo notó. Se levantó casi al instante, como si tuviese un muelle en los pies, y se quedó inmóvil, observando la caja. Aquello era absolutamente imposible. Estaba soñando. No podía ser de ninguna manera.

—No tengas miedo de mí. ¿No me reconoces?

La misma voz volvió a sonar dentro de su cabeza. Bernat comenzó a sudar mientras el corazón le latía a mil por hora, y su cerebro intentaba procesar lo que acababa de ver y escuchar. La emoción inmensa que se había apoderado de él no le permitía pensar con claridad. Percibía el gran poder de la caja y una extraña sensación de serenidad. Volvió a entrar en la furgoneta lentamente, se acercó y puso el ojo de nuevo en la mirilla. Sentada con las piernas cruzadas estaba su hermana, que lo miraba con una sonrisa. Llevaba aquel vestido azul celeste que tanto le gustaba lucir los domingos y los días festivos, y aquellos zapatos negros con hebilla que su madre le ponía en las grandes ocasiones.

—No es posible. No puede ser —dijo Bernat en voz baja, como si hablase consigo mismo—. ¡Es imposible que estés ahí dentro!

—¡No tengas ningún miedo! Solo quiero que hablemos un rato. Hace muchos años que no charlamos, y tenemos tantas cosas que contarnos..., ¿verdad?

Era tal como Bernat la recordaba. Tenía una cara dulcísima, unos ojos enormes color avellana y una sonrisa luminosa, que dejaba entrever dos hileras de pequeños dientes tan blancos y tan perfectos que parecían perlas cuidadosamente colocadas por un joyero flamenco. Llevaba el pelo recogido en dos trenzas, del modo en que le gustaba llevarlo para ir al colegio. También hablaba con la misma voz, tan armoniosa y tan suave, exactamente como Bernat la recordaba. Era exactamente como su hermana pequeña, pero no podía serlo. Era imposible.

—No puedes ser real, Montserrat. Estás muerta. ¿No te acuerdas? Tenías solo seis años. No puedes estar ahí dentro.

Bernat no logró acabar la frase. Aquellas palabras le habían reabierto a lo vivo una parte de su memoria de la cual nunca hablaba, aunque era omnipresente en su vida, hasta el punto de haberlo condicionado completamente. La niña reflexionó unos segundos antes de responder, sin perder la sonrisa.

—Me fui, es verdad. Pero ahora estoy aquí, hablando contigo. Eso es lo que importa, Bernat. Aprovechemos este momento y no pensemos en cosas tristes.

¿Cosas tristes? El monje no respondió. Se sumergía a toda velocidad en la memoria hasta llegar a los recuerdos más dolorosos, que habría querido borrar para siempre. Montserrat había muerto. Pero no solo había muerto. En realidad, él había permitido que muriese. Aquello lo hacía radicalmente distinto. Todo había ocurrido muy deprisa, o al menos ese era el recuerdo que Bernat tenía. El teléfono de casa había empezado a sonar. Él estaba en el cuarto de baño mientras Montserrat se bañaba. Su madre había salido un momento para ir al supermercado porque necesitaba huevos y patatas para hacer una de sus deliciosas tortillas de patata para cenar. Desde que la enfermedad fulminante se había llevado a su padre, no hacía ni dos años, los tres cenaban cada viernes tortilla con pan con tomate mientras veían una película que habían alquilado por la tarde en el videoclub. Recordaba a la perfección cuál habían elegido aquel día. Era la segunda de Indiana Jones. La habían visto muchas veces y nunca se cansaban.

«Te puedes quedar un momento solita, ¿verdad, Montserrat?». Bernat le había dicho estas palabras, que, desde entonces, tenía grabadas en el cerebro. Fueron las últimas que le dijo. «Claro, ¿qué te crees?, ya soy mayorcita —le respondió ella con aquella sonrisa perenne que le iluminaba la cara mientras jugaba con la espuma del jabón que flotaba en el agua—. Seguro que es la abuela», añadió la niña mientras él salía del cuarto de baño.

Bernat recorrió el pasillo y entró en el salón, donde estaba el teléfono. Descolgó. Era la abuela Mercè, efectivamente. Quería hablar con su madre y le pidió que cuando volviese del supermercado hiciese el favor de llamarla. Pero eso no fue todo. La abuela era muy habladora y aprovechó, como siempre, para preguntarle por el colegio, los deberes o sus amigos. A él le aburrían aquellas preguntas, pero le respondió con educación y la conversación se alargó un poco. Bernat nunca habría podido decir cuánto tiempo habían hablado. Puede que hubiesen sido cinco minutos, o quizá fueron diez. No más, eso sí lo habría podido asegurar. Pero el número de minutos no era importante porque los que fueran resultaron suficientes. Cuando Bernat volvió al baño ya era tarde.

Montserrat estaba bajo el agua, boca abajo. Su pelo flotaba libremente, mezclado con el jabón que ya comenzaba a diluirse. En un primer momento, Bernat no se alarmó. No era la primera vez que su hermana fingía que se estaba ahogando. «Venga, Montserrat, deja de hacer el tonto, que mamá vendrá enseguida. —Pero ella no se movía—. Montserrat, no hace ninguna gracia», le dijo mientras le tocaba la espalda. La falta de reacción lo asustó, así que la agarró y le dio la vuelta, gritándole mientras la sacudía. La sacó de la bañera como pudo y la tumbó en el suelo. No sabía qué hacer. Tampoco podía saberlo. Solo tenía nueve años. Recordaba que le había estado hablando, suplicándole que reviviese, que estuviese bien, mientras le acariciaba la mano.

En algún momento llegó su madre. Las patatas y los huevos por el suelo, gritos y lloros. La ambulancia llegó muy deprisa, pero para Bernat y su madre cada minuto tardaba una hora en pasar. Los sanitarios estuvieron mucho rato aplicándole técnicas de reanimación en el mismo cuarto de baño, pero no pudieron hacer nada por salvarle la vida. Montserrat se había ido para siempre y la culpa era de Bernat. Suya y de nadie más.

Su madre jamás le reprochó nada. Tampoco quería hablar de aquel día. Seguramente también se sentía culpable. Después de aquello, no volvió a ser la misma.

Hablaba poco, comía menos y apenas salía de casa. Se fue apagando hasta que la vida se le fue como un soplido que apaga la llamita de una vela. Bernat se quedó solo ante la vida con solo catorce años.

Luego llegaron las malas compañías, el abandono de los estudios y una sucesión de empleos precarios. Gastaba más de lo que tenía, debía demasiado dinero a demasiada gente y al final se malvendió el piso de su madre. Encadenaba relaciones con chicas a las que amaba tan poco como ellas a él y enlazaba adicciones que le daban tanta vida como la que le quitaban. Tenía toda la energía del mundo y ningún destino al que ir. Era un barco sin velas en medio del mar en una noche de tormenta.

Finalmente, cuando menos lo esperaba, Bernat encontró un camino. Apareció casi por azar, a raíz de una conversación fugaz con Benet, el cura de su barrio, a la que siguieron muchas más conversaciones. Finalizar los estudios y entrar en la universidad eran los primeros pasos que debía dar para empezar a salir del pozo. Luego vinieron todavía muchas más conversaciones con aquel cura, y a un tiempo consigo mismo. A continuación, muchas dudas, muchos miedos y muchas esperanzas. Rompió con las malas compañías y lo cortó todo de raíz. Aquel camino lo llevó a Montserrat. No podía haber escogido ningún otro monasterio. Ningún otro llevaba aquel nombre. Montserrat le permitía vivir el sentimiento de culpa con serenidad, asumiéndolo hasta las últimas consecuencias. Ya había entendido que nunca se libraría de ese peso y había aprendido a convivir con él. No le quedaba otro remedio. Ser monje en Montserrat le ofrecía una vida con un sentido y, al mismo tiempo, vivir su penitencia.

Montserrat parecía estar leyéndole el pensamiento.

—Bernat, no fue culpa tuya.

—Sí que lo fue. Ambos sabemos que lo fue. Y mamá también lo sabía.

—No. Eras un niño pequeño, no tenías ni podías tener esa responsabilidad. Mamá lo sabía también, y por eso nunca te reprochó nada ni volvió a hablar del accidente. No puedes martirizarte más. Ya has sufrido bastante.

—La culpa no me hace sufrir, Montserrat. Convivo con ella, sin más. He hecho las paces conmigo mismo y he elegido un camino de redención que me ayuda a estar bien.

Bernat miraba fijamente a Montserrat. Sabía racionalmente que no podía tener aquella conversación porque no era su hermana, sino una manipulación de su cerebro o una proyección malintencionada por parte de Satanás. Pero era tan real, y la echaba tanto de menos, que había bajado la guardia totalmente.

—Si fue culpa de alguien, Bernat, fue de mamá. Debería haber estado allí, con nosotros. Debería haber impedido que me ahogase.

Aquella acusación se le clavó como una daga en mitad del corazón. Casi notó la punzada físicamente. Le dolió porque había en aquella acusación una gran parte de verdad. Y le dolió porque su madre también lo había vivido así y aquella culpa la había matado, también a ella. Montserrat tenía parte de razón, pero a él le pareció una sentencia condenatoria demasiado cruel, demasiado frívola, por un pecado que su madre ya había pagado.

—No digas eso, Montserrat. Ella también murió en vida a partir de aquel día.

Su hermana permaneció unos instantes sin decir nada, con un semblante serio. Pero enseguida recuperó aquella sonrisa que irradiaba todo lo que la rodeaba.

—No hablemos de aquel día, Bernat. Hablemos de cosas bonitas. Cuéntame cómo es tu vida en Montserrat, las clases que impartes en la universidad, qué sientes cuando cortas el viento con la moto.

Los ojos del monje brillaron con fuerza por primera vez desde que había mirado por la mirilla. También sonrió. Aquella curiosidad, aquella manera tan especial de hacer preguntas, aquellas ganas de saber cómo funcionaba el mundo, era uno de los rasgos que más echaba de menos de su hermana. Comenzó a responder mientras ella lo escuchaba, añadía preguntas, se reía y volvía a hacer más preguntas. Parecía que ambos hubiesen vuelto a la infancia, cuando uno era lo más importante del mundo para el otro. Bernat se preguntaba cómo había podido soportar la vida sin ella. Habría dado lo que fuera por echar abajo aquella madera vieja y abrazar muy fuerte a su hermana, aunque solo fuese una última vez. Aunque solo fuese para despedirse para siempre, como no lo habían podido hacer.

Al cabo de un rato, Montserrat aprovechó un momento de silencio para recuperar el semblante serio.

—Bernat, esta conversación, si tú quieres, puede ser mucho más que un momento de reencuentro y recuerdo. Él quiere proponerte un trato.

—¿Él?

Mientras pronunciaba aquella palabra tan corta se percataba de lo absurdo de su pregunta, pero había salido de su boca casi como impulsada por un resorte automático.

—Ya sabes quién es él, Bernat. Me ha hecho compañía todo este tiempo. Han sido muchos años, y él siempre ha estado a mi lado y nunca me ha dejado sola. Gracias a él he sabido lo que hacías, dónde estabas y cómo te iba, pese a las dificultades. Gracias a él nunca he tenido miedo.

—Pero... no puede ser. No deberías haber estado nunca con él. Deberías estar en otro lugar.

Montserrat lo miraba con los ojos enternecidos.

—Él no es como te crees. O, mejor dicho, él no es como quieren que creas que es. Nada es blanco o negro, no todo es tan simple. Para entenderlo es necesario conocer su historia, su sufrimiento, cómo lo han tratado. Es preciso comprender sus motivos. No podemos juzgar si solo conocemos, o nos han contado, una parte de la historia. Aquí no hay buenos y malos, Bernat.

—No puedes decirlo en serio, Montserrat.

—Hablo muy en serio, Bernat. Hace más de setecientos cincuenta años que está encerrado en una caja pequeña. ¿No crees que ya ha sufrido bastante? ¿No crees que el castigo ya ha durado suficiente? Él también sufre, porque él también tiene la capacidad de amar. Quizá ha llegado el momento de liberarlo. Y quizá tú eres la persona que está llamada a hacerlo.

La cabeza de Bernat estaba a punto de explotar. Sabía con una certeza absoluta que Montserrat estaba muerta y que la persona con la que hablaba ni siquiera era una persona, ni tampoco su alma o su espíritu. Era solamente un recuerdo que Satanás había encontrado y robado desde el fondo de su cerebro. El diablo jugaba con él y él dejaba que el juego continuase. Sabía que debía romper aquel hechizo y salir de allí, pero se sentía completamente atrapado, como un insecto en una telaraña. Una fuerza poderosa lo retenía junto a la caja y le impedía apartar el ojo de la mirilla.

—Si abres la caja, él te liberará de la culpa. Nunca más te sentirás culpable, te lo prometo. No volverás a despertarte de madrugada empapado en sudor, temblando. Por fin estarás sereno y en paz contigo mismo. Solo tendrás recuerdos buenos y bonitos de mí. Libéralo y él te liberará. Y yo también podré descansar para siempre, y te esperaré al final de tu camino para volver a estar juntos. Librémonos ambos de esta condena, te lo suplico. Yo ya no puedo más.

Una lágrima le humedeció el ojo y surcó su mejilla. Luego vertió muchas más. No podía detenerlas ni habría sabido cómo hacerlo. Todas las lágrimas que nunca había derramado, que se habían perdido en el laberinto de su alma rota, salían a la luz justo en aquel momento. Ver a su hermana allí, al alcance de la mano, recluida en un espacio diminuto, suplicándole que abriese la caja, era mucho más de lo que podía soportar. Montserrat estaba derribando su parte racional.

—Abre la caja, Bernat. Tienes las herramientas ahí mismo, al lado. Será un instante, y luego todo cambiará para siempre. Estaremos juntos de nuevo, con mamá, que también sufre mucho. Nunca más podrá separarnos nada ni nadie, ni siquiera la propia muerte.

La mano del monje comenzó a acercarse a la pequeña caja de herramientas. Bernat observaba espantado cómo su propio brazo avanzaba sin que él fuese consciente de querer hacerlo, como si aquella extremidad ya no fuese suya y actuase por voluntad propia. Estaba perdiendo el control no solo de su mente, sino también de su cuerpo.

De repente acudió a su memoria la figura afable y

bondadosa del padre Benet. Como una flecha atravesando la niebla, la imagen de aquel cura de barrio que un buen día lo había apartado del mal camino y había dado un nuevo sentido a su vida se le apareció perfectamente nítida. No le decía nada, pero lo miraba con complicidad. Luego recordó a sus hermanos del monasterio de Montserrat, los que encontró allí cuando llegó, los que llegaron después y los que ya habían dejado esta vida. Todos lo observaban con confianza. Recordó también al abad Francesc Maria, al cardenal Hwang y a los demás miembros de la Hermandad que había conocido. Todos parecían recordarle su compromiso y su fortaleza por encima de cualquier debilidad. Todos aquellos rostros no expresaban reproche alguno, pero le daban la fuerza que a él le faltaba.

Se apartó de la mirilla rápidamente. Mientras lo hacía, la última imagen que vio durante una fracción de segundo fue la cara de su hermana, pero ya no sonreía ni lo miraba con amor. Montserrat se daba cuenta de lo que estaba a punto de pasar. Sus ojos eran rojos y brillantes como rubíes y la expresión de su rostro era de rabia. Enseñaba unos dientes puntiagudos y lo miraba con un odio colosal. Bernat oyó un chillido furioso resonando dentro de su cabeza.

Sentía cómo la ira sobresalía por los seis lados de la caja, hasta el punto de hacerla temblar. Alcanzó la plancha de madera que había desclavado y la colocó en su sitio; le costó Dios y ayuda volverla a atornillar porque la caja se tambaleaba cada vez más violentamente. Luego apretó las correas como pudo y las tensó al máximo, hasta que la caja permaneció inmóvil y sujeta.

Bernat saltó de la furgoneta y cerró las puertas con un golpe seco. Las manos le temblaban. Ya no escuchaba la voz de su hermana ni notaba ninguna fuerza rabiosa procedente del interior del vehículo. Tan solo percibía un ruido ensordecedor que le retumbaba en el cerebro. Un formidable dolor de cabeza invadía todas y cada de sus neuronas. Se sentó en el suelo con la cabeza entre las rodillas, en medio del mar de coches de la bodega del barco.

Capítulo 19

Unos golpecitos en la ventanilla de la furgoneta desvelaron de pronto a Bernat. Después de pasar muchas horas en blanco, de madrugada había logrado por fin dormirse en el asiento del copiloto. Le había constado entrar en el vehículo después del incidente. Tenía miedo y estaba agotado. Había percibido la frustración latente de Satanás cada minuto de aquella noche aterradora que recordaría hasta el día de su muerte. Se sentía como si un camión le hubiese pasado por encima.

De pie junto a la puerta, Mario lo saludaba con una sonrisa en la cara y un café en un vaso de plástico en la mano, ajeno a todo lo que había sucedido aquella noche en el interior de su propio vehículo. Bernat abrió perezosamente la puerta y notó una vaharada que renovó de golpe la atmósfera cargada de la cabina. Salió y estiró los brazos. Estaba muy agarrotado después de haber pasado tantas horas en una mala postura.

—¡Buenos días! Huy, tiene mala cara. No quiero poner el dedo en la llaga, pero ya le dije que no era una buena idea dormir en la furgoneta, ¡lo sé por experiencia!

Bernat tomó el café que Mario le ofrecía con expresión circunspecta.

—Lamento decírselo, pero yo he dormido como un angelito en nuestra cabina. Cada vez las hacen mejor. Créame si le digo que parecía un hotel, ¡y de los buenos!

—Gracias por el café, Mario. Celebro que al menos tú hayas podido dormir bien, pero ya te dije que prefería quedarme en la furgoneta, aunque haya pasado una noche lamentable, como puedes comprobar.

Tomó un sorbo de café. Estaba frío y le pareció el peor que había tomado nunca. No obstante, dio un segundo sorbo para no ofender al transportista. Sacó el teléfono móvil del bolsillo y miró la hora. Habían dado las ocho de la mañana y seguía sin cobertura. Continuaban en alta mar y no llegarían a Barcelona hasta media tarde. Tenía un día entero para recuperarse y conjurarse para no volver a dejarse tentar. Había sido un insensato.

—Me parece que necesito una buena ducha de agua muy caliente. Subiré a la cabina y luego iré a la cafetería a desayunar algo. ¿Puedes quedarte aquí hasta que vuelva?

—¡Por supuesto! Precisamente venía a sugerirle que fuese a descansar un poco y recuperarse, sin prisa. Yo me quedaré aquí leyendo, escuchando música o jugando con el móvil. No debería decírselo, pero este encargo que me ha hecho no parece un trabajo, señor Bernat. Mi mujer me mataría si me oyese decirle esto.

Al menos uno de los dos vivía ese viaje como si fuese una bendición. Qué paradoja: para uno era una pesadilla y para el otro, un sueño. Bernat le dio una palmadita en el hombro al transportista, cogió su bolsa y salió de la bodega escalera arriba. En cuanto desapareció del campo visual de Mario, arrojó el café en la primera papelera que encontró.

Mientras subía la escalera aceleró el paso. Le urgía ver la luz del sol y el azul del cielo. Necesitaba ver el mar y dejar que su mirada se perdiese sobre un horizonte infinito. Lo sucedido esa noche le había caído encima como una lluvia de piedras, y se sentía viejo. Salió a la cubierta y tomó una gran bocanada de aire con olor a mar intenso. Era como si hubiese subido a la superficie después de pasar horas bajo el agua. Un solecillo mañanero de verano le acariciaba el rostro, ya que no había llegado a la potencia ardiente que tendría a mediodía. Permaneció un rato apoyado en la barandilla, mirando cómo las olas chocaban contra el vientre del buque.

Estaba profundamente decepcionado consigo mismo. Y no solo por las dudas que le había generado el uso perverso de su hermana por parte del diablo, sino que se arrepentía de haber mirado por la mirilla. Hacerlo había sido un error imperdonable, casi una pifia infantil. Se había creído más listo que el diablo, y estaba muy claro que había estado a punto de arruinar no solo el traslado del prisionero, sino siglos ininterrumpidos de custodia eficaz. Había sobrevalorado su fortaleza y era obvio que no era tan sólido como creía. Pensó que la primera consecuencia de aquellos hechos era que no se merecía formar parte de la Hermandad. Cuando finalizase la misión se lo confesaría al cardenal Hwang con todo detalle y le presentaría su renuncia. No podía poner la mano en el fuego por sí mismo, y menos ante la perspectiva de pasar unos cuantos años como guardia de Satanás. Si ya lo había tentado el primer día, con toda seguridad lo intentaría otras veces. No solo estaba decepcionado consigo mismo; estaba muy irritado con su propio comportamiento.

Se dirigió a la cabina que tenían asignada y entró.

Mario había dormido en la cama de abajo de la litera. Aunque el transportista había procurado ordenar un poco la cabina antes de marcharse, seguramente para causarle buena impresión, había demasiados indicios que lo delataban como hombre más bien desordenado.

Bernat se desnudó, cogió una toalla y entró en la pequeña ducha de la cabina. El agua caliente tuvo un efecto reconfortante no solo sobre su piel, sino también sobre su estado de ánimo. Permaneció bajo el chorro mucho más tiempo que de costumbre porque sentía que cada gota restañaba un poco aquella sensación de fracaso.

Había cometido un error monumental, de eso no había ninguna duda, pero por suerte en el último momento había reaccionado bien y la sangre no había llegado al río. Bernat se conjuró para no bajar la guardia ni un instante, llevar al prisionero a Montserrat y encerrarlo tal y como estaba previsto. Decidió que no pensaría ni proyectaría nada más allá de aquel plazo. Lo que hubiese de pasar después ya lo hablaría con calma con el abad y con el cardenal. Pensar ahora en todo eso no serviría de nada y lo distraería de su misión.

Lo que no podía apartar de su cabeza era a Montserrat. Satanás había demostrado tener un gran poder y había sido capaz de robarle los pensamientos más íntimos y presentarse ante él oculto tras su imagen inocente. Qué crueldad, qué monstruosidad. No había existido nunca una persona más buena que Montserrat, y el diablo la había querido embrutecer con su trampa miserable. Pero no se saldría con la suya. Bernat siempre recordaría a Montserrat como una niña maravillosa, un ángel que lo llenaba todo de luz, que hacía felices a quienes la rodeaban, y no permitiría que Satanás ensuciase su memoria. Nunca asociaría a la Montserrat real con aquel disfraz repugnante. No le entregaría aquel regalo al demonio.

Salió de la ducha, se secó y se afeitó. Siempre lo negaba, pero era consciente de que era un hombre presumido. Le gustaba ir de punta en blanco. Luego subió a la litera de arriba y se tumbó un rato a descansar. No quería dormirse, pero conocía su cuerpo y, precavido, cogió el móvil y programó una alarma. Al cabo de pocos minutos ya dormía profundamente.

La alarma sonó a las diez en punto. Había dormido poco más de una hora, pero casi se sentía un hombre nuevo. De repente notó que estaba hambriento, y recordó que no había comido nada desde la noche anterior. Era una buena señal porque desde siempre, cuando estaba nervioso o preocupado, perdía el hambre. En el monasterio había quien comía mucho y hasta demasiado en momentos de ansiedad, y a él, en cambio, el estómago se le cerraba como si fuese el muro de Berlín. Salió de la cabina y fue de cabeza a la cafetería del barco para pedir un zumo de manzana y un bocadillo de mortadela. Para Bernat, ese era un embutido que no tenía término medio: si estaba bueno, estaba buenísimo, y si no, estaba malísimo. Probó suerte y no la tuvo. Pidió un cruasán para consolarse, que combinó con un cortado.

Después de recorrer las diversas cubiertas del buque para estirar un poco las piernas, regresó a la bodega y encontró a Mario exactamente en la misma postura que la tarde anterior, repantingado de una manera que desafiaba las leyes de la física mientras jugaba con el móvil y escuchaba baladas italianas edulcoradas. La única diferencia es que ahora no se entretenía con el Tetris, sino que pilotaba una nave espacial en mitad de un combate galáctico. Su habilidad evidenciaba que se había pasado jugando muchas horas muertas.

—Tenías razón, Mario. La cabina era estupenda —dijo Bernat mientras el transportista abría la ventanilla—. He dormido un poco y me he duchado. También he desayunado como un rey, así que me pasaré el resto del viaje en la furgoneta.

—¡Ya se lo dije! Me alegro de que haya podido recuperarse un poco.

—Sí, estoy mucho mejor. Si quieres, puedes ir a darte una vuelta o quedarte aquí, como prefieras.

—Pues, si no le importa, me quedaré con usted en la furgoneta. Así le hago compañía, y si le apetece charlar, por mi parte estaré encantado de darle al pico. Mi mujer, Giulia, siempre me recrimina que soy un poco parlanchín, ¡como si fuese un defecto! Si necesita conversación, en mí encontrará a la persona ideal.

—¡Perfectísimo!

Al monje benedictino aquella exclamación le salió del alma. Sin saberlo ni haberlo pensado, era lo que deseaba. Y no porque quisiera comprobar si Giulia tenía razón, sino porque le preocupaba la posibilidad de volver a quedarse unas cuantas horas solo con Satanás. Tal como le había advertido el cardenal Hwang, el diablo solo tentaba a sus víctimas individualmente y, por tanto, era improbable que lo volviese a intentar si se quedaba con Mario.

Bernat se montó en la cabina por la puerta del conductor. Mientras se ponía cómodo y sacaba las memorias del padre Bonaventura Ubach de la bolsa, Mario apagó la música y retomó mecánicamente el juego del teléfono móvil. No obstante, su cerebro se encontraba muy lejos de aquel combate espacial. No podía dejar de pensar en lo que había vivido hacía tan solo un momento. Aún estaba impresionado, pero sabía que de ninguna manera podía exteriorizarlo. Bernat no debía ni sospecharlo. Para una persona agnóstica como él, descubrir de repente la existencia no solo de Dios, sino también de Satanás, era un impacto que necesitaba procesar. Pero una cosa tenía muy clara: había llegado a un pacto con el demonio y pensaba cumplirlo. No dejaría la caja sola ni un minuto. Cuando el Vaticano le hizo aquel encargo, ya intuyó que aquel viaje podía cambiar su suerte, pero nunca se habría podido imaginar que pondría su vida patas arriba de una manera tan radical.

Capítulo 20

El cardenal Hwang volvió en sí lentamente. Se sentía contusionado por todas partes, como si hubiese recibido una paliza. Notaba una opresión en el pecho y le costaba un poco respirar. Le dolía la boca y comprobó, deslizando la lengua, que le faltaba el molar artificial donde tenía la dosis de cianuro.

Abrió los ojos muy despacio. Se encontraba en un lugar desconocido, con poca luz, sobre un suelo de roca dura y un tanto caliente. Se incorporó un poco y miró alrededor. Estaba en el centro de una habitación pentagonal, con las cinco paredes idénticas, también de piedra, excavadas en la roca. No era ni muy grande ni muy pequeña, y no tenía ninguna abertura excepto una puerta de hierro vieja en uno de los lados. Un par de antorchas encendidas en las paredes iluminaban la estancia. El aire estaba cargado y le costaba un poco respirar. Era evidente que aquella sala no tenía ninguna ventilación. Se levantó y recorrió las paredes minuciosamente, palpándolas con las manos. La puerta no tenía manija, al menos por el lado interior, pero estaba cerrada, tal como Hwang había intuido.

Recordaba a la perfección el ataque en la autopista y el encuentro con Belcebú. Sabía que había perdido el sentido en algún momento, y si no estaba muerto y no se encontraba en un hospital, solo podía estar en su poder. No existía ninguna otra posibilidad. Llevárselo prisionero debió de ser su reacción lógica cuando aquel diablo descubrió que el convoy no era más que una cortina de humo. Él habría hecho lo mismo si hubiese estado en su lugar. Era mejor ser consciente de ello.

La disciplina mental del cardenal trabajaba con ahínco para evitar que el pánico se impusiese a su fuerza de voluntad. Aquel escenario no lo había previsto ni en su peor pesadilla. Como miembro de la Hermandad, estaba entrenado y preparado para soportar las torturas, pero Hwang no temía los suplicios físicos, sino especialmente el tormento psíquico. El dolor que le podía infligir Belcebú para obtener lo que quería superaría, probablemente, todo lo que pudiese imaginar. Nadie estaba preparado para afrontar una situación como aquella, por la sencilla razón de que era de todo punto impensable.

La Iglesia intuía desde hacía siglos que los demonios no podían acceder a la mente de los humanos y leerles los pensamientos. Incluso en el caso de que un diablo tomase posesión de una persona, como había ocurrido tantas veces, el espíritu maligno se apoderaba del control del cuerpo y de la voluntad de la víctima, pero no tenía la capacidad de poseer su memoria o sus sentimientos. Los ángeles, fieles siempre al equilibrio entre los dos mundos, tampoco tenían ese poder. Por lo que se decía, únicamente Dios y Satanás parecían contar con esa capacidad, pero tampoco había ninguna certeza que lo confirmase.

Precisamente por eso, desde el principio de los tiempos más remotos, las fuerzas malignas tentaban a los humanos para comprar su voluntad, del mismo modo que las fuerzas celestiales intentaban seducirlas para evitar que se apartasen de la vía recta. Tan sencillo y al mismo tiempo tan complejo. La lucha eterna entre el bien y el mal se reducía, después de todo, a conseguir la voluntad de los humanos, otorgada libremente. Era necesario convencer, no imponer. Si los hombres no eran libres para elegir, no tenía ningún sentido juzgarlos al final de su paso por este mundo. Ese era el orden natural y el equilibrio del universo.

Esta era, justamente, la única esperanza que albergaba el cardenal: resistir a cualquier precio y por encima de todo. Todo aquello que lograsen extraerle sería solo a causa de su debilidad. Debía convertir su cerebro en un baluarte inexpugnable. Lamentó saber demasiadas cosas. Sin ninguna duda, Belcebú había acertado llevándoselo a él. Habría dado la vida por no saber nada de la operación de traslado del prisionero hasta Montserrat. Daría la vida, también, porque Bernat hubiese decidido hacer un cambio de planes por su cuenta y llevar a Satanás a otro lugar.

En mitad del silencio más absoluto, oyó unos pasos ligeros que se aproximaban y se detenían al otro lado del único acceso a aquella celda. Al cabo de unos instantes, la puerta se abrió prácticamente sin hacer ruido. Tampoco escuchó ninguna llave ni candado. Fuera de aquella sala reinaba la oscuridad más absoluta. Hwang notó que una corriente de aire seco y caliente entraba en la celda, y percibió la presencia de un poder maligno oculto en la penumbra. Reculó instintivamente hacia el fondo de la sala, hasta el extremo opuesto a la puerta, manteniendo los ojos fijos en la negrura.

—Te pido disculpas por las incomodidades de la estancia, cardenal. Hacía mucho tiempo que no teníamos el honor de alojar a un prisionero de tu categoría y posición. Debes perdonarnos.

—Sal de la penumbra, Belcebú.

El lugarteniente de Satanás entró en la sala. Ya no era el hombre alto, delgado y pálido al cual Hwang se había enfrentado en la autopista. Conservaba el aspecto humano, pero ahora era un muchacho joven, casi adolescente, vestido informalmente con vaqueros y zapatillas deportivas. Era coreano y comenzó a hablar en la lengua materna de Hwang.

—Eres un hombre que no pierde el tiempo, veo. Me gusta. Estoy seguro de que nos entenderemos.

—Puedes estar seguro de que no. ¿Dónde me has traído? ¿Al infierno?

—«Infierno» es un nombre que nosotros apenas usamos, si te soy sincero. Tiene una connotación demasiado vulgar. Todo es relativo, ¿verdad? Para nosotros el infierno es más bien donde vivís vosotros, a la intemperie, con vuestras vidas efímeras, frágiles y miserables.

—No sé qué quieres, pero no obtendrás nada de mí.

Belcebú se acercó al cardenal. Se detuvo delante de él y lo estudió con atención.

—No te hagas el valiente ni digas mentiras. Sabes muy bien lo que quiero.

—No pienso decirte nada en absoluto. Eso también deberías saberlo.

—Ya lo veremos. Esa cancioncilla ya la he escuchado muchas veces y luego la música siempre es bien distinta.

El demonio comenzó a andar en círculos por la sala. Lanzó una mirada rápida a la puerta y se cerró de un golpe seco.

—No hace falta que nadie meta las narices en nuestros asuntos, ¿verdad, cardenal? Esta conversación será entre tú y yo.

—Lo entiendo. No querrás que tus amigos vean que eres incapaz de hacerme confesar nada —respondió el cardenal, sorprendido de sí mismo con aquella exhibición de coraje.

Belcebú ignoró la provocación.

—Después de tantos siglos buscando a nuestro señor, no deja de ser paradójico que ahora tengamos un poco de prisa. Tú y yo sabemos que lo habéis sacado de Roma y que lo lleváis a otro lugar. La idea es inteligente, os felicito, porque ya era solo cuestión de tiempo que lográsemos rescatarlo de vuestra pequeña capital. Pero, sin duda, sacarlo de Roma es una operación demasiado arriesgada, y son muchas las probabilidades de que no os salga bien.

—Es a vosotros a quienes no os saldrá bien porque no tienes ni la más remota idea de nada —replicó el cardenal, alzando la voz—. Por eso estoy aquí. Para empezar, caísteis ingenuamente en la trampa del convoy.

Belcebú sonrió y lo miró con condescendencia.

—Cuando los mortales os ponéis así me hacéis mucha gracia. No sé si tienes clara tu situación, francamente. Tienes poquísimas posibilidades de salir vivo de aquí y volver a la superficie; muy pocas, supongo que eres plenamente consciente. Por tanto, te propongo un trato que nos permita ganar tiempo a ambos, y así nos ahorramos pasar a fases más desagradables, sobre todo para ti. Supongo que ya has notado que, por prudencia, te he retirado la cápsula de veneno que llevabas oculta en la boca. No quiero que me vuelva a pasar lo mismo que con Dayer. Reconozco que fue un hombre valiente y leal a tu causa hasta el final. Por tanto, si me dices dónde está Satanás y dónde lo trasladáis, te dejaré libre. Naturalmente, podemos compensarte este pequeño esfuerzo con todas las riquezas materiales que quieras, pero supongo que no te interesan...

—Supones muy bien.

—Déjame acabar. Estás empezando a irritarme y te aseguro que no te conviene. Como te decía, si no te interesan los bienes materiales, hay otros beneficios que pueden motivarte. Por ejemplo, podemos ayudarte a ser el próximo papa.

El cardenal no pudo evitar la sorpresa. Belcebú prosiguió, complacido.

—¿Te sorprende? Pues debes saber que no serías el primer pontífice que sentamos en el trono de Roma, ni tampoco el último, créeme. Es como un juego de niños: eliminamos algunos rivales y compramos otros. Es mucho más fácil de lo que parece. ¡Los humanos sois tan humanos...!

—No tengo ninguna intención de ser papa, Belcebú. Y nunca aceptaría serlo en estas condiciones. ¡Me das asco!

—Tú a mí también, pero eso no tiene ninguna importancia ni debe afectar a nuestra negociación. Y te conviene decidir pronto si quieres que lleguemos a un pacto. Ten en cuenta que es inevitable que encontremos y liberemos a Satanás. Con tu ayuda o sin ella. Tu concurrencia simplemente nos ahorrará tiempo. Por tanto, no me entretendré mucho contigo si no estás dispuesto a decirme lo que quiero oír.

El cardenal no dijo nada. Sus ojos llenos de frustración hablaban por sí mismos. Belcebú tenía toda la razón y todo aquello iba a durar menos de lo que imaginaba en un principio. Bien pensado, cuanto menos durase, mejor.

—Veo que nada de esto te motiva. Lo entiendo. Tenemos, como te puedes imaginar, otras opciones para convencerte. Sabemos dónde viven tus dos hermanas, Seo-Jun y Ha-Yoon, dónde viven tus sobrinos y en qué residencia tienes a tu madre en Seúl. Tienes una familia muy bonita y que te quiere mucho. Están muy orgullosos de ti.

Hwang cerró los puños y apretó la mandíbula para contenerse.

—Supongo que no quieres que les pase nada. Sin embargo, podrían morir hoy mismo o mañana. La vida es tan frágil..., ¿verdad? Un incendio fortuito. Un robo que acaba en tragedia. Un accidente de coche. Pueden pasar tantas cosas... Por suerte, depende de ti, cardenal.

—¡Eres un monstruo!

El cardenal se abalanzó sobre Belcebú, pero ni siquiera logró acercarse a él. El demonio alzó ligeramente una mano y Hwang salió propulsado hacia atrás por una fuerza invisible, golpeó la pared de piedra y cayó al suelo.

—No soy un monstruo. Soy un diablo. Créeme que, según se mire, es mejor que trates conmigo que con un monstruo. A los monstruos les cuesta mucho llegar a acuerdos. Tienen poca paciencia, son más impulsivos. Sé de qué hablo.

El cardenal se levantó trabajosamente del suelo. Belcebú le concedió unos cuantos segundos más para recuperarse.

—Estoy esperando tu respuesta. ¿Quieres salvar la vida de tu familia? Es fácil. Solo tienes que decirme dónde está Satanás. Iré a liberarlo y luego dejaré que te vayas. Evidentemente, cobraré por adelantado porque los mortales no sois de fiar.

—De ti me fío todavía menos. Aunque te lo dijese, me matarías, y seguramente a ellos también. Si Satanás vuelve al infierno, vuestra venganza no tendrá fin.

—Con la de tratados que habéis escrito sobre nosotros y aún no nos conocéis en absoluto. Nosotros respetamos los pactos siempre. Siempre. Si incumpliésemos uno solo, ya no podríamos hacer ninguno más. ¿Lo entiendes? En cambio, vosotros los incumplís a menudo porque vuestra palabra no vale nada. Sois tan conscientes de ello que habéis creado libros, cuadros y óperas sobre estos incumplimientos. No cumplís ni vuestros supuestos diez mandamientos.

El cardenal Hwang se veía a sí mismo como un ratón entre las zarpas de un gato juguetón. No solo no tenía opción alguna de dominar la situación, sino que Belcebú exhibía la superioridad de quien sabe que tiene todos los ases y todos los argumentos.

—Además, no habrá venganza contra nadie, al menos no de manera visible —continuó el diablo—. No tenemos ningún interés en ello. Como no podemos matar a Dios, del mismo modo que no es posible matar a Satanás, nuestro objetivo es anularlo a ojos de los mortales, reducirlo a la nada. Si nos manifestamos con plenitud solo conseguiremos que las iglesias se vuelvan a llenar y que millones de humanos recuperen la fe. No solo no ganaríamos nada, sino que volveríamos atrás, ahora que vamos tan bien.

El demonio se acercó tanto al cardenal que casi se

tocaban. Un hedor nauseabundo a azufre saturó el olfato de Hwang.

—¿Y bien? Se acaba el tiempo. ¿Vas a decirme dónde está mi señor o harás que me ensucie las manos con tu sangre y la de tu familia?

Capítulo 21

Con cierto retraso sobre el horario previsto, la costa catalana comenzó a perfilarse en el horizonte. Pronto comenzaría la maniobra de aproximación al puerto de Barcelona. Los días de verano le disputaban fervientemente los últimos instantes de luz a la noche, pero el cielo se oscurecía de manera inexorable con cada minuto que pasaba. Vista desde el mar, la capital catalana parecía un gran decorado. Las luces de las calles y de las casas se iban encendiendo lentamente, resistiendo también hasta el último segundo. Si el sol se ocultase por el este, la ciudad tendría los atardeceres más bonitos del mundo.

Barcelona era una ciudad de verano, aunque buena parte de sus habitantes no lo supiesen y muchos otros prefiriesen alguna otra estación, sobre todo el otoño. Fuera de los meses veraniegos, el resto del año parecía aguardar en la sala de espera, matando el tiempo, esperando medio adormecida la llegada de su mejor momento. Las calles y las plazas explotaban de vida a partir de san Juan, cuando comenzaba una cadena casi infinita de días con aires de fiesta mayor y regusto a sal. La ciudad estaba radiante y las noches eran cortas e intensas.

Bernat era barcelonés hasta la médula y un enamorado de las tardes de verano en su ciudad. No obstante, en aquel momento, sentado en la furgoneta dentro de la bodega del ferri, no podía contemplar una de las visiones más bonitas del Barcelona. Consultaba la hora en el reloj constantemente. Si todo transcurría sobre el horario previsto, muy pronto amarrarían en el puerto y saldrían por fin a tierra firme. No había bajado la guardia en todo el día. Había pasado cada minuto con los cinco sentidos en alerta, pero ahora ya estaba tranquilo. El diablo no había mostrado ninguna actividad ni había proyectado ningún tipo de magnetismo, por leve que fuese. Quizá había quedado agotado con el intento de engañarlo con la trampa de su hermana y debía recuperarse. Ya le había dicho Hwang que estaba muy debilitado.

Una vez en tierra se dirigirían a Montserrat. El monje benedictino no veía el momento de distinguir la sierra recortada sobre el cielo estrellado. En cuanto recuperase la cobertura comprobaría que la expedición del cardenal había llegado sin novedades a Estocolmo, el destino ficticio que habían planificado para Satanás. Qué ironía. Habían montado un pequeño convoy como distracción y al final resulta que quien había sido víctima de la tentación de Satanás había sido él. Le había ido de poco, pero por suerte todo había quedado en un apuro. O eso quería pensar.

También Mario parecía tener ganas de salir del barco. A pesar de su ofrecimiento inicial, había guardado silencio la mayor parte de la jornada. Apenas habían intercambiado algunas frases en todo el día, y Bernat lo había visto pensativo y, más de una vez, con la mirada perdida en el infinito. En algunos momentos habían puesto música italiana romántica, pero el transportista prácticamente no había cantado. Mario estaba físicamente presente, pero en realidad se encontraba lejos del barco. Puede que estuviese aburrido o cansado. Al fin y al cabo, era un hombre a las puertas de la jubilación que cargaba sobre sus hombros una vida más bien dura. Y no hacer nada, a veces, también cansaba.

Unos minutos más tarde el móvil de Bernat recuperó la cobertura. En la pantallita apareció una cascada de mensajes mientras el terminal emitía pequeños pitidos y vibraba insistentemente. El teléfono también le notificó diversas llamadas perdidas. Tanta actividad le sorprendió un poco. Abrió los primeros mensajes enviados por miembros de la Hermandad y se quedó en shock. Le decían que el convoy del cardenal Hwang había sufrido un ataque en el norte de Italia y que había varios muertos. Leyó atropelladamente los hilos de mensajes y las actualizaciones. Al principio parecía un accidente porque el camión había salido de la autopista y se había estrellado, pero ya no había ninguna duda de que se había tratado de un asalto deliberado. También le comunicaban que el ataque ya era de dominio público y se le pedía que prosiguiese con su misión sin alterar el plan previsto.

Casi por instinto abrió varios portales internacionales de noticias y todos se referían al ataque en la portada, si bien las versiones eran confusas y contradictorias. Aunque la policía italiana no había hecho ninguna declaración oficial concluyente y las primeras investigaciones estaban aún en marcha, algunas informaciones periodísticas atribuían el asalto a un robo de obras de arte de los

Museos Vaticanos y responsabilizaban de ello a bandas internacionales del crimen organizado, posiblemente vinculadas a la mafia o a la camorra. Otras informaciones no descartaban un ataque terrorista perpetrado por un comando islamista. El hecho de que el objetivo fuesen vehículos oficiales con matrícula diplomática de la Santa Sede y que algunos de los guardias hubiesen sido decapitados parecía avalar esta posibilidad. El servicio de prensa de la Santa Sede, por el momento, tan solo confirmaba el ataque y la muerte de diversos miembros de la Guardia Suiza, pero no aportaba muchos más detalles. El relato del robo resultaba, en apariencia, el más creíble y, puestos a ser pragmáticos, era una buena cortina de humo. Bernat se maldijo por haber tenido razón a la hora de tomar precauciones, pero sentía que comenzaba a germinar en él un sentimiento de culpa por la muerte de aquellos hombres.

Notó que Mario lo miraba fijamente y salió corriendo de la furgoneta sin decir nada. Mediante una aplicación que permitía cifrar las llamadas, telefoneó a uno de los miembros de la Hermandad que lo había ayudado a cargar la caja en el vehículo, apenas el día anterior, y su interlocutor le dio toda la información actualizada. Dos equipos de la Gendarmería Vaticana y de la Guardia Suiza ya se habían desplazado al lugar de los hechos para participar activamente en la investigación. Todos los fallecidos tenían pasaporte diplomático, y la intención era evitar, en la medida de lo posible, que fuese la policía italiana quien llevase a cabo la investigación en exclusiva. Se estaban haciendo gestiones al máximo nivel y el propio pontífice había hablado con la primera ministra italiana.

Por supuesto, entre los equipos que habían enviado

al lugar del asalto había miembros de la Hermandad del Ángel Caído, que confirmaban la muerte de seis de sus componentes. La moral dentro de la fraternidad estaba hundida. Desde su fundación, a finales del siglo XV, jamás habían sufrido un ataque como aquel. Pero había otro hecho especialmente inquietante. El cardenal Hwang había desaparecido. No encontraban el cuerpo por ninguna parte, aunque en el lugar de la tragedia estaba su teléfono móvil, junto con la cruz de plata que siempre llevaba consigo. Por el momento habían optado por no notificar a las autoridades que el primado también formaba parte de la expedición.

Bernat preguntó por la caja. Estaba totalmente reventada. Por supuesto, los atacantes no habían encontrado en ella a Satanás. La Hermandad había colocado dentro de la caja una bolsita de piel de cabra con diez de las treinta monedas de plata con las que Judas Iscariote había sido recompensado por su delación. El cardenal Hwang estaba convencido de que aquellas monedas conservaban un poder maligno que muy probablemente aún desprendía una energía diabólica, cosa que incrementaría la credibilidad de la trampa. Las monedas, curiosamente, habían desaparecido.

Ninguno de los dos interlocutores lo había hecho explícito, pero la consecuencia evidente del ataque era que los lugartenientes de Satanás eran conscientes de que aquel viaje era una maniobra de distracción, un anzuelo. Por tanto, ya debían haber deducido que el diablo estaba siendo transportado a otro destino. Con toda seguridad había comenzado una gran cacería en toda Europa. Aquella sola idea helaba la sangre.

Las instrucciones del papa eran que Bernat prosiguiese su viaje y completase la misión. Luego dejarían pasar un tiempo razonable hasta que las cosas se calmasen, y solo entonces el monje acudiría a Roma para analizar posibles acciones que llevar a cabo. El Vaticano, mientras tanto, concentraría todos los esfuerzos en apartar el ataque del foco policial y mediático, y en enterrar y honrar a los guardias caídos en acto de servicio. Sería inevitable que circulasen toda clase de teorías conspirativas, pero cuantas más corriesen, mejor. También acordaron reducir las comunicaciones al mínimo y utilizarlas solo en caso de extrema necesidad. La Hermandad informaría al abad de Montserrat de la situación, y Bernat debía centrarse tan solo en llevar al prisionero a su nuevo destino.

Se desearon suerte mutuamente, se despidieron y Bernat apagó el móvil. Mil pensamientos revoloteaban por su cabeza a toda velocidad. Estaba afectado por la muerte de sus compañeros y muy preocupado por el cardenal Hwang. Quizá había podido huir, pero era poco probable: si hubiese logrado escaparse, a esas horas ya debería haber contactado con la Hermandad. Quizá estaba perdido o desorientado. O quizá lo habían secuestrado para usarlo como moneda de cambio.

Se quedó pensando aún un rato antes de abrir la puerta del vehículo y volver a su asiento. Mario lo miraba con curiosidad.

—¿Pasa algo, señor Bernat? Tiene cara de preocupación.

El monje pensó que no tenía ningún sentido mentirle, teniendo en cuenta que la información estaba en todos los portales de noticias.

—Sí. Ha pasado una desgracia. Mientras navegábamos han atacado unos vehículos del Vaticano y algunos compañeros míos han muerto. Estoy hundido.

La expresión del transportista pasó de la curiosidad al horror.

—¡¿Qué dice?! ¡Es horrible! ¿Cómo ha sido?

—Aún no se sabe exactamente qué ha pasado. La policía lo está investigando en estos momentos. Parece que ha sido un robo de obras de arte que transportaban a Suecia. Una tragedia.

—¿Quién ha sido? ¿Los han cogido?

—No. Ni rastro de los culpables. Espero que los atrapen pronto y lo paguen muy caro.

—Sí, esperemos que se pudran en la cárcel. Lo acompaño en el sentimiento, señor Bernat.

—Gracias, Mario. Rezaré por sus almas.

Después de dejar que pasasen unos segundos, el italiano preguntó:

—¿Tiene usted que volver al Vaticano a causa de este ataque? ¿Nosotros continuamos el viaje a Montserrat como está previsto o hay algún cambio?

—No hay ningún cambio y nosotros seguimos con nuestro viaje. Una cosa no tiene nada que ver con la otra.

Bernat respiró hondo. Desde aquel momento, el trayecto adoptaba otra dimensión. Ya no era suficiente tener los cinco sentidos en estado de alerta. Ahora tenía la certeza absoluta de que las fuerzas del mal sabían que Satanás había salido de la Santa Sede y removerían cielo y tierra para encontrarlo. Con sus compañeros asesinados y con Hwang desaparecido, el monje de Montserrat se encontraba inmensamente solo. Todo dependía de él. Se sentía pequeño e indefenso en aquel momento crucial. Por primera vez deseó que nunca le hubiesen encargado aquella misión. Ahora comprendía los temores del abad y la prudencia extrema del cardenal.

Giró la cabeza y miró a Mario, que volvía a jugar con el móvil. Aquel hombre era un buen compañero de viaje que lo ayudaba a soportar la soledad, pero, llegado el caso, era más que evidente que no podría ayudarlo en nada. Ni siquiera sabía lo que transportaban. Era tan cándido que ni siquiera se había dado cuenta de que la furgoneta podía ser un objetivo potencial porque, supuestamente, también transportaban una obra de arte. Ahora que lo pensaba, era extraño que Mario no hubiese equiparado las dos situaciones.

Una hora más tarde, el barco entró lentamente en el puerto de Barcelona. Se aproximó despacio a la terminal de ferris y amarró allí. No pasó mucho tiempo hasta que abrió sus enormes compuertas para comenzar la descarga de los vehículos. Casi al mismo tiempo, cientos de pasajeros comenzaron a salir del buque por dos pasarelas elevadas. Todo el mundo parecía tener prisa por tocar tierra. Cuando se lo indicaron, Mario arrancó la furgoneta y bajó despacio de la bodega de la nave hacia el muelle, siguiendo la hilera de coches que avanzaban con parsimonia.

Mientras Bernat recorría mentalmente la ruta prevista hasta Montserrat, Mario pensaba en cómo y cuándo podría liberar a Satanás. Quería hacerlo cuanto antes mejor; así se lo había prometido y no quería defraudarlo. La oportunidad era única, y de ninguna manera le habría gustado que tentase a cualquier otra persona y se le pudiesen adelantar. Si el diablo cumplía su parte del pacto, se habían acabado las preocupaciones para siempre: las niñas acabarían sus estudios y les podría regalar un pisito en Roma a cada una, y Giulia y él podrían comprarse una de aquellas casitas del Lido de Latina que les habían robado el corazón y jubilarse frente al mar. Solo le preocupaba cómo reaccionaría su mujer ante todo aquello, pero ya se espabilaría.

Unos cientos de metros más allá, Berta agotaba los últimos minutos de su último día de servicio en el puerto de Barcelona en el control de salida de los vehículos que bajaban de aquel ferri procedente de Civitavecchia. Familias italianas enteras comenzaban ilusionadas sus vacaciones catalanas justo cuando ella ponía fin con resignación al mejor destino que había tenido hasta entonces en el cuerpo.

Capítulo 22

—¡Bernat! ¿Eres tú? ¡No me lo puedo creer!

El monje apenas oyó aquellas palabras lejanas y amortiguadas a través del cristal de la ventanilla. Volvió la cabeza y vio a una *mossa d'esquadra* que lo saludaba con la mano levantada, sonriendo. Le llevó unos instantes reconocerla en aquel contexto. La Berta que conocía del aula siempre iba vestida de manera muy informal, normalmente con unos vaqueros un poco rotos y unas camisetas un poco ajustadas, puede que incluso demasiado. En ese momento no solo iba uniformada, sino que llevaba el pelo recogido en una coleta. Si ella no le hubiese dicho nada, con toda probabilidad él no se habría fijado ni la habría reconocido, aunque hubiese estado mirando por la ventanilla.

A pesar de la sorpresa inicial, se alegró mucho de verla, y bajó el cristal al instante mientras Mario detenía el vehículo en la hilera de control policial.

—¡Berta! ¡Ostras, qué sorpresa! ¿Qué haces aquí? ¡No sabía que eras policía!

—Pues sí, ya lo ves. Aquí estoy, en el control del

barco en el que has llegado a Barcelona, precisamente. Porque la pregunta que me interesa es la contraria: ¿qué haces tú bajando de un ferri procedente de Italia?

Después del descenso emocional a los abismos que había vivido los últimos dos días, encontrarse de pronto con Berta en el muelle de Barcelona fue casi una aparición emocional, reconfortante. Bernat había sentido una enorme soledad durante aquella travesía. No había tenido a nadie a quien contarle su contacto con Satanás. La muerte de sus compañeros y la desaparición del cardenal lo habían hundido anímicamente, y se veía muy pequeño ante una misión colosal. Mientras miraba a su alumna improvisó una respuesta.

—He ido a Roma a buscar unas obras de arte para el Museo de Montserrat. Nada del otro mundo, un encargo del abad. En el fondo han sido unas pequeñas vacaciones.

Berta prácticamente no prestó atención a las palabras de su profesor. Era la parte que le importaba menos en aquel momento. El encuentro imprevisto le había cambiado radicalmente el día, como un calcetín. Era como si el desánimo y todos sus problemas personales se hubiesen desvanecido. No se le iba la sonrisa que tenía dibujada en la cara.

El coche de atrás hizo sonar el claxon con un breve toque. Mario lo aprovechó.

—Señor Bernat, estamos provocando una pequeña retención.

—Tienes razón —respondió el monje mirando por el retrovisor la larga cola de vehículos detenidos por su culpa.

—Quizá deberíamos empezar a pensar en tirar hacia Montserrat —añadió el transportista.

—Me parece que sí. —Y, mirando hacia la *mossa d'esquadra*, dijo—: Berta, ¿nos vemos en la universidad en septiembre?

—Sí, me parece genial. Cuento con ello, ¿eh?

—Perfecto. ¡Me ha gustado mucho verte!

Comenzó a subir la ventanilla mientras Mario levantaba el pie del freno del vehículo. Un segundo coche tocó el claxon. Berta sonreía, pero se maldecía por dentro, le frustraba dejar escapar una oportunidad como aquella de la manera más tonta, y entonces tuvo un impulso y decidió que no iba a quedarse de brazos cruzados. Como siempre había oído decir, el *no* ya lo tenía.

—¡Bernat! ¡Un momento! Acabo el turno enseguida; de hecho, ya estoy fuera del horario. Si os va bien, voy con vosotros y me dejáis en el centro de Barcelona. Me haríais un gran favor porque a esta hora todos los taxis estarán ocupados por los guiris del ferri, y hoy tengo que llevarme a casa una caja que pesa un poco.

El monje dejó de apretar el botón que levantaba la ventanilla mientras con la mano izquierda detenía a Mario, que empezaba a detestar a aquella agente de policía.

—Por nosotros, ¡perfecto! No nos cuesta nada y nos harás compañía durante un rato.

—¡Genial! Id hasta el final de la terminal de ferris y seguid las indicaciones hasta la comisaría de los Mossos d'Esquadra. Está muy cerca. Yo llego en diez minutos, como máximo, me cambio y salgo. Ostras, os lo agradezco mucho.

Un tercer coche tocó el claxon, esa vez de manera sostenida.

—Señor Bernat, deberíamos movernos —dijo Mario, disimulando apenas el cabreo que llevaba encima.

—Sí, sí, vamos. Disculpa.

—¡Hasta ahora! —dijo Berta, pletórica.

Por fin, la furgoneta arrancó y comenzó a circular lentamente por la terminal hasta que salió a la vía central del puerto, que unía todos los muelles y los conectaba con los diferentes edificios administrativos y con la salida de la ciudad. Tal como había dicho Berta, siguiendo las indicaciones de los rótulos llegaron enseguida a la comisaría portuaria y se detuvieron en el aparcamiento del cuartel policial. Bernat notaba el cansancio en todo el cuerpo, pero la perspectiva de llevar a Berta a su casa lo había animado un poco, aunque solo fuese por romper un rato una dinámica demasiado encerrada en sí misma. Era consciente de que el cardenal Hwang, con toda seguridad, desaprobaría que hubiesen aceptado llevar a una agente de policía en el vehículo, pero Bernat estaba saturado y aquella situación inesperada le apetecía.

Después de todo, era él quien estaba al frente de aquel operativo y habían confiado en él. Desde el punto de vista de la misión, no veía ningún elemento que pudiese ponerla en riesgo por el mero hecho de desviarse ligeramente para llevar a Berta unos kilómetros por la ciudad. Además, cuantos más estuviesen en el vehículo, menos probabilidades había de que Satanás volviese a manifestarse.

Mientras que el monje comenzaba a relajarse un poco por primera vez desde que habían salido de Roma, Mario no soltaba el volante y miraba casi obsesivamente por la ventanilla y por los retrovisores. Estaba en tensión. Se le veía nervioso, como si aquella pequeña alteración del plan lo hubiese enojado. Bernat lo observó por el rabillo del ojo y decidió ser empático.

—Tienes hambre, ¿verdad? ¿Querrás cenar algo? Pensándolo bien, es probable que lleguemos a Montserrat un poco tarde.

El transportista volvió la cabeza y se esforzó por sonreír.

—No se preocupe por mí. Si le parece bien, podemos llevar a su amiga a casa y luego paramos en algún sitio de camino a Montserrat, por ejemplo en alguna área de servicio, para comer algo y tomar un café.

—Me parece bien. Así perderemos menos tiempo si paramos de camino. Además, en un área de servicio no perderemos de vista la furgoneta en ningún momento.

Bernat volvió a ponerse cómodo para esperar a Berta mientras Mario seguía aferrado al volante, aunque ya no estaba tan angustiado. Puede que aquella situación inesperada le resultase beneficiosa, incluso. Tenía pensado aprovechar la primera ocasión para huir con la furgoneta, y sin duda la mejor opción era fugarse en Barcelona y escabullirse por las calles de la gran ciudad. Quizá se presentase una buena oportunidad cuando dejasen a Berta en su casa. No obstante, si ese plan no funcionaba, tendría una segunda opción en el área de servicio. Tenía muy claro que, una vez en Montserrat, ya no habría nada que hacer.

En cuanto se hubiese desembarazado de Bernat, liberaría a Satanás en el primer sitio donde pudiese parar y volvería a Italia por carreteras secundarias. Y a partir de entonces se dedicaría a vivir la vida que siempre había soñado y que nunca había pensado que podría tener. Si el Vaticano lo denunciaba a la Policía ya veríamos quién ganaría: no existía descripción alguna de la carga y, muy probablemente, a la Iglesia no le interesaría hacer ruido con aquel asunto.

Por supuesto que había otras consecuencias más profundas en su acción, pero Mario no quería ni pensar en ellas. Se negaba de plano. Él no era nadie para hacer grandes disquisiciones, ni teológicas ni éticas, sobre el bien y el mal. Bastantes doctores, y muy buenos, tenía la Iglesia como para atreverse él a adentrarse en semejante ámbito. Le había surgido una oportunidad única de cambiar su vida y esa era la única motivación que lo guiaba. Después de todo, el mundo iba de mal en peor, y permitir que Satanás volviese del inframundo no agravaría demasiado las cosas malas que ya pasaban por aquellos mundos de Dios. En esos mismos términos se lo había jurado el diablo: no se vengaría de la humanidad ni desencadenaría ningún cataclismo. Como mucho, quizá perseguiría a quienes lo habían encarcelado, algo más que comprensible. A los demás los dejaría tranquilos con sus vidas y Mario no tendría que soportar la mala conciencia. Satanás solo quería regresar a su casa, como todos. Y él, un pobre transportista que se había pasado toda la vida trabajando como una mula, no era precisamente quien debía salvar el mundo.

Relajó un poco los músculos y por fin apartó las manos del volante. Notaba que la tensión se relajaba y empezaba a calmarse un poco. A su lado, el monje parecía muy tranquilo. Estaba claro que entre él y la *mossa d'esquadra* había alguna conexión que se le escapaba. Bernat le había dicho que la chica era alumna suya en la universidad, pero, después de observarla solo dos minutos, ya había comprendido que, para ella, el monje era algo más que un profesor. Tenía curiosidad por saber qué pasaría entre ellos, pero por desgracia nunca tendría la ocasión de comprobarlo. No veía el momento de retirarse a su casa nueva, frente al mar, y olvidarse de todo.

Le estaba dando vueltas a todo ello cuando por el retrovisor vio un coche policial que entraba en el aparcamiento de la comisaría. Berta bajó por la puerta del copiloto y se dirigió directamente a la furgoneta.

—¡Hola! Espero no haber tardado más de la cuenta —dijo mientras Bernat abría la puerta para bajarse—. Me cambio en cinco minutos y cojo mis cosas. Siento que os retraséis por mi culpa.

—No te preocupes por nada, al contrario. No tenemos prisa, haz tranquila lo que sea. Así nos harás compañía un rato.

—Gracias, Bernat, eres un sol.

—Por cierto, te presento a Mario, nuestro transportista. Es italiano. —Berta asomó la cabeza por la puerta y lo saludó.

—Hola, Mario, encantada de conocerte.

—*Il piacere è mio. Saremo felici di portarla a casa. Gli amici del signor Bernat sono sempre benvenuti nel mio furgone.*

Berta agradeció sus palabras con una sonrisa y una leve inclinación de cabeza, y entró rápidamente en la comisaría. No quería perder ni un minuto. Aquella triste caja con sus pertenencias se había convertido, de pronto, en la excusa perfecta para subirse a la furgoneta de Bernat. Quizá aquel encuentro inesperado fuese el principio de un giro en el guion de su vida. O puede que se estuviese haciendo demasiadas ilusiones y, al final, solo la llevasen a casa. Tanto daba. Mientras se quitaba el uniforme en el vestuario y lo metía en la bolsa deportiva hecho un gurruño, no podía borrar de su cara aquella sonrisa casi adolescente. En la misma mochila guardó, con más cuidado, la táser y la pistola, convenientemente descargada. Teniendo en cuenta que ya no volvería a aquella comisaría, no tenía ningún sentido dejar las armas allí.

No tenía tiempo de darse una ducha larga y relajante, como hacía después de cada jornada laboral, pero se metió unos segundos bajo el agua para sentirse limpia. Luego se vistió con unos vaqueros, una camiseta de tirantes y unas deportivas blancas como la luna radiante, que ya presidía aquella noche de verano. Pasó por su escritorio, guardó la fotografía de su hijo dentro de la caja, la cerró con cinta americana y salió sin despedirse del par de agentes que navegaban perezosamente por internet. Bernat continuaba fuera de la furgoneta.

—¡Pues has sido muy rápida! No han pasado ni cinco minutos.

—Ya te he dicho que no os haría perder el tiempo.

La *mossa d'esquadra* se dirigió a la parte trasera del vehículo.

—¿Me abres para dejar la caja?

Bernat se situó delante de ella con cara de circunstancias.

—Lo siento, no podemos abrir el espacio de carga por una cuestión de seguridad. Las obras que llevamos están aseguradas, y no se pueden abrir las puertas hasta que lleguemos a nuestro destino. Ya sabes, servidumbres absurdas de la burocracia.

—Ah, discúlpame, no lo sabía —respondió Berta, reculando—. ¿Cabe la caja en la parte delantera?

—Seguro que sí —respondió el monje.

Colocaron la caja detrás de los asientos y se sentaron los tres uno al lado del otro, con Bernat en medio y Berta junto a la ventanilla. Mario arrancó y salieron del puerto mientras el monje y la alumna charlaban animadamente. Berta introdujo su dirección en el navegador del vehículo. Vivía en la calle Roger de Flor, esquina con Consell de Cent, justo en los límites del Quadrat d'Or del modernismo barcelonés.

Salieron del recinto del puerto y comenzaron a recorrer el paseo de Colom. Las noches de verano de aquella vía, al igual que el resto del núcleo antiguo de la ciudad, eran un batiburrillo colorido, ruidoso y desordenado de turistas y autóctonos celebrando la vida mientras los carteristas hacían su agosto, nunca mejor dicho, y las calles se llenaban de latas, botellas y envoltorios de comida rápida que se disputaban ratas y gaviotas. Los vendedores ambulantes dominaban las calles mientras la policía local hacía la vista gorda y los gobernantes estaban de vacaciones muy lejos de aquel caos. La parte baja de Barcelona se degradaba cada verano, pero a nadie parecía importarle demasiado.

Mario conducía lentamente sin perder detalle de lo que veía. Como buen italiano, admiraba Barcelona, aunque solo había estado una vez hacía muchos años, cuando sus hijas ni siquiera habían nacido. La capital de los catalanes fascinaba a los italianos desde tiempos inmemoriales, incluso desde antes de las rivalidades medievales con Génova y Venecia, durante los tiempos del expansionismo mediterráneo.

Dentro de la furgoneta, Berta no callaba, y bombardeaba a Bernat con toda clase de informaciones y detalles sobre los distintos ámbitos de su vida, que a su profesor le venían totalmente de nuevas. Le contó por qué razón se había hecho policía, el cambio de destino no deseado y algunos de sus problemas personales, como introducción de contexto para acabar confesándole que sus clases en la universidad eran unas las pocas vías de evasión y distracción que tenía. Berta sabía con precisión cuántos minutos tenía antes de llegar a su portal y los pensaba aprovechar. El monje la escuchaba divertido mientras Berta saltaba de un tema a otro.

Giraron por el paseo Picasso hacia el paseo de Sant Joan rodeando el Arco de Triunfo, que parecía el gran decorado de un teatro barroco. El alboroto y el jaleo se reducían a medida que se alejaban del mar, como si los habitantes de la noche bajasen rodando irremediablemente por una ciudad cuesta abajo. Ya se acercaban al edificio donde vivía Berta, y el navegador indicó que solo faltaban dos minutos de trayecto.

—Bueno, ya llegamos. Gracias por acompañarme a casa, de verdad.

—No lo digas más, por el amor de Dios. No nos ha costado nada, y me he enterado de un montón de cosas que no sabía —respondió Bernat—. Ahora ya no volveré a mirarte solo como una alumna preguntona.

—Ay, me parece que he hablado demasiado. Ya me lo dice mi madre, que hablo por los codos.

Mario frenó y se situó en el chaflán en doble fila, a pocos metros de donde vivía la *mossa d'esquadra*. Activó las luces de emergencia. Berta abrió la puerta y miró al transportista.

—*Grazie, Mario, spero che abbiate un buon viaggio a Montserrat e tu un buon ritorno in Italia.*

—*Grazie mille, signora.*

La chica bajó de la furgoneta y se puso la mochila a la espalda mientras Bernat cogía la caja con sus pertenencias. Lamentaba que el recorrido con Berta hubiese sido tan breve. La conversación con su alumna había significado una bocanada de energía después de la tensión vivida en el barco. Lo había hecho sonreír por primera vez desde hacía más de dos días, y lo cierto era que, desde que habían tocado tierra, el diablo no se había manifestado.

También Berta lamentaba aquella despedida, pero estaba feliz de haberse encontrado con su profesor y de haber podido charlar con él un rato. Por supuesto que lo habría alargado más tiempo, pero se conformaba. Quizá aquel primer encuentro tan fortuito abriría la puerta a una amistad con Bernat. Era monje, lo tenía muy presente, pero le daba la impresión de que ambos se habían entendido muy bien, una vez liberados de las formalidades un tanto envaradas del aula universitaria.

Cogió la caja que le entregaba su profesor y ambos caminaron hacia el portal. Cuando llegaron, ella dejó la caja en el suelo y sacó el móvil para guardar el contacto de Bernat. No dejaría pasar la ocasión de tenerlo agendado.

De repente oyeron el ruido del motor de la furgoneta. Ante sus ojos atónitos, Mario pisó el acelerador y el vehículo salió a toda velocidad por la calle Diputació. Arrancó tan bruscamente que la puerta del copiloto se cerró con un fuerte golpe, y con la aceleración casi atropelló a un ciclista, que cayó al suelo y soltó una retahíla de insultos y maldiciones.

Berta no entendía nada y miró extrañada a Bernat, que de pronto lo comprendió todo. El monje corrió unos metros tras el vehículo, pero no sirvió de nada. Al final de la calle, Mario giró por el paseo de Sant Joan y pasó por delante de la sede del Departamento de Interior. Aferrado al volante mientras un torrente de adrenalina le inundaba las venas, el transportista notaba cómo la fuerza maléfica de Satanás comenzaba a desvelarse, ansiosa.

Tercera parte

Capítulo 23

Berlín, 20 de abril de 1945

Acostumbrado a las comodidades de su lujoso Mercedes-Benz 770, Heinrich Himmler se sentía atrapado en el asiento posterior del pequeño Volkswagen Kübelwagen pintado de verde que serpenteaba por las calles de Berlín. A lado y lado, los edificios estaban en ruinas o gravemente dañados por los bombardeos aéreos. Grupos de soldados, algunos jovencísimos, corrían de aquí para allá arrastrando las armas que podían. La mayoría llevaban la derrota escrita en la cara, pero sus oficiales no permitían la mínima expresión de abatimiento. La propaganda del régimen prometía que el Reich duraría mil años, pero apenas había cumplido doce y sus enemigos se encontraban a pocos kilómetros del centro de la ciudad.

El Reichsführer-SS llegó a la cancillería del Reich y se dirigió apresuradamente hacia la entrada del *Führerbunker*. En cuanto se hallase en el refugio estaría seguro. Circular por la superficie, especialmente al descubierto, era demasiado arriesgado. Con la defensa antiaérea alemana casi desmantelada, los cazas soviéticos eran los amos del cielo y sobrevolaban de vez en cuando la ciudad buscando vehículos militares que ametrallar.

Himmler accedió al búnker y bajó por las escaleras de cemento. Atravesó a paso rápido el Vorbunker, el refugio subterráneo inicial de la cancillería, reconvertido fundamentalmente en la residencia de Joseph Goebbels y su modélica familia. Cruzar aquel búnker era inevitable para acceder al *Führerbunker*, de construcción más reciente, a mayor profundidad y con muros más gruesos. No era ningún secreto que el Reichsführer-SS detestaba con todas sus fuerzas al ministro de Ilustración Pública y Propaganda, sentimiento que era recíproco por parte de Goebbels, y caminaba deprisa para no encontrarse con él. Seguramente ni siquiera se habrían dirigido la palabra. Con el Ejército Rojo a las puertas de Berlín, ya no necesitaban disimular ni guardar la mínima cortesía.

La mayoría de los soldados asignados a la guardia personal de Hitler pertenecían a las SS y habían sido seleccionados por el propio Himmler, razón por la cual levantaban el brazo y entrechocaban los talones de las botas ruidosamente siempre que veían al máximo comandante de su cuerpo. El Reichsführer-SS tenía prisa y ni siquiera devolvía el saludo. Bajó de dos en dos los escalones que conducían al *Führerbunker* y fue directamente a la sala de conferencias.

De inmediato comprobó que había bastante más gente de lo acostumbrado. En la sala se encontraba una docena de jerarcas del Reich. Saludó a unos cuantos, pero ignoró a la mayoría. Los odiaba a casi todos y todos lo odiaban a él. Vio que Goebbels estaba hablando discretamente en un rincón con Hermann Göring. El máximo comandante de la Luftwaffe, al igual que el resto de los miembros de las fuerzas aéreas, detestaba a Himmler y a las SS con intensidad. Göring se daba ínfulas de aristócrata y le gustaba respetar las normas tradicionales de la guerra y tratar bien a los prisioneros de los ejércitos aliados. Por ello desaprobaba la crueldad y los métodos expeditivos de Himmler, a quien consideraba poco menos que un psicópata.

Ninguna de aquellas personas se encontraba en el búnker por casualidad. El 20 de abril era el cumpleaños de Hitler. Cumplía cincuenta y seis años, y nada ni nadie podía impedir que lo celebrase. Había decidido organizar una pequeña fiesta con sus colaboradores más cercanos y subiría a la superficie para condecorar con la Cruz de Hierro a algunos de los defensores de la capital. Ni él ni nadie sabían que sería la última vez que el Führer vería la luz del sol. Los soviéticos, que también miraban el calendario, le regalaron un intenso bombardeo de la ciudad usando por primera vez la artillería que ya habían desplegado a las afueras de Berlín.

Ante la dirección de un Reich agonizante, de un ejército exhausto y de un partido en descomposición, el Führer pronunció unas palabras triunfales. Nadie esperaba otra cosa. El enemigo sería derrotado indefectiblemente y el Reich saldría victorioso. Como era habitual, advirtió severamente contra el desánimo y el derrotismo, y juró que cualquier traidor sería descubierto y ejecutado sin miramientos. Los altos cargos del régimen adoptaban caras de circunstancias y algunos se miraban entre sí. Todos tenían los pies en el suelo y nadie creía ya en victoria alguna. Casi todos los presentes en la sala de conferencias habrían firmado de buen grado un armisticio con los aliados para intentar salvar todo lo que seguía en pie.

Después de los aplausos y las felicitaciones, Himmler le hizo una discreta señal con la mano a Hitler para preguntarle si podían hablar en privado. El Führer no solía conversar individualmente con sus lugartenientes, pero accedió y ambos entraron en su oficina privada, donde tomaron asiento en unas aterciopeladas butacas de color blanco. El Reichsführer-SS fue directo al grano.

—*Mein Führer*, hemos obtenido una información extraordinaria que cambiará el curso de la guerra, garantizará la victoria del Reich sobre sus enemigos y permitirá el establecimiento de nuestro imperio durante milenios. Aún estamos a tiempo; podremos destruir a todos nuestros enemigos de un solo golpe y para siempre.

—¿Dudas de nuestra victoria, Heinrich? —preguntó Hitler, visiblemente molesto.

El Reichsführer-SS había previsto esa reacción y por ello calibraba cada una de sus palabras.

—Por supuesto que no, *mein Führer*, pero con este hallazgo excepcional la victoria será más rápida y absoluta. ¡La guerra puede ser solo cuestión de días! Convertiremos Moscú y Londres en un montón de ceniza. Obligaremos a Washington a rendirse o también la destruiremos. Llega el momento de las razas elegidas y la destrucción de las razas inferiores.

—Deja ya tanta palabrería y explícate, Heinrich. Es mi cumpleaños y quiero celebrarlo.

—Naturalmente, disculpadme. Mis agentes de la Sicherheitsdienst en Roma han descubierto que el Vaticano tiene en su poder al mismísimo diablo, encerrado en una mazmorra recubierta de reliquias para debilitar su poder. ¡Lo tienen preso desde hace siglos!

El Führer enarcó ligeramente las cejas, pero Himmler ya había aprendido a leer cualquiera de sus gestos.

—Sé que cuesta creerlo, pero un miembro de una hermandad secreta que se encarga de la vigilancia nos lo ha revelado y se ha ofrecido a ayudarnos a traerlo a Berlín a cambio de diez millones de marcos. Evidentemente, le hemos pedido pruebas y nos ha facilitado unas fotografías muy interesantes. Creo que no se trata de ningún truco y que podríamos estar ante el acontecimiento más extraordinario de la humanidad, un hecho que puede cambiar la historia de una manera determinante.

Hitler no decía nada y dejaba hablar a su lugarteniente, que interpretaba el silencio de su líder como una muestra de interés.

—Ese miserable y vanidoso de Pío XII nos ha querido ocultar que tenía en su poder la que podría ser el arma más poderosa de todos los tiempos. Siempre he sospechado que trabajaba para los judíos, ¡y ahora que tenemos la prueba se lo haremos pagar muy caro! ¡Imaginad todo el poder de Satanás al servicio del Reich! ¡Nada ni nadie se nos podrá oponer sin ser destruido!, y entonces...

El Führer alzó la mano y lo hizo callar en seco.

—¿Continúas con tus fantasías, Heinrich? ¿Es que no has tenido bastante? ¿No perdisteis el suficiente tiempo y dinero con vuestra absurda expedición al Tíbet? ¿Acaso no aprendiste nada con tu patético viaje a Montserrat buscando el Santo Grial? Menos mal que suspendí el disparatado viaje que queríais hacer a Bolivia, donde pretendíais encontrar el vínculo entre los incas y las culturas nórdicas.

—Pero, *mein Führer*, siempre hemos apoyado la

investigación científica para demostrar la pureza y superioridad de nuestra raza...

—Una cosa es demostrar que el pueblo alemán es descendiente de los pueblos arios y otra muy diferente es creer en supersticiones místicas y religiosas a medio camino entre el cristianismo y el budismo. Hace mucho tiempo que debería haberte ordenado que clausurases la sociedad Ahnenerbe esa donde solo perseguís quimeras y fantasías. ¡No serán las ciencias ocultas las que nos harán ganar esta guerra!

Hitler se levantó y abrió la puerta para salir, pero antes se volvió hacia él.

—Esta guerra la ganaremos porque tenemos confianza absoluta en la superioridad de nuestros soldados y de nuestros tanques, en la eternidad del Reich y en la lealtad al Führer. No necesitamos nada más. Tan solo confianza, determinación y disciplina. ¿Estamos, Heinrich?

—Tenéis toda la razón, *mein Führer*. Perdonadme. —Y, adoptando la posición de firmes, levantó el brazo derecho—. *Heil Hitler! Sieg Heil!*

Hitler salió del despacho mientras Himmler volvía a sentarse. Estaba rabioso. Nadie, ni el propio Hitler, valoraba el gran esfuerzo que dedicaba, desde hacía años, a dotar la doctrina nazi de una base científica que la hiciese indiscutible. Sin unos fundamentos sólidos basados en la ciencia y en la historia, los pilares del Reich no podrían sostenerlo demasiado tiempo. Ni Hitler ni los payasos incompetentes que solo lo adulaban como babosas eran capaces de entender nada. No comprendían que su misión era eterna, y no temporal. Eran incapaces de anteponer los intereses del régimen a sus miserables ambiciones personales.

Los últimos reproches del Führer se le habían clavado en el alma. Cuando todo iba bien siempre lo había animado a proseguir y ampliar las búsquedas de la sociedad Ahnenerbe. Es más, le había ordenado que se hiciesen más expediciones científicas a otros lugares, por todo el mundo, sin limitaciones. Y ahora, en cambio, le reprochaba la pequeña escapada a Montserrat. No podía ser más desagradecido.

Himmler recordaba muy bien aquel viaje al macizo sagrado de los catalanes, las ilusiones que tenía allí depositadas y la profunda decepción con la que había salido de allí. En octubre de 1940, después de resolver en Madrid los flecos del encuentro entre el Führer y el general Franco en Hendaya, se había desplazado a Barcelona en avión, y desde la capital catalana había subido al monasterio tras un fantástico almuerzo en el hotel Ritz.

No obstante, la visita a Montserrat ya se había torcido desde un principio. El padre abad, Antoni Maria Marcet, no se había dignado a recibirlo aduciendo que estaba enfermo, y su coadjutor, un tal Aureli Maria Escarré, tampoco lo había acogido con la excusa de que no hablaba alemán. Era más que palpable que no era bienvenido y, de hecho, aquella era la mejor prueba de que ocultaban algo.

Al parecer, el único monje que hablaba alemán era un fraile de treinta años que había estudiado en Alemania, llamado Andreu Ripoll. Él fue el encargado de recibirlo en la plaza frente a la basílica, y quien lo había acompañado en un recorrido por el monasterio. Ya se veía que el hombre lo hacía más por obligación que por convicción. El saludo había sido gélido, casi tanto como el frío de mil demonios que había dentro de los gruesos muros de la abadía. Fuera también hacía frío, agravado por una niebla húmeda que calaba hasta los huesos.

Desde el primer momento, el monje había negado reiteradamente que tuviesen el Santo Grial en la abadía. Insistía una y otra vez en que jamás nadie les había hecho esa pregunta, y aseguraba que estaban perplejos por la petición, cosa que a Himmler le costaba mucho creer. Solo había que escuchar *Parsifal* para saber que la poderosa reliquia cristiana estaba oculta en Montserrat. Se decía con claridad que estaba guardada en el norte de la España gótica, concretamente en un lugar llamado Montsalvat. Y no solo se decía en la ópera más famosa de Richard Wagner, sino que el poeta alemán Wolfram von Eschenbach ya afirmaba en la versión primigenia de aquel poema romántico, del siglo XIII, que el Santo Grial se encontraba escondido en Munsalvaesche, es decir «monte salvaje», en clara referencia también a Montserrat. Todas aquellas alusiones no podían ser una casualidad.

Con la mosca tras la oreja, Himmler había insistido en ver los documentos históricos que hiciesen cualquier referencia al Grial, pero el fraile le respondió que no tenían ni uno. Es justo decir que las autoridades españolas que lo habían acompañado desde Barcelona tampoco ayudaban demasiado. Aquellos falangistas parecían tener prisa por acabar aquel viaje y regresar a la ciudad. Vaya caterva de farsantes. Siempre alardeaban pomposamente de haber ganado una cruzada cristiana contra el comunismo, pero no parecían tener ningún interés en encontrar el cáliz con el que Jesús bebió vino durante la última cena que compartió con sus discípulos antes de ser crucificado.

La situación degeneró aún más cuando el Reichsführer-SS afirmó, al ver a la Moreneta, que la Virgen tenía los rasgos faciales típicos de la raza aria. Para complacer a los monjes, Himmler dejó muy claro que no debían preocuparse porque el Reich era muy consciente de que los catalanes, si bien no formaban parte de la raza aria, sí que pertenecían al grupo de naciones ancestrales de Europa y tendrían un lugar preferente en el nuevo orden europeo. Aquel comentario indignó a Andreu Ripoll, que enseguida soltó un discurso contrario a la supremacía del pueblo alemán, y la discusión entre ambos hombres subió de tono a dos pasos del camarín de la Virgen. Finalmente, y ante la obstinación del benedictino, el jerarca nazi resolvió la cuestión afirmando que en cuanto regresase a Berlín le haría enviar un ejemplar del *Mein Kampf*. Su lectura, sin ninguna clase de duda, abriría los ojos del monje a la verdad. El resto de la visita se desarrolló en un ambiente abiertamente hostil, y Himmler decidió marcharse de Montserrat cuando perdió toda esperanza de cumplir su misión. Aquella comunidad demostraba una evidente animadversión hacia él y hacia todo aquello que él representaba.

Mientras la comitiva de vehículos recorría la carretera de bajada, Himmler pensó que aquello no iba a quedar así y que aquel grupo de monjes no se saldría con la suya, y juró que cuando terminase la guerra volvería al monasterio y levantaría cada una de las piedras hasta que encontrase el Santo Grial. Montserrat acababa de ganarse un enemigo mortal.

Aún no habían pasado cinco minutos desde aquella visita y todo el mundo sabía, Himmler también, que la guerra estaba perdida. Nunca regresaría a Montserrat ni haría pagar a los frailes su arrogancia. Nunca encontraría el Santo Grial. El rechazo del Führer a su plan para trasladar al diablo a Berlín y llegar a un pacto a cambio de liberarlo era el último clavo al ataúd del cadáver del Tercer Reich. No había esperanza, definitivamente. Se quedó un momento sentado en el despacho de Hitler explorando las diversas alternativas que tenía ante él antes de abandonar, sin despedirse y para siempre, el *Führerbunker*.

Capítulo 24

—Bernat, ¿qué pasa? ¿Adónde va Mario? ¡Ha faltado muy poco para que matase a un ciclista!

El monje casi no la escuchaba. Su corazón bombeaba a toda potencia mientras mantenía la mirada fija en la esquina por donde Mario había girado, como si en cualquier momento la furgoneta pudiese volver dando marcha atrás. Estaba estupefacto. ¡Cómo había podido ser tan estúpido! Si Satanás había intentado seducirlo a él, no había ningún motivo para pensar que no lo hubiese podido intentar con Mario. Y era evidente que el transportista no podía tener la firmeza espiritual ni las convicciones que lo habían protegido a él, después de todo. ¿Cómo había podido ser tan ciego y tan incauto?

Berta se acercó y le tocó el brazo. Era obvio que la marcha de Mario también había sorprendido a su profesor.

—Bernat, ¿Mario se ha marchado con las obras? ¿Llamo a la policía? No creo que vaya muy lejos si nos movemos deprisa.

Aquella propuesta lo hizo reaccionar.

—No, de ninguna manera. Nada de policía.

—¿Cómo dices?

—Debemos resolverlo nosotros, y rápido. ¿Tienes coche?

—Tengo un coche en el garaje y una moto enfrente de casa, en la calle.

—Perfecto, con la moto mucho mejor.

Berta se plantó delante de Bernat.

—Un momento. Quiero saber qué está pasando.

—Mario ha huido con una carga muy valiosa que debemos recuperar enseguida. Es una cuestión de vital importancia que ahora no te puedo contar.

—Pues si es un robo, llamemos a los Mossos. Es lo que debemos hacer y es el modo más eficiente de atraparlo.

—No. Créeme que no es asunto de la policía.

—Pues sin la policía ya no lo encontraremos. En un minuto puede haber dado muchas vueltas.

Bernat sacó su teléfono móvil del bolsillo.

—Lo encontraremos. Uno de mis hombres colocó un geolocalizador en la furgoneta antes de salir de Roma y lo tengo ubicado en todo momento en una aplicación de mi móvil.

—¿Uno de tus hombres? Bernat, cada vez alucino más y lo entiendo menos.

—¿Confías en mí?

El cerebro de Berta le ordenaba que respondiese negativamente, pero su instinto le suplicaba que contestase afirmativamente.

—Sí. Espero no arrepentirme.

—No te arrepentirás. Luego te lo contaré todo. Préstame la moto. Te la devolveré cuando haya recuperado la carga de la furgoneta.

Berta miró la caja que tenía a los pies. Dentro tampoco había nada que tuviese valor ni ningún recuerdo personal que fuese insustituible. Sacó las llaves de la mochila y las hizo tintinear delante de Bernat.

—Confío en ti, pero no tanto —dijo con una sonrisa—. Si quieres que te preste la moto tendrás que llevarme detrás. Recuerda que soy policía, y tu mejor opción para recuperar tu carga misteriosa. Solo voy a hacerte una pregunta: ¿transportáis algo ilegal?

—No. Nada ilegal. ¡Vamos! —dijo el monje mientras le arrebataba las llaves con un movimiento rápido.

Ambos recorrieron a toda prisa los pocos metros que había hasta la moto, aparcada en una zona especial para motocicletas justo enfrente del portal de Berta. Era una Honda SH de color negro, bastante deteriorada y llena de arañazos, con un casco atado con un candado.

—Solo tengo un casco aquí, ahora que lo pienso. Tengo otro en casa. Voy a buscarlo.

—Da igual, no tenemos tiempo. Póntelo tú y yo iré sin él. No podemos perder ni un instante.

Bernat habló con tanta seguridad que ella no osó contradecirlo y se puso el casco. Obedecer y hacer obedecer, así se lo habían enseñado tanto en casa como en la Escuela de Policía. Y le gustaba que su profesor tuviese la misma autoridad dentro y fuera del aula. Él se sentó delante y encendió la moto mientras ella se subía detrás. Si los paraba la Guardia Urbana, al menos ella llevaría el casco puesto.

Berta apenas tuvo tiempo de agarrarse a la cintura de Bernat para no caer hacia atrás. El monje aceleró y la moto salió disparada por la acera hasta llegar a la calle Diputació, soltando una cadena de petardeos que rasgaron el silencio bochornoso que comenzaba a reinar en aquella parte de la ciudad. Al llegar al extremo de la calle, giraron a la derecha y comenzaron a subir por un paseo de Sant Joan prácticamente vacío de tráfico.

El geolocalizador indicaba que la furgoneta acababa de tomar la avenida Diagonal y empezaba a circular en dirección Llobregat, hacia la salida de la ciudad. Estaba a menos de un kilómetro de distancia. Bernat no tenía ninguna duda de que Mario no intentaría liberar a Satanás en medio de Barcelona y que, muy probablemente, lo haría en cuando dejase atrás la ciudad, cuando encontrase un lugar apartado y discreto. Por eso era imprescindible atraparlo antes de que saliese de la capital. Aceleró mientras Berta se encogía detrás de él.

Unos cientos de metros más allá, Mario conducía despacio, con la intención de respetar escrupulosamente las señales de tráfico de una ciudad que no conocía para evitar que lo parase la policía local o que lo fotografiase una cámara de control de velocidad. Miraba constantemente por la ventanilla lateral y por los retrovisores. Era crucial evitar cualquier accidente, que lo habría comprometido. Estaba exultante. Se sentía más fuerte que nunca y no notaba el peso de los años ni el cansancio del viaje. Sus molestias físicas habían desaparecido y se sentía victorioso. Se veía joven y fuerte, como no recordaba. Percibía, procedente de la caja, la fuerza y la energía de Satanás como la de un león liberado en la sabana después de estar enjaulado durante mucho tiempo. Y él sería quien le abriría las puertas de la libertad, y se le compensaría por ello. Por fin la suerte le sonreía. Había llegado la hora de su triunfo sobre las adversidades de la vida. Finalmente dejaría de soportar las miradas compasivas de sus vecinos de Latina y de los peces gordos del gremio de transportistas.

Había dejado a aquel monje tan altivo y a aquella policía tan parlanchina con un palmo de narices. Él, un simple transportista sin estudios, había logrado embaucar a la mismísima Iglesia. El trabajo que tendría Bernat para no contarle a la *mossa d'esquadra* que llevaba en la furgoneta ni más ni menos que al diablo... Y si lo hacía, ella lo tomaría por loco, eso estaba claro. Se rio al pensar que por nada del mundo querría estar en el lugar del monje en aquel momento.

Se paró en un semáforo al lado de una casa singular, coronada por diversas torres puntiagudas. Aquella ciudad era realmente formidable. A Mario le sorprendía el hecho de que apenas hubiese tráfico. Habituado al atasco permanente de las calles de la ciudad de Roma, conducir por aquellas magníficas avenidas medio desiertas era un placer casi físico.

Mientras admiraba Barcelona, Mario no podía ni imaginarse que, solo unas manzanas de casas atrás, Bernat prestaba menos atención a las señales del tráfico y a los semáforos dirigiéndose a toda velocidad hacia él. Aunque pilotaba un *scooter* urbano con muchos años a las espaldas y pocos caballos, Bernat conducía con la precisión y la experiencia que le otorgaban tantos años llevando una moto de gran cilindrada. Esquivaba los coches, los autobuses y las demás motocicletas como si se tratase de un videojuego. Los adelantaba por la derecha o por la izquierda, según conviniese, como si el pavimento de las calles no estuviese marcado con líneas continuas. Todas las multas del mundo serían una anécdota si lograba recuperar la caja. Sus compañeros no habían muerto para que él la perdiese de la manera más estúpida.

Berta sostenía el móvil con la mano derecha mientras se aferraba a su profesor con la izquierda. Si lo pensaba fríamente, no acababa de comprender cómo había acabado de paquete en su propia moto conducida por un monje de Montserrat sin casco mientras perseguían a toda velocidad a un transportista italiano por el centro de Barcelona, pero, en realidad, le importaba más bien poco. Siempre se quejaba de que su vida aburrida necesitaba emociones, y aquella, sin ninguna duda, era una buena aventura. Por una vez se sentía protagonista de una de las películas que veía desde el sofá, y pensaba disfrutarlo. Al fin y al cabo, pese a estar fuera de servicio estaba persiguiendo a un ladrón y, por tanto, estaba cumpliendo con su deber. Si aquella persecución finalmente se salía de madre, se veía capaz de explicarlo a sus superiores.

Bernat recorrió la rotonda de la plaza Verdaguer bajo la atenta mirada de un enorme búho publicitario iluminado y comenzó a circular por la Diagonal. Según el geolocalizador, Mario estaba a solo cinco o seis manzanas de distancia, a punto de llegar al paseo de Gràcia, auténtico corazón de la ciudad. En aquella intersección siempre había más tráfico, más señales y más peatones. Quizá también hubiese una patrulla de la Guardia Urbana. Mario no conocía la ciudad y sin duda perdería unos segundos preciosos. El monje aceleró y se saltó un semáforo, entre los gestos de indignación de unos jóvenes que iban montados en un tranvía que circulaba en paralelo.

No pasaron más de treinta segundos hasta que Bernat divisó por fin la furgoneta blanca con las grandes letras MM. Circulaba lentamente, tal como había intuido. Era evidente que el transportista no contaba con que lo estuviesen siguiendo. Levantó el brazo y señaló el vehículo con el dedo para que Berta lo viese.

—¡Intentaré ponerme delante para detenerlo!

Con la cabeza dentro del casco y la moto retumbando ensordecedoramente, Berta no pudo oírlo bien, pero adelantó la mano con el pulgar hacia arriba en señal de aprobación. Hiciera lo que hiciese Bernat, Berta estaba preparada y en tensión. En la mochila que llevaba a la espalda, mezcladas con el uniforme arrugado, estaban sus dos armas reglamentarias. No pensaba utilizarlas ni tampoco creía que fuese necesario: seguramente Mario no opondría resistencia y se arrepentiría de su acción porque habría actuado en caliente, impulsado por un arrebato. No sería la primera ni la última vez que lo veía. Y, en caso de que se resistiese, ella y Bernat no deberían tener muchas dificultades para reducir a un hombre de más edad y menos estatura.

La furgoneta rodeó lentamente la rotonda del Cinc d'Oros y prosiguió por el carril lateral de la Diagonal. Bernat adelantó un par de motos y se situó justo detrás mientras pensaba en cuál sería el lugar idóneo para adelantarlo y cortarle el paso.

Mario miró por el retrovisor y se quedó helado. Le pareció ver a Bernat aproximándose montado en una moto, justo detrás de la furgoneta. No obstante, no estaba seguro porque solo había aparecido durante un instante fugaz en el espejo retrovisor, y la lógica le hacía pensar que no podía ser: aunque hubiese reaccionado deprisa, era imposible que hubiese podido localizarlo en una ciudad tan grande. Excepto, por supuesto, que hubiese colocado un aparato geolocalizador en la furgoneta o dentro de la caja. Aquel monje era un hombre de recursos, sin duda. El italiano aferró el volante y se desplazó un poco de lado a lado del carril para intentar ver de nuevo al motorista, moviéndose con suavidad, sin hacer ninguna maniobra brusca.

Aquel vaivén hizo comprender a Bernat que seguramente Mario lo había detectado, y se acercó más a la furgoneta para evitar que los volviese a ver. Las puertas posteriores del vehículo estaban a menos de dos metros de la rueda delantera del *scooter*. Si Mario frenase de golpe, tendría unas décimas de segundo para reaccionar. Decidió apostarlo todo a su pericia como motorista.

Avanzaron un tramo muy pegados el uno al otro hasta que de pronto la furgoneta cambió de carril inesperadamente. Durante un par de segundos, Mario pudo observar perfectamente, ahora sí, el rostro de Bernat. No llevaba casco, sorprendentemente. También pudo ver que había una segunda persona montada en la moto, con casco. Con toda probabilidad debía de ser aquella policía tan fisgona. Mario empezó a sudar. Que hubiese una agente de policía implicada era un fastidio, pero tampoco le pasó por alto que Bernat había decidido no llamar a los Mossos, motivo por el cual era él mismo quien lo perseguía. En el fondo, eso lo tranquilizaba porque era cada vez más evidente que, si se salía con la suya, Bernat no lo denunciaría a las autoridades.

En cualquier caso, debía deshacerse de sus perseguidores lo antes posible si quería liberar a Satanás. Notaba su presencia muy viva detrás, y cuánto había cambiado en poco tiempo: si antes percibía una fuerza ansiosa por ser liberada, ahora sentía una mezcla de inquietud y rabia ante la amenaza de Bernat. Todo dependía de él y no podía fallar. Llegando a la calle Muntaner pisó el acelerador y se saltó un semáforo con el disco en ámbar, Bernat también aceleró y cruzó la intersección a toda velocidad cuando ya arrancaban los coches que bajaban. Berta se agarró aún más fuerte a Bernat con ambas manos.

Giraron a toda velocidad por la plaza Francesc Macià y continuaron por la Diagonal. En aquel último tramo de salida de la ciudad, el tráfico era todavía más escaso y Mario comenzó a acelerar peligrosamente. La Fiat Ducato tenía más potencia que la moto, y la distancia entre Mario y sus perseguidores empezó a ampliarse. Que el *scooter* llevase a dos personas aún lo enlentecía más. La furgoneta esquivaba a los demás coches y los adelantaba a gran velocidad, y algunos frenaban súbitamente ante aquella conducción temeraria.

Bernat daba gas al *scooter*, pero el motor ya no daba más de sí. Aquella moto tenía más de quince años y Berta no era precisamente una persona que la cuidase y la mantuviese en perfecto estado. Para ella, su moto era un medio de transporte para desplazarse por la ciudad. Nada más. Con cada segundo que pasaba, la distancia entre ambos vehículos se incrementaba, y Bernat comenzó a temer que lo perderían.

Justo cuando la furgoneta comenzaba a ser una silueta difusa y blanca en la distancia, llegó el golpe de suerte. Mario no conocía la ciudad y no sabía que el carril lateral de la Diagonal por el que circulaba se terminaba de repente frente al palacio de Pedralbes. Cuando lo vio ya era demasiado tarde: la furgoneta circulaba demasiado deprisa y no le dio tiempo a reaccionar. Giró el volante a la izquierda, pero la inercia era demasiado fuerte. El vehículo cruzó la acera y se subió brutalmente sobre la zona ajardinada que había delante del parque del palacio, golpeó lateralmente una estatua de Eusebi Arnau que representaba una figura femenina y el retrovisor derecho salió volando por los aires. Mario pisó el freno con todas sus fuerzas y consiguió detener la furgoneta sobre el césped y las flores de los jardines, dejando las huellas de los neumáticos marcadas sobre la hierba y las plantas aplastadas.

Su primera reacción fue mirar por la ventanilla interior para comprobar que la caja continuaba en su sitio. Todo estaba en orden, pero notaba la ira de Satanás con más fuerza que nunca. Mario estaba aturdido, el corazón le latía aceleradamente. Temía tanto la llegada de Bernat como la rabia del diablo. Debía salir de allí lo más pronto posible. Metió la primera marcha y apretó un poco el acelerador. Las ruedas patinaron un poco sobre la tierra y el césped arrancado, y la furgoneta comenzó a moverse lentamente.

Aún no había avanzado dos metros cuando la puerta del conductor se abrió de golpe.

—¡Desgraciado, no sabes lo que estás haciendo!

Bernat pronunció aquellas palabras mientras le propinaba un puñetazo a Mario, que dejó de pisar el acelerador. Sin darle tiempo a recuperarse, el monje lo arrancó del asiento de un tirón y lo arrojó sobre la hierba. Berta observaba la escena con preocupación conforme aseguraba la moto sobre la acera. El monje había tenido el detalle de frenar el *scooter* para no embestir los parterres exteriores de Pedralbes.

De repente, el italiano se incorporó de un salto. Sus ojos expresaban una rabia abismal, insólita, que helaba la sangre. Parecía más corpulento, más fuerte, y Bernat entendió enseguida que, de algún modo, Satanás estaba ayudando a su nuevo siervo.

—¡Mario, aún estás a tiempo de parar todo esto! No tengas miedo, no habrá represalias, ¡has sido víctima de un maleficio! ¡No es culpa tuya!

—¡Déjanos en paz! ¡Ha llegado el día de volver a casa y no podrás impedirlo, insensato!

Acababa de decir esas palabras cuando Mario le dio a Bernat un puñetazo tan violento que lo tumbó. Con el monje tendido en el suelo, el italiano no tuvo suficiente y le soltó una patada en la barriga. Bernat se retorció de dolor con las manos en el estómago.

Berta corrió y agarró a Mario por detrás, situando su brazo por delante del cuello para inmovilizarlo. Con una fuerza incompatible con su cuerpo, el italiano la agarró por el brazo con las manos, se giró de lado y la proyectó contra la furgoneta. El cuerpo de la *mossa d'esquadra* impactó violentamente contra la plancha metálica lateral del vehículo y cayó. La hierba y la tierra amortiguaron el impacto. Mientras intentaba levantarse, Berta vio cómo Mario se volvía hacia el monje y lo alzaba con la mano izquierda. Bernat estaba demasiado dolorido para defenderse. Mario le propinó un golpe con el puño derecho mientras lo sujetaba con el izquierdo.

—Querías encerrarlo en una prisión, ¿verdad? ¡Pues has subestimado su inmenso poder!

Le dio otro puñetazo. Bernat tenía una herida abierta en los labios y un hilo de sangre se deslizaba por su barbilla. Estaba aturdido, pero no había perdido el conocimiento.

Berta no daba crédito a lo que veían sus ojos: un hombre de cierta edad, más bien rechoncho y que no superaba el metro sesenta y cinco, había dejado fuera de combate en un abrir y cerrar de ojos a dos personas más altas y fuertes que él. Quizá se encontraba bajo los efectos de alguna droga o algún estimulante. Se acercó y le dio un fuerte golpe en la espalda, pero Mario ni se inmutó. Volvió la cabeza para mirarla. Tenía los ojos de color rojo intenso, y sonreía ligeramente.

Estaba aterrorizada. Aquel italiano bonachón y simpático que había conocido se había convertido de repente en un monstruo. Nunca había visto a nadie con los ojos rojos ni con aquella fuerza. Dio dos pasos atrás y sacó la pistola eléctrica de la mochila. Comprobó que tuviese carga, quitó el seguro y apuntó a Mario.

—¡Detente ahora mismo! ¡Estás detenido!

Mario ignoró la advertencia y le dio otro puñetazo a Bernat.

—¡Segundo aviso! Suelta a Bernat y túmbate en el suelo con las manos a la espalda.

El italiano se dio la vuelta hacia la chica y la miró con los ojos al rojo vivo. Dejó caer el cuerpo de Bernat y comenzó a caminar hacia ella. Berta percibió, por primera vez, una fuerza maléfica a su alrededor. Observó nerviosa de lado a lado y dio un paso atrás. Mario se aproximaba sin abrir la boca, pero podía oír un susurro ininteligible al oído. Reculó otro paso notando que se le erizaba el vello.

—¡Último aviso! ¡Detente y túmbate en el suelo!

Mario continuaba avanzando, y ya lo tenía a menos de dos metros. Apretó el gatillo. Los dos dardos con electrodos salieron disparados y se clavaron en el cuerpo de Mario al tiempo que se producía la descarga. El hombre convulsionó un instante y se desplomó, inconsciente. La energía inquietante que percibía se cortó en seco.

Berta corrió hacia Bernat, que estaba de rodillas escupiendo saliva mezclada con sangre.

—Vaya paliza te ha dado este cabrón. ¡No entiendo de dónde ha sacado tanta fuerza! ¿Le has visto los ojos? Se habrá tomado algo...

El monje comenzó a levantarse, con más voluntad que vigor. Berta lo ayudó a incorporarse.

—Te llevaré al Hospital Clínic, que no queda lejos.

—No. Nada de hospitales —respondió Bernat mirándola fijamente—. En la furgoneta hay un botiquín con todo lo que necesitamos ahora.

—¿No podemos avisar a la policía ni ir a un hospital? Bernat, esto no me gusta nada. Hay algo que me asusta y no sé qué es. Creo que hasta tengo alucinaciones.

El monje, ya de pie, miró a su alrededor. Cada segundo era valioso, y debían irse de allí antes de que llegase la policía. Todo aquello había durado menos de dos minutos, pero tenía la sensación de que llevaban media hora frente al palacio de Pedralbes. Una mujer en bata que estaba paseando a su perro miraba la escena a una distancia prudencial. Un par de turistas despistados también se acercaban con cautela. Pronto habría más curiosos, y más pronto que tarde aparecerían los Mossos.

—Rápido, vámonos de aquí. Sube a la furgoneta y larguémonos. Te lo contaré todo por el camino, te lo prometo.

Bernat subió a la cabina y encendió el motor. Berta miró a Mario y después de un instante de duda entró en la furgoneta por la puerta del copiloto. El vehículo avanzó lentamente sobre el parterre, bajó de la acera y comenzó a circular por la Diagonal. Unos cientos de metros más adelante ya se veía la salida de Barcelona. Bernat cogió velocidad por la avenida mientras Berta procesaba a toda pastilla lo que había vivido durante la última hora. Un coche de policía con las luces azules encendidas circulaba por los carriles en sentido contrario hacia el lugar del incidente. Allí encontrarían a un transportista italiano inconsciente, indocumentado y confuso. Sería interesante saber qué explicaciones aportaría Mario a la policía, pero cuando le tomasen declaración ellos ya estarían lejos de Barcelona.

—¿Me lo cuentas todo? —preguntó mientras cogía el botiquín, situado detrás de los asientos.

Capítulo 25

El pontífice colgó el aparato después de mantener una larga conversación con la primera ministra. La tradicional inestabilidad política italiana había provocado que, desde que era papa, hubiese conocido y tratado con unos cuantos primeros ministros, pero Aurelia Russo era, de largo, su favorita. Había llegado a la presidencia del Consejo de Ministros de manera totalmente inesperada, incluso para sí misma. Encabezaba Libertas, un pequeño partido democristiano que había nacido y crecido a la intemperie de la oposición, y por el cual nadie daba ni un céntimo hacía solo un año. No obstante, una cadena de escándalos de corrupción en el entorno del gobierno de coalición, una gestión caótica de la administración pública y una guerra fratricida entre los socios de gobierno habían provocado un adelanto electoral, que Russo había sabido aprovechar jugando muy bien sus escasas cartas. De repente, aquella joven abogada veneciana se había convertido en la primera ministra al frente de un gobierno que enarbolaba con orgullo los estandartes de la cordura, la moderación y el rigor, elementos totalmente revolucionarios en la política italiana del siglo XXI. Su popularidad aumentaba cada día y todo el mundo la apreciaba, empezando por el propio pontífice.

La primera ministra le había hecho muchas preguntas sobre el ataque a los vehículos de la Santa Sede. No ocurría cada día que matasen a seis guardias suizos fuertemente armados en un arcén de la autopista. Toda Italia estaba conmocionada, y era comprensible que así fuera. Había demasiadas cuestiones sobre la mesa y muy pocas respuestas, sobre todo por parte del Vaticano. Ya habían pasado dos días desde la tragedia y era necesaria una actuación enérgica y rápida de las autoridades, con la mayor transparencia posible. Y, naturalmente, los dos gobiernos debían coordinarse al máximo.

El pontífice había escuchado a la primera ministra con atención, pero había respondido a sus preguntas con evasivas. Compartía la necesidad de hacer una investigación policial rápida y eficaz, pero le había pedido que el peso principal recayese en la Gendarmería Vaticana, ya que todas las víctimas tenían pasaporte diplomático de la Santa Sede. Pablo VII había apelado al Tratado de Letrán y a la soberanía propia de un estado independiente para reforzar su demanda. Según esgrimía, aquello había sido un incidente internacional, y no un asunto interno italiano.

Como buena abogada, Aurelia Russo comprendía los argumentos que el papa le exponía y tenía toda la disposición a aceptar su petición, pero había algo que le chirriaba. Era católica y no tenía ningún interés en contrariar al pontífice, pero no le gustaba que le tomasen el pelo, ni siquiera tampoco que lo pareciese, de modo que había preguntado y vuelto a preguntar qué transportaban aquellos hombres. No podía ser algo menor si había provocado una carnicería tan salvaje. Italia no era ni debía ser el lejano oeste. Los medios de comunicación especulaban con una nueva hipótesis cada hora que pasaba, y aún lo harían más si continuaba aquel hermetismo por parte del Vaticano.

El papa insistía en que eran obras de arte y reliquias antiguas de gran valor, pero sin concretar, lo cual reforzaba la hipótesis del robo, que era la que más interesaba difundir. Después de un pequeño tira y afloja, la primera ministra aceptó que la investigación la dirigiese la Gendarmería Vaticana, pero a cambio impuso dos condiciones: exigió ver la lista de las obras robadas y que la policía italiana participase también en las pesquisas y se le facilitase toda la información que requiriese. Italia estaba dispuesta a aceptar un rol secundario, pero no a tener un papel marginal. El papa aceptó la propuesta, se comprometieron a dar esa instrucción a las respectivas administraciones y se despidieron cordialmente.

Pablo VII respiró hondo. Aquella mujer llegaría muy lejos, era más que evidente. *Suaviter in modo, fortiter in re*. En un tono amable y con una gran educación, Aurelia Russo, golpeando repetidamente, había actuado como un martillo hasta que había logrado buena parte de lo que quería. Y lo había hecho de tal manera que, formalmente, el papa había ganado, pero, después de todo, los italianos estarían también en la cocina de la investigación. Según se mirase, puede que fuese la primera ministra quien se había salido con la suya. Pablo VII pensó enseguida en el cardenal Hwang y en cómo lo ayudaba a resolver situaciones como aquella. No tenía ninguna esperanza de que apareciese vivo, si bien rezaba con todas sus fuerzas para que lo encontrasen sano y salvo.

Hwang no solo era una de las mentes más lúcidas del Vaticano y un buen consejero, sino que su mera presencia le aportaba seguridad. Tener cerca al cardenal, especialmente en situaciones comprometidas, lo empujaba a ser más valiente, a tener más confianza en sí mismo. Sin él se sentía como si le hubiesen arrancado un brazo. De momento prácticamente nadie en la curia vaticana había notado su ausencia, pero tarde o temprano también sería necesario dar explicaciones sobre su desaparición.

El pontífice respiró hondo y se encogió de hombros. Tenía una segunda conversación pendiente. El teléfono del papa sonó y su secretaria le comunicó que el abad de Montserrat estaba al otro lado. Sería la cuarta comunicación que mantendría con el padre Francesc Maria desde que se había producido el ataque. La conversación estaba cifrada, como la comunicación que acababa de tener con la primera ministra.

—Buenos días, querido abad.

—Buenos días, santidad.

Por su tono de voz ya se veía, desde Roma, que el abad continuaba superado por los acontecimientos. El pontífice decidió ir directo al grano. Ya había perdido demasiado tiempo intentando animarlo.

—Estimado, acabo de hablar ahora mismo con la primera ministra italiana. Hemos llegado a un acuerdo por el cual nosotros lideraremos la investigación criminal. Supongo que más adelante surgirán problemas con la policía italiana. Ya iremos trampeando, pero ahora debemos ganar un tiempo muy valioso.

—Es una novedad muy tranquilizadora, ciertamente. Gracias, santidad.

El papa pasó a la segunda cuestión, mucho más importante.

—¿Sabéis algo de la misión de Bernat? ¿Se ha puesto en contacto con el monasterio?

—No sé nada. Precisamente pensaba que vos me diríais algo.

—Lo lamento, pero tampoco sé nada. Por seguridad se le dio la orden de cortar toda comunicación hasta que llegase a destino, y supongo que lo está aplicando al pie de la letra.

—Esperemos que así sea. Ya se ha derramado bastante sangre.

Pablo VII encajó aquella frase enarcando las cejas. Para retener a Satanás estaba dispuesto a derramar toda la sangre que hiciera falta. Incluso la suya propia. Tal vez el abad no era plenamente consciente de lo que estaba en juego.

—No obstante, que no sepamos nada no es necesariamente una mala noticia. Quiero creer que en las próximas horas Bernat llegará a Montserrat con el prisionero y podremos completar la misión. La muerte de nuestros compañeros no habrá sido inútil, creedme.

Con esta última frase, el papa abría la puerta a una pregunta previsible.

—¿Sabéis algo del cardenal Hwang? Dios quiera que aparezca cuanto antes —dijo el abad—. No me lo puedo quitar de la cabeza. Rezo constantemente por él.

—No sabemos nada. Ahora bien, no os quiero engañar, Francesc Maria: no soy nada optimista.

—¡Dios mío! Confiemos en un milagro, entonces.

El papa llevaba un rato dándole vueltas a una idea que, sin ninguna duda, podría serenar un poco al abad. Después de todo, el abad había asumido con resignación un encargo que nunca habría querido recibir. Era necesario demostrarle empatía.

—Hagamos una cosa, si os parece bien: antes de una semana os enviaré a Montserrat a un equipo de la Hermandad, un grupo pequeño pero bien entrenado y al corriente de todo, y con comunicación permanente conmigo.

—Me parece una idea magnífica y será de gran utilidad. Os lo agradezco mucho. Aquí me siento muy solo.

—Me lo puedo imaginar. Ellos os asistirán en todo y ayudarán a Bernat, que estoy convencido de que continúa con la misión, en todo lo que necesite. Ahora bien, no sé con qué excusa se desplazarán a la abadía. Deberéis pensar en alguna explicación que sea convincente y no levante sospechas entre la comunidad. Bastante estamos ya bajo la lupa; no debemos llamar más la atención. Es preciso extremar las precauciones y cortar de raíz las especulaciones y los rumores.

—Tenéis razón, santidad. Pensaré algún buen pretexto y os lo haré saber. Muchas gracias.

—Quedamos así. Si hay cualquier otra novedad, nos la comunicaremos inmediatamente. Buena suerte, Francesc Maria.

—Gracias por la llamada y gracias por todo. Buenos días, santidad.

Pablo VII colgó el teléfono y reclinó la cabeza en la butaca. El ataque y la muerte de seis hombres habían dejado la Hermandad del Ángel Caído no solo anímicamente tocada, sino con los efectivos en una situación de mínimos. Era necesario buscar y designar nuevos miembros y, sobre todo, nombrar un sustituto del cardenal Hwang, que era el número dos de la Hermandad, tras el pontífice. El capitán Doyle era el número tres y, por tanto, el grupo había sufrido dos bajas muy relevantes en la cadena de mando que urgía sustituir. El papa se levantó y se acercó al ventanal de su despacho para observar la plaza de San Pedro. Grupos de fieles se hacían fotografías, rezaban o escuchaban las explicaciones de sus guías. Aquella buena gente tenía fe en Dios y confiaba en la Iglesia. Aquella gente era la esencia de todo. No les podía fallar y no les fallaría.

Capítulo 26

La furgoneta circulaba por una carretera secundaria en dirección a la montaña de Montserrat. Nada más salir de Barcelona habían abandonado la autovía para evitar cualquier control policial, en el tan hipotético como improbable caso de que Mario hubiese denunciado el robo de su vehículo. Las luces frontales iluminaban el asfalto y la línea discontinua de pintura blanca que trazaba el camino.

Bernat y Berta llevaban un rato en silencio. La *mossa d'esquadra* trataba de digerir todo lo que el monje le había contado en cuanto se habían montado en la furgoneta. El monje se lo había soltado a bocajarro, sin guardarse nada, con toda clase de detalles. Aquella historia era absolutamente increíble. Si no fuera por lo que había vivido aquella tarde, habría pensado sin dudarlo que su profesor se había trastornado o le estaba gastando una broma de mal gusto. La huida incomprensible de Mario, su mirada demoníaca, su fuerza física desmesurada y aquel magnetismo escalofriante que Berta había sentido eran coherentes con aquel relato. Ahora también comprendía la razón de que Bernat no hubiese querido avisar a la policía ni ir a un hospital. Era obvio que todo aquel suceso extraordinario se movía solo por los márgenes de la racionalidad. Berta estaba abrumada mentalmente.

Bernat rompió el silencio.

—Berta, de todo esto que te he contado supongo que entiendes que no puedes decirle nada a nadie, ¿verdad?

Ella se volvió la cabeza y miró a su profesor.

—Por supuesto. Puedes confiar en mí. Y te agradezco y valoro que me lo hayas contado. —Dejó pasar unos segundos y añadió, con una sonrisa—: También tengo muy en cuenta que nadie me creería si lo contase. Y no quiero que me tomen por loca. Al menos, no más de lo que ya me consideran algunos.

—Tienes mucha razón —respondió Bernat riendo—. Esta historia es una verdadera locura, lo sé. Y quiero pedirte perdón por haberte involucrado en esta mierda. De verdad que lo siento mucho, no debería haberlo permitido. He puesto en riesgo tu trabajo, incluso tu vida.

—Bernat, no digas bobadas. Soy yo quien ha preguntado si podía ir con vosotros desde el puerto. Y no me arrepiento.

El monje no dijo nada, pero agradeció aquella respuesta, que esperaba que se mantuviese inmutable en el futuro si las consecuencias de su implicación fuesen a más. Por nada del mundo querría que Berta sufriese ningún perjuicio personal o profesional por su culpa.

Volvieron a quedarse en silencio mientras el vehículo avanzaba lentamente en la oscuridad. Berta se giró y miró por el ventanuco que comunicaba con la carga de la furgoneta. Solo pensar que tenía a Satanás a un par de metros a su espalda le entraban escalofríos. El gesto no le pasó inadvertido a Bernat.

—Tienes curiosidad por mirar dentro de la caja, ¿verdad?

—No puedo negar que me siento atraída. No puedo evitarlo, lo siento.

—No lo sientas, Berta. El diablo utiliza con mucha astucia esa atracción que todos sentimos por todo aquello que no podemos comprender. Pero observar a Satanás por la mirilla solo te traerá complicaciones. Mario y yo lo hemos hecho en las últimas horas, y ya ves que todo se ha torcido y que casi acaba en desastre. No podemos subestimarlo. Así mismo me lo advirtieron y no quise hacer caso.

La *mossa d'esquadra* miró los ojos de su profesor, que estaban clavados en la carretera. No eran los ojos que solía ver durante las clases en la universidad. Habían perdido el brillo y la energía. Ahora le parecían los ojos de una persona agotada en todos los sentidos. Y no era para menos: en muy pocos días Bernat había vivido más emociones y tensión que en toda su vida. Pero si Berta afilaba la mirada, aquellos ojos también delataban una melancolía profunda. Aquella mirada sobre el asfalto delataba que el peso de la carga que llevaba encima y que había aceptado a pesar de las consecuencias, tal como había quedado demostrado con el convoy del cardenal Hwang, podían ser letales. Mientras lo contemplaba, Berta reparó en hasta qué punto lo admiraba, por su coraje y por su determinación. Bernat tenía unas convicciones muy profundas, y se jugaba la vida porque creía que debía hacerlo, sin esperar nada a cambio. Su profesor en la universidad, que hasta entonces había considerado interesante y divertido, se le mostraba de repente desde una perspectiva completamente nueva.

Todavía lo observaba cuando el monje se giró para mirarla.

—Berta, háblame de otras cosas, de cosas más bonitas. Por hoy ya hemos tenido suficiente de las otras, ¿no te parece?

—Es una buena idea. ¿De qué quieres hablar?

El monje dejó pasar un momento mientras se lo pensaba.

—Háblame de tu hijo.

Su hijo. Berta cayó en la cuenta de que llevaba horas sin pensar en él. De pronto recordó que aquella tarde quería llamarlo para desearle buenas noches, como hacía casi cada día. Miró la hora en el teléfono móvil. Ya era demasiado tarde. Volvió a posar la mirada en Bernat para responderle.

—Martí es lo mejor que me ha pasado en la vida, pero supongo que eso es lo que dicen todas las madres del mundo.

—Seguramente, pero es fantástico que sea así, ¿no?

—Pero en mi caso es una certeza absoluta. Martí es una persona extraordinaria. No tengo una vida fácil, Bernat, lo reconozco. Y mi hijo es, después de la muerte de mi padre, el único faro que tengo, es la persona que sé que nunca me fallará y siempre estará a mi lado, y yo al suyo. Él no lo sabe, pero es mi puntal y mi razón de ser.

—Es muy bonito lo que dices, Berta. Ojalá él lo sepa algún día y pueda estar aún más orgulloso de su madre.

—Sí, mi único deseo es que pueda estar orgulloso de la madre que ha tenido.

Bernat la escuchaba con un interés creciente.

—¿Y tú?

—Yo, ¿qué?

—¿Nunca has tenido la ilusión de ser padre? ¿No te habría gustado? Quiero decir, al margen de tu decisión de ser monje. Me estoy explicando fatal, pero ya me entiendes.

Bernat frunció un poco las cejas y la miró de soslayo.

—Perdóname, no debería haberte hecho esa pregunta. No tengo ningún derecho.

—Qué dices, al contrario —dijo el monje mientras le dedicaba una sonrisa sincera—. Soy yo quien te ha preguntado primero por tu hijo, y es normal que me preguntes si a mí me habría gustado ser padre.

Berta respiró aliviada.

—La verdad es que siempre he pensado que habría sido un buen padre. Pero desde el convencimiento de que nunca lo sería porque mi opción es otra. Sé que puede parecer un poco paradójico, o que incluso se puede ver como una postura muy cómoda por mi parte, pero para mí una cosa no quita la otra.

—Te entiendo perfectamente. Y no te conozco prácticamente, pero mi intuición me dice que sí, que habrías sido un buen padre.

Ella se quedó mirándolo mientras conducía. Estaba muy convencida de que habría sido un buen padre y un buen marido, y se preguntaba por qué motivo se había hecho monje de Montserrat. Puede que hubiese sido una vocación muy profunda desde el principio, o quizá una decisión más apresurada. Se guardaría esa pregunta para otro día.

Un rótulo indicaba el desvío hacia el monasterio de Montserrat. Bernat salió de la carretera y paró en un arcén, cogió el teléfono móvil y envió un mensaje al abad para anunciarle su llegada con la carga intacta.

—Ya debes de tener ganas, ¿verdad?

—Muchísimas. Creo que nunca había tenido tantas ganas de subir.

Comenzaron a ascender despacio la montaña de Montserrat. Bernat conocía cada curva de la carretera y la había recorrido mil veces de día y de noche, y precisamente por ello sabía que el principal peligro no eran las curvas, sino los animales que podían cruzar la carretera súbitamente y provocar un volantazo inconsciente con un posible resultado fatal. Sería una ironía del destino que, justamente a pocos kilómetros del monasterio, Satanás pudiese escaparse por culpa de un accidente de tráfico.

La luna brillaba con fuerza y no había ninguna nube en el cielo. Las crestas del macizo se recortaban bajo la cúpula celeste cuajada de estrellas. Pasaron por delante del hotel abandonado de la Colonia Puig y del desvío que conducía al monasterio de monjas de Sant Benet de Montserrat. A sus pies, las luces de los pueblos, las carreteras y los coches permitían dibujar un país que parecía una maqueta.

En pocos minutos llegaron al santuario de Montserrat. A aquellas horas ya no había prácticamente nadie y los grandes aparcamientos de los accesos estaban vacíos. De día, el monasterio era prácticamente un parque temático lleno de turistas; de noche, en cambio, el lugar recuperaba la calma, la paz y la serenidad que precisamente habían perseguido los primeros monjes eremitas. Bernat saludó con un gesto a uno de los vigilantes del aparcamiento y recorrió unos centenares de metros por un camino restringido hasta que llegó a un pequeño garaje cerrado por una puerta metálica con un candado. Bernat bajó de la furgoneta, sacó una llave del bolsillo, abrió la puerta de par en par y metió el vehículo en el aparcamiento, que no tenía ninguna otra salida.

Bernat y Berta salieron del garaje, él activó la alarma y cerró la puerta con llave. Justo en aquel momento llegaba el abad. Antes de decir nada, su rostro ya les había dejado ver cuál era su estado de ánimo.

—Bernat, ¡gracias a Dios que has llegado!

Ambos se fundieron en un abrazo.

—Padre abad, os presento a Berta Bosch, una buena amiga y *mossa d'esquadra* que ha sido fundamental para culminar el traslado.

El abad Francesc Maria miró a Bernat con ojos inquisitivos.

—Sí, lo sabe todo —dijo el monje con cara de circunstancias.

—Lo sé todo, pero no debéis preocuparos, padre abad —intervino Berta mientras le ofrecía su mano.

El máximo responsable del monasterio se la estrechó como un acto reflejo, y ella prosiguió:

—No quiero que me vea como una agente de policía, sino como una amiga de Bernat que ha hecho lo que ha podido para que esta misión saliese bien. Puede contar con mi más absoluta discreción.

—Pues, en nombre de Dios y de toda la comunidad, quiero darte las gracias.

Mientras caminaban lentamente hacia el monasterio, Bernat explicó todos los detalles del traslado. El abad escuchó con los cinco sentidos sin decir nada, ni siquiera cuando el monje relató el momento en que había estado a punto de caer en la trampa de Satanás. No podía recriminarle nada a aquel monje que, al fin y al cabo, no era más que un hombre de carne y hueso que se había visto arrastrado a aquella lucha eterna entre el bien y el mal.

La primera decisión que tomaron fue que al día siguiente sacarían la caja de la furgoneta y un monje de confianza bajaría el vehículo a Barcelona para intentar localizar a Mario y devolvérselo. Ambos estaban de acuerdo en que el transportista no tenía ninguna culpa de nada y, por tanto, le pedirían disculpas por las molestias ocasionadas y le multiplicarían por cinco la cantidad de dinero acordada. Era probable que lo aceptase y regresara a casa habiendo vivido la aventura más extraordinaria de su vida. Y, en el caso de que no aceptase o pusiese pegas, con seguridad encontrarían otros métodos más convincentes. La Iglesia era una máquina poderosa capaz de torcer la voluntad de casi todo el mundo, llegado el caso.

También hablaron del ataque mortal al convoy y de la desaparición del cardenal Hwang. El abad estaba muy afectado por el asesinato de diversos miembros de la Hermandad y Bernat trató de animarlo un poco con el argumento, poco convincente, de que habían muerto en acto de servicio a Dios y que no había una muerte mejor para unos hombres tan comprometidos como aquellos.

Llegaron a las dependencias de la abadía, y el abad se despidió de Bernat y de Berta y se encaminó a su despacho por los pasillos desiertos del monasterio. Estaba reconfortado por la llegada de Bernat. Se había preocupado por su vida y había rezado mucho para que volviese sano y salvo. Además, estaba satisfecho porque el traslado se hubiese llevado a cabo, aunque era muy consciente de que se abría un periodo de riesgo para toda la comunidad. No sabía durante cuánto tiempo debían vigilar a aquel cautivo tan excepcional, seguramente mucho más de lo que él habría querido. Con toda probabilidad, Satanás seguiría aún en Montserrat cuando él dejase de ser su abad. Los tiempos de Dios no eran los tiempos de los hombres, tal como el papa le había recordado más de una vez. Decidió no pensar en nada de todo eso hasta el día siguiente. Ahora solo quería descansar, pero antes llamaría al pontífice para comunicarle que el traslado se había completado correctamente y que al cabo de dos o tres días, a lo sumo, el prisionero sería recluido en el lugar previsto. Era un poco tarde, pero el papa le había pedido que lo informase de cualquier novedad inmediatamente.

Bernat acompañó a Berta a la hospedería y luego se dirigió a su celda, situada un piso por encima del despacho del abad. Llevaba días sin dormir allí y echaba de menos su rincón privado del monasterio. Besó la pequeña fotografía enmarcada de su hermana Montserrat, que desde siempre presidía su mesilla de noche, se duchó y se tumbó en la cama. Se sentía en casa por fin. Cerró los ojos e inspiró profundamente, y por primera vez pensó que había cumplido su misión con éxito: Satanás estaba en Montserrat y pronto lo encerraría en el lugar acordado. Aquel era el único objetivo de todo lo que había vivido los últimos días y lo único que importaba de verdad. El monasterio había estado a la altura de aquel encargo tan inesperado de Roma y él personalmente no había fallado al cardenal Hwang. Estuviera donde estuviese, tenía la convicción de que lo único que el cardenal quería era que el traslado del prisionero tuviese éxito. Y así había sido.

A poca distancia, Berta se metió en la cama de su pequeña habitación. Estaba muy cansada, pero el cerebro le iba a mil por hora repasando toda aquella tarde hasta el más pequeño detalle. Volvió a pensar en la historia tan inverosímil que le había contado Bernat. No hacía ni tres horas estaba de servicio en el puerto de Barcelona y ahora en Montserrat después de trasladar allí al diablo. No estaba nada mal para tratarse de un día de verano. Pensó que no tenía nada claro si al día siguiente se iría a Barcelona, tal como habían quedado. No tenía nada concreto que hacer allí. En cambio, su intuición le decía que, si se quedaba en Montserrat uno o dos días más, podría continuar ayudando a Bernat. Y no solo era su intuición la que se lo decía. No le apetecía nada alejarse de su profesor.

A solo unas decenas de metros de la hospedería, la furgoneta estaba guardada en aquel garaje. El pequeño aparcamiento tendría las luces encendidas toda la noche. Una cámara de vigilancia registraba cualquier movimiento que pudiese haber y enviaba las imágenes en directo al dispositivo móvil de Bernat. Además, la alarma se activaría si alguien intentaba forzar la puerta. Eran medidas de seguridad adicionales y secundarias, porque, por lo que había dicho el cardenal Hwang, su primera protección era el potente magnetismo que irradiaba la montaña de Montserrat.

Capítulo 27

Los rayos de sol que se colaban entre las cortinas comenzaron a importunar los ojos cerrados de Berta hasta que la despertaron. La chica volvió parsimoniosamente la cabeza sin abrirlos aún y se humedeció los labios con la lengua mientras se desperezaba como una gata bajo las sábanas. Había dormido como un tronco, si bien a las cinco y media se había despertado sobresaltada cuando todas las campanas del mundo habían comenzado a repicar. Habían sonado ruidosamente un buen rato antes de detenerse, y ella pensó que debía ser algún aviso para los monjes y se había vuelto a dormir enseguida. Por suerte, nunca le costaba conciliar el sueño.

Mientras remoloneaba se dio cuenta de que se sentía muy bien consigo misma. No se arrepentía de nada. Había deseado muchas veces que su vida tuviese una sacudida, y por Dios que la había experimentado. Quizá todo se quedara en eso o quizá aún sucederían cosas más extraordinarias, pero una primera consecuencia importante era que su relación con Bernat había pasado de la irrelevancia a la complicidad, y eso ya la hacía más que feliz.

Finalmente abrió los ojos y estiró el brazo para coger el teléfono móvil de la mesilla de noche. Eran las siete y media. Desbloqueó el terminal y le escribió un mensaje a su exmarido. Se inventó una excusa para no haber llamado a su hijo la tarde anterior y le pidió que la llamasen cuando el niño se despertara. Luego se levantó poco a poco y se duchó mientras escuchaba la emisora de noticias de la radio nacional de Cataluña. No decía nada de una persecución ni de ningún incidente en la avenida Diagonal de Barcelona. Mejor. Puede que Mario ni siquiera recordase nada, y en verano los Mossos d'Esquadra andaban tan hasta arriba de trabajo que tampoco dedicarían mucho tiempo a investigar aquel asunto, sobre todo si no había ningún delito concreto que investigar.

Se visitó y salió de su habitación. Tenía mucha hambre, como cada mañana; se habría comido una vaca entera. Se dirigió al comedor de la hospedería, donde a aquella hora había un par de personas desayunando, y pensó que no llevaba la ropa adecuada para estar en el monasterio; decidió que a media mañana pasaría por las tiendas para turistas y excursionistas, donde vendían ropa deportiva que para el caso serviría. Pidió una tostada con tomate y fuet, un café con leche de avena y un zumo de naranja.

Mientras desayunaba oyó el sonido que indicaba la recepción de un mensaje. Cogió el móvil convencida de que era su exmarido, pero sonrió cuando vio que era un mensaje de Bernat. «¿Ya te has levantado? ¿Has podido dormir un poco?». Le respondió afirmativamente y le dijo que estaba en el comedor de la hospedería. El monje le dijo que no se moviese de allí y que enseguida iría a recogerla.

No habían pasado ni diez minutos cuando apareció Bernat. Berta se quedó atónita al verlo entrar con el hábito negro que llevaban normalmente los monjes de Montserrat. Una cosa era ser consciente de que Bernat era monje y otra era verlo vestido de monje. Él era el mismo, naturalmente, pero al mismo tiempo era muy diferente.

—Buenos días, veo que eres madrugadora —dijo él mientras se sentaba delante de ella.

—¡Qué remedio! Si tienes un niño pequeño y eres policía, más te vale mentalizarte de que no volverás a levantarte tarde nunca más.

—Me lo imagino. Si te sirve de consuelo, aquí nos levantamos todos antes de que salga el sol. Yo me he levantado a las cinco y media y ya hemos cantado los maitines y los laudes. De allí vengo, precisamente.

—Uf, eso sí que requiere fuerza de voluntad, Bernat...

—Berta, quiero agradecerte una vez más que ayer me salvases de Mario y, con eso, salvases toda la operación.

—No hace falta que me vuelvas a dar las gracias, de verdad. Solo salvé el mundo... —respondió la *mossa d'esquadra* levantando las cejas mientras se reía de su propio chiste.

—Me gusta que te lo tomes con humor. Toda esta historia es como una pesadilla.

Ella recuperó el semblante serio.

—Sí, realmente es una pesadilla. Pero tengo la sensación de que el papa ha acertado de lleno escogiendo Montserrat y que el abad ha acertado de lleno escogiéndote a ti. Estoy muy orgullosa de ti, Bernat. Quiero que lo sepas.

El monje esquivó su mirada para mirar el reloj. Ya eran casi las ocho y media.

—¿Quieres que vayamos a dar una vuelta? Quiero comentarte una cosa importante, pero es mejor que hablemos en un lugar donde nadie pueda escucharnos.

Salieron de la hospedería, atravesaron la plaza de Santa María y enfilaron la suave pendiente del camino de la Santa Cueva. Soplaba un aire fresco y la umbría de la montaña incrementaba aún más la sensación de frío. Bernat miró atrás para asegurarse de que no había nadie antes de hablar.

—Berta, hay una cosa que debes saber. No quiero añadirte más presión ni pedirte nada que no quieras hacer, pero has sabido de la existencia física del diablo y nuestra intención de recluirlo en Montserrat. Y admito que ha sido por mi culpa.

—No ha sido culpa tuya...

—Sí lo ha sido, pero ahora ya está hecho. Ayer ya te conté que hay una organización secreta creada específicamente para custodiar a Satanás. La Hermandad del Ángel Caído la creó hace más de quinientos años el papa Alejandro VI, y desde entonces todas las personas que han conocido la existencia física del diablo y han participado en su custodia han sido miembros de ella, de manera obligatoria.

—Y supongo que me vas a pedir que sea miembro, ¿verdad? Pero yo tengo un trabajo, un hijo y una vida en Barcelona, Bernat.

—Lo sabemos perfectamente. He hablado del tema con el abad y creemos que debes formar parte, sobre todo para que tengamos garantías de que guardarás el secreto y no se lo contarás nunca a nadie.

Berta abrió la boca para hablar. Bernat lo vio y se apresuró a proseguir.

—Sé que puedo confiar en ti y que no se lo dirás a nadie. Pero eso lo sé yo porque te conozco; sin embargo, para el abad, para el papa y para el resto de la Hermandad el hecho de que hagas el solemne juramento es importante.

—¿Y qué más debería hacer si formase parte de ella?

—Nada, si no es necesario por una situación excepcional. Llegado el caso tenemos previsto un dispositivo con gente de aquí y gente de Roma, y no nos faltarán voluntarios ni nada de lo que podamos necesitar. Pero estaría bien que tú formases parte porque, por suerte o por desgracia, has estado en contacto con el diablo. Para nosotros es importante, y no te lo pediría si no fuese así.

Mientras ella intentaba asimilar aquella proposición, Bernat la miraba con toda la empatía del mundo. Casi sin pensarlo, le dijo:

—Ahora que caigo, serás la primera mujer que formará parte.

—Pues para quinientos años de existencia ya era hora, la verdad.

Ambos rieron.

—Bueno, yo ya te he expuesto nuestra petición. Evidentemente, no estás obligada porque tú no has hecho ningún voto de obediencia. Piénsatelo y ya me dirás cuál es tu decisión, con toda confianza.

—Me parece que no tengo que pensarlo mucho, Bernat. Si hemos llegado hasta aquí, no hay más remedio que continuar, ¿no?

Bernat se disponía a agradecérselo de todo corazón cuando el móvil de Berta empezó a sonar. Era su exmarido; seguramente Martí estaba deseando hablar con su madre. Berta se disculpó y se alejó unos metros para charlar. La escena cautivó al monje: acababa de proponerle formalmente que ingresase en la Hermandad del Ángel Caído y ella cortaba una conversación tan trascendental para hablar con su hijo. Aquella mujer era increíble.

Capítulo 28

Bernat cerró la puerta del despacho del abad y se sentó a su derecha, ante la larga mesa de reuniones de madera maciza. Normalmente estaba llena de libros, documentos, revistas de todo el mundo y papeleo, pero aquella tarde no había nada, salvo un ejemplar antiguo de la Biblia y una pequeña reproducción de plata de la Virgen de Montserrat, situadas formando un ángulo recto perfecto. Se notaba que el abad Francesc Maria había querido que aquel pequeño acto, aunque se llevase a cabo en su despacho y con la máxima confidencialidad, tuviese un mínimo de ceremonial. El abad se confesaba devoto de la liturgia del poder y del protocolo, pasiones de las que se había contagiado durante sus años universitarios en el Instituto Católico de París.

Frente a él estaban sentados los monjes Joaquim y Ramon, situados a lado y lado de Berta. Los dos miembros de la comunidad benedictina tenían un aspecto extremadamente serio. Eran plenamente conscientes del reto que asumían aquel día y aún no se habían recuperado del todo de la impresión que les había provocado saber que el mismísimo diablo estaba en Montserrat. No formaban parte del grupo de monjes jóvenes ni tampoco del grupo de viejos. Conservaban la energía y el entusiasmo de la juventud, pero se dejaban guiar por el juicio prudente que solo otorga la experiencia. Habían sido elegidos precisamente por ese motivo y contaban con la absoluta confianza del abad y de Bernat. Eran reservados, trabajadores y devotos.

Berta, en cambio, no perdía detalle de nada mientras trataba de contener la inquietud. Sus padres eran católicos practicantes y ella misma había seguido todos los pasos de una persona creyente sin hacer demasiadas preguntas: la habían bautizado, había hecho la primera comunión, posteriormente había hecho la confirmación, se había casado por la Iglesia y había bautizado a Martí. No acudía a misa, eso era muy cierto, pero siempre se había considerado una persona cristiana, o al menos eso respondía cuando se lo preguntaban, sin darle muchas vueltas. Hasta entonces había creído en Dios de una manera más o menos abstracta, pero ahora estaba a punto de integrarse en una hermandad cristiana cuyo objetivo era, ni más ni menos, mantener cautivo a Satanás. Ya podía decir que creía en Dios y en el diablo de un modo perfectamente concreto y conciso.

—Estimados, os quiero dar las gracias por estar aquí con Bernat y conmigo mismo. A los tres os hemos explicado por qué razón os hemos convocado, qué os pediremos y qué riesgos asumís. También quiero que sepáis, especialmente Joaquim y Ramon, que dando este paso os convertís no solo en vigilantes de nuestro prisionero, sino también en guardianes protectores de nuestra comunidad. Quiero que os sintáis honrados por ello y que sepáis que estamos orgullosos de vosotros.

El abad fijó la mirada en la *mossa d'esquadra*.

—Tú, Berta, has llegado aquí por otra vía, totalmente inesperada. No hemos ido a tu encuentro, sino que, por decirlo de alguna manera, has venido a la Hermandad de forma involuntaria. Por tanto, el compromiso que te pediremos será el mismo, sobre todo con relación al secretismo que exige esta misión. Ahora bien, somos conscientes de tu realidad y, por tanto, solo recurriremos a tu auxilio y consejo cuando sea estrictamente necesario.

Bernat aguardó a que el abad finalizase para intervenir.

—Si todo va bien, como esperamos, seguramente nunca más volverás a saber de la Hermandad. Eso significará que tenemos éxito en nuestro objetivo y que la elección de Montserrat habrá sido un acierto.

—Esperemos que así sea, pero siempre podréis contar conmigo —dijo Berta con coraje, pero esperando con todas sus fuerzas que nunca necesitasen contar con ella.

El abad retomó el hilo del guion de la breve ceremonia.

—Gracias, Berta. ¿Estáis dispuestos los tres? Sois conscientes de las consecuencias del paso que vais a dar hoy, ¿verdad?

Los dos monjes respondieron afirmativamente casi al mismo tiempo y con la voz clara y fuerte. Berta se apresuró a hacer lo mismo, aunque solo le salió un hilo de voz apenas audible. Quería disimular que era un saco de nervios, aunque aquella respuesta tan débil lo confirmaba. Rápidamente se refugió en la mirada de Bernat, y los ojos cómplices del monje la tranquilizaron un poco.

—Entendido. Procedamos entonces a hacer la promesa solemne.

El abad de Montserrat pronunció, por segunda vez en pocas semanas, la misma fórmula que le había enseñado el cardenal Hwang.

—¿Prometéis por Dios Nuestro Señor y por todos los santos que aceptáis libremente la pertenencia y las servidumbres de la Sagrada Hermandad de Guardianes del Ángel Caído, que guardaréis secreto sobre su existencia, que obedeceréis todas las órdenes que recibáis del gran maestre y del maestre comandante y que custodiaréis, entregando la vida si fuese necesario, al enemigo de Dios?

Los tres nuevos miembros de la Hermandad prometieron su nuevo cometido. El abad de Montserrat les dio la mano a los tres y les pidió rezar juntos un padrenuestro. Los cinco comenzaron a recitar la oración. Bernat miraba de reojo a Berta, que repetía los versículos en voz baja y con los ojos cerrados. Se notaba a la legua que hacía tiempo que no rezaba un padrenuestro. Era bastante evidente, tal como ella le había confesado aquella misma mañana, que era católica no practicante. Lo más importante en aquel momento, no obstante, era su compromiso con la Hermandad, y en ese sentido Bernat tenía claro que ella daría lo mejor de sí misma si alguna vez fuese necesario.

Luego el abad dio la pequeña ceremonia por concluida, los emplazó a todos a verse a la mañana siguiente para preparar el traslado definitivo de Satanás a su nueva ubicación y les volvió a agradecer el paso que habían dado. Berta y los dos monjes salieron del despacho abacial.

El abad cerró la puerta y se dirigió a un armarito lateral, de donde sacó dos vasitos y una botella de licor de hierbas. Le gustaba tomar un poco de aguardiente a media tarde, en especial si el día había tenido algún hecho relevante, ya fuese para celebrarlo, ya para olvidarlo. Se sentó en el sillón de su escritorio mientras Bernat ocupaba una de las dos sillas situadas enfrente.

—¿Qué te ha parecido?

—Bien. Quim y Ramon no nos fallarán, son personas de una pieza. Habéis elegido muy bien. Si resulta que con dos miembros nos quedamos cortos, escogemos a uno o dos más. Ya lo iremos viendo.

—¿Y Berta? —preguntó Francesc Maria mientras llenaba los dos vasos.

—Creo que no debemos preocuparnos por ella. La conozco poco, pero merece toda mi confianza. Me da la sensación de que ha conectado muy bien con nosotros. También creo que ya tiene una vida bastante complicada como para querer implicarse más. Si la Hermandad no le reclama nunca nada, estoy convencido de que ella lo agradecerá. En todo caso, no perderé el contacto para mantener un vínculo y poder hablar por si tiene dudas o cualquier otra cosa. Con ella todo irá bien, no le deis más vueltas.

—Si Dios quiere.

Ambos cogieron los vasitos y engulleron el contenido de un solo trago.

Capítulo 29

Mario estaba cabizbajo y con aire ausente. Naturalmente, Giulia era la persona de todo el mundo que mejor lo conocía y se lo había notado de inmediato. Él podía ser perro viejo, pero ella era un hurón. Cada vez que se lo preguntaba, sin embargo, él respondía que estaba bien. Mentir no había sido nunca el punto fuerte del transportista, y cuando su mujer le insistía en que lo veía raro, él le respondía que quizá estaba un poco preocupado por el trabajo, pero nada más. Ella sabía que le estaba mintiendo y él sabía que ella lo sabía, pero ninguno de los dos llevaba la conversación más allá. A aquellas alturas de la vida, ambos habían aceptado que había momentos en que valía más dejar el agua correr que intentar controlarla ni querer comprenderla.

Solo él sabía lo que lo carcomía por dentro. Su cerebro era un reproductor que emitía continuamente la película de los últimos días, una y otra vez, obsesivamente. Mario no cesaba de recordar todo lo ocurrido desde que había salido de Roma en dirección a Barcelona, con Bernat sentado a su lado y el propio diablo en la carga de su furgoneta. Repasaba cada conversación, cada gesto, cada mirada. Él mismo se sorprendía del detalle con que lo recordaba todo. Para el resto de las cosas de la vida solía ser bastante más despistado.

Su encuentro con Satanás lo recordaba como si hubiese ocurrido hacía cinco minutos. Lo tenía grabado en la retina y en la memoria. Tras el espanto inicial, si hubiese de ser franco consigo mismo, habría dicho que su conversación había sido casi la cosa más natural del mundo, como si siempre hubiese sido consciente de su existencia y el encuentro entre ambos, prácticamente inevitable. Por supuesto, el diablo desprendía gran autoridad e irradiaba un gran poder de seducción, pero no habría dicho que fuese una presencia terrorífica. Era obvio que todo aquello que le habían contado de pequeño, tanto en casa como en la parroquia, era una exageración. Nada se parecía a como siempre le habían dicho.

Nunca se lo habría confesado a nadie, pero, en el fondo de sus pensamientos, el diablo no le había caído mal. Al contrario. Le había generado un sentimiento de lástima, casi de simpatía. Más allá de la recompensa que le había prometido, en el fondo lo habría ayudado de buena fe. Tantos siglos confinado en una caja diminuta era una tortura que nadie merecía, ni siquiera el propio Satanás. La Iglesia llevaba milenios predicando la piedad y la compasión desde los púlpitos, pero a la hora de la verdad era capaz de las peores maldades. Seguramente, a fin de cuentas no había tantas diferencias entre el bien y el mal. Había actuado bien siguiendo su instinto cuando se había alejado de iglesias y de curas.

Por todo ello lamentaba el modo en que había terminado aquella historia. Satanás no sería liberado porque él no había estado a la altura. En pocas palabras. Este sentimiento de culpa lo turbaba un poco, y no precisamente porque tuviese miedo a algún tipo de represalia o porque la riqueza prometida se le hubiese escapado entre los dedos. Simplemente lo sentía. Y no habría sido capaz de explicar por qué. Quizá sentía que había traicionado la confianza del diablo y había tirado la toalla demasiado pronto.

La mañana siguiente de la llegada a Barcelona y de su fallido intento de fuga, cuando aún estaba en aquella comisaría de diseño de la policía catalana, desorientado y aturdido, había recibido la visita de un abogado que había resultado ser, al mismo tiempo, un monje de Montserrat. Bernat se había movido deprisa, de eso no cabía ninguna duda. El abogado le había ofrecido cinco veces el dinero que le habían prometido por el traslado y le había mostrado las llaves de su furgoneta. A cambio, solo tenía que declarar que se había emborrachado hasta perder tanto el conocimiento como el vehículo, y volver a Italia sin hacer preguntas ni hablar de aquel encargo nunca más con nadie. Aquel monje lo representaría legalmente, pagaría la multa que le impusiesen y lo sacaría del calabozo aquella misma mañana. Mario no tardó ni dos minutos en aceptar la propuesta que tenía delante. Después de todo, Bernat podía tener a Satanás escondido en cualquier sitio y él solo se veía incapaz ni siquiera de pensar una alternativa. No tenía pasta de héroe, precisamente. Era más que probable que todo aquello hubiese sido demasiado complicado para un simple transportista italiano de provincias. El compromiso de no contárselo a nadie le resultaba una obviedad innecesaria. Si lo hiciese, en Latina todo el mundo lo tomaría por un necio, empezando por su mujer. Y, por supuesto, había que tener en cuenta que le ofrecían el sueldo de más de un año a cambio de olvidarse de todo. No se haría rico como Satanás le había prometido, pero volvería a casa con un pellizco considerable.

Dicho y hecho. Recuperó la furgoneta, recibió el dinero en un maletín, instaló un retrovisor nuevo, enfiló el camino de vuelta a la mañana del día siguiente y condujo sin parar hasta que llegó a Latina. Escondió el dinero en casa y le dijo a Giulia que todo había ido según el plan previsto, sin detenerse en detalles. Para tenerla contenta y para que dejase de hacer preguntas, le prometió que cuando se jubilase irían juntos a pasar unos días a Barcelona, donde habían viajado hacía tantos años y que tan bonita le había parecido ahora.

A pesar de lo que quería aparentar, desde que había vuelto a casa no lograba desprenderse de aquella incómoda sensación de fracaso. A menudo se sentía observado y volvía la cabeza en mitad de la calle o miraba por las ventanas. No dormía muy bien, fumaba más que nunca y no tenía ganas de ir al bar del sindicato a pasar el rato con sus compañeros. Podía quedarse horas sin hacer nada, sentado frente al volante o tumbado en la cama mientras Giulia dormía. A veces pensaba que volvería a Barcelona, buscaría a Satanás y lo liberaría, pero abandonaba pronto esos pensamientos. ¿A quién pretendía engañar?

Mario continuaba dándole vueltas a todo ello mientras regresaba a su casa, en la calle Napoleón Bonaparte, después de un día escasamente productivo. Había transportado los archivos de un abogado de renombre que se cambiaba de despacho y después había pasado por el taller de Bruno, un viejo amigo del colegio. La furgoneta hacía unos ruidos extraños y quería que le echase un vistazo. Había estado charlando sobre fútbol mientras fumaban un cigarrillo, pero había declinado ir a tomar una cervecita y se había ido a casa.

Como siempre, detuvo la furgoneta frente a su casa, apagó el motor y bajó para fumarse el último cigarrillo del día. Reclinó el cuerpo contra el vehículo y dio dos caladas largas mientras saboreaba el tabaco. Chascó la lengua. Debía salir del pozo. Debía superar aquella actitud tan negativa y volver a la casilla de inicio. De todo aquello había obtenido un dineral y su situación financiera era mucho mejor que antes de recibir el encargo de Bernat. Había vivido una historia extraordinaria, aunque no se la pudiese contar a nadie. Debía centrarse en eso y salir de aquel estado de ánimo tan deprimente. Se comprometió a intentarlo, por lo menos.

Arrojó la colilla la suelo y la pisó para apagarla. Apretó el botón de bloqueo del llavero y la furgoneta emitió un pequeño sonido mientras se encendían fugazmente las luces de emergencia. Entró en su pequeño bloque para comprobar, una vez más, que el ascensor estaba fuera de servicio. En ocasiones su vida parecía una rueda sarcástica y él, tan solo un hámster girando sin parar.

Comenzó a subir las escaleras con resignación. Puede que fuese en aquel momento cuando notó que le costaba más que otras veces. Desde luego, aquel viaje a Barcelona lo había dejado fuera de combate, y no solo anímicamente. Llegó al rellano del primer piso resoplando. Un operario de la compañía de ascensores bajaba por la escalera en aquel momento.

—Este maldito ascensor se estropea cada vez más a menudo y yo ya me estoy cansando de subir a pie. Puede que ya vaya siendo hora de cambiarlo por uno nuevo y dejar de pagar tantas reparaciones, ¿no?

El operario compuso una cara de circunstancias

mientras se encogía de hombros y comenzó a bajar el tramo de escalera hacia la planta baja. Mario lo miró con reprobación por la falta de respuesta, soltó un juramento en voz baja y retomó el ascenso hacia el segundo piso. No había subido aún tres escalones cuando una mano cubierta con un guante le tapó la boca y lo arrastró hacia atrás hasta tocar el cuerpo del agresor. Mario intentó defenderse con las dos manos, pero no tenía fuerza suficiente. Casi inmediatamente notó un pinchazo intenso en el muslo y un dolor agudo que le recorría todo el sistema nervioso.

Bajó la mano al instante hasta el lugar del pinchazo, pero no palpó nada extraño, aunque aquel hombre le había clavado un objeto afilado, posiblemente una navaja. Tampoco sus dedos se impregnaron de sangre. Mario no entendía por qué el asaltante no le pinchaba más veces o no lo dejaba inconsciente definitivamente mientras trataba con todas sus fuerzas de zafarse para abrir la boca y pedir auxilio. Debía alertar a los vecinos como fuese y evitar que aquel intruso accediese a alguna vivienda y asaltase a alguien más.

Sin embargo, el atacante se limitaba a sujetarlo enérgicamente con una mano en la boca y un brazo alrededor del cuello. Lo tenía tan cerca que Mario podía percibir su respiración, mucho más pausada que la suya. No hacía otra cosa que agarrarlo, como esperando algo o una reacción. Este hecho lo aterró. De repente lo entendió todo.

El atacante, ciertamente, se limitaba a esperar. La succinilcolina haría su efecto en pocos minutos. La dosis que le había inyectado podía matar a un caballo. Por tanto, un hombre más bien bajito como Mario estaría muerto enseguida. A solo unos centímetros de su víctima notaba cómo la energía se le escapaba y cómo su respiración se ralentizaba. Pronto se le cayeron los brazos y la cabeza. Relajó un poco la mano sin que Mario hiciese nada.

El falso operario esperó un par de minutos más y tumbó lentamente el cuerpo de Mario sobre la escalera. Ya no tenía pulso. Lo colocó de lado, con la mano derecha sobre el pecho, y le abrió los ojos y la boca. Observó con atención el agujero que la aguja le había dejado en los pantalones de trabajo del transportista y comprobó que era casi imperceptible. Tarea completada. Era el momento de largarse antes de que apareciese algún vecino inoportuno y la operación se complicase.

El hombre se puso una gorra negra y unas gafas de sol antes de salir del edificio. Caminó pausadamente hacia la esquina con la calle Giuseppe Verdi, donde había una motocicleta de gran cilindrada, se subió de un salto, se puso el casco que había atado al carenado, la encendió y se perdió entre las calles rectilíneas de Latina.

Unos minutos más tarde, el pontífice recibía una notificación en su teléfono móvil privado mientras trabajaba en su despacho oficial de la Ciudad del Vaticano. Cogió el terminal y leyó un mensaje brevísimo. «Resuelto». No esperaba ningún otro desenlace; había enviado a uno de sus hombres de máxima confianza para ciertos encargos especiales. Aquellos monjes de Montserrat habían demostrado ser unos valientes, pero no parecían comprender que la operación no podía permitirse una fuga de información, presente o futura, aunque se apoyase en la compasión o el perdón. La piedad, en ocasiones, era contraria a los designios de Dios. Naturalmente, nada se podía reprochar a la comunidad de Montserrat. A fin de cuentas, habían seguido fielmente la regla de san Benito. En cualquier caso, no había que remover más aquel asunto. El papa no tenía previsto informarlos de nada. No quería añadir a su conciencia el peso de más desasosiegos innecesarios. Él era el jefe supremo de la Hermandad del Ángel Caído y a él le correspondía asumir todas las decisiones.

Cogió una crucecita de plata que tenía encima del escritorio y la aferró con ambas manos. Cerró los ojos y rezó con todas sus fuerzas por el alma de Mario, otra víctima inocente más de aquella misión. Era muy consciente de que nunca podría confesarse de la decisión de matarlo porque el arrepentimiento sincero era inseparable de la confesión y el perdón. Y no tenía ninguna duda de que volvería a ordenar su ejecución una y mil veces. Tal vez la infalibilidad del papa está prevista, precisamente, para situaciones como esa.

Mientras Pablo VII rezaba, la noche comenzaba a cubrir la Ciudad Eterna. Lejos de allí, solo unos minutos más tarde, una vecina descubriría el cuerpo de Mario. La ambulancia llegaría enseguida, pero no habría nada que hacer. El médico atribuiría la muerte a una parada cardiorrespiratoria causada, muy probablemente, por un cansancio continuado y un estrés excesivo para una persona diabética, fumadora y con sobrepeso. Era un caso de manual y, por tanto, no le haría autopsia. El funeral del transportista tendría lugar dos días después y lo enterrarían en el cementerio de Latina. Giulia y sus dos hijas lo llorarían durante meses y lo recordarían como un buen hombre que amó a su familia por encima de todo. La viuda de Mario nunca iría a Barcelona y siempre se preguntaría por qué motivo su marido tenía decenas de miles de euros en una bolsa que guardaba en un altillo.

Capítulo 30

Habían bajado a almorzar a Monistrol de Montserrat en el tren cremallera. Berta llevaba tres días en el monasterio y Bernat había pensado que salir de la montaña, aunque solo fuese durante unas horas, le iría bien a la chica para despejarse un poco. Joaquim, Ramon y él mismo habían estado ocupados ultimando los últimos flecos de la cámara secreta bajo la Cueva Santa donde encerrarían la caja bajo llave, rodeada de agua bendita y con algunas de las reliquias que había en el monasterio. Si de algo no carecían era precisamente de reliquias más o menos autentificables. También habían colocado cámaras de seguridad, pero descartaba la presencia permanente de un hombre armado. A diferencia del Vaticano, Bernat consideraba que el secretismo y la energía de la Cueva Santa eran las mejores garantías de seguridad posibles.

Las dos últimas noches los monjes habían dormido en el garaje, al lado de la caja. Era preciso extremar las precauciones mientras Satanás no fuese trasladado a su ubicación definitiva. El equipo que el papa se había comprometido a enviar todavía no había llegado y el abad no quería apremiar al pontífice con ese tema. Bastante trabajo y quebraderos de cabeza debían de tener ya en Roma con el golpe durísimo que había recibido la Hermandad como para andar incordiando con ese asunto. Era solo cuestión de días, y podían esperar.

Berta había expresado su voluntad de quedarse en el monasterio hasta que la caja fuese trasladada definitivamente a la Santa Cueva. Aunque el abad le había insistido en que ya podía volver a Barcelona y que su presencia en el monasterio no era necesaria, ella había esgrimido su condición de miembro de la Hermandad como argumento imbatible para quedarse junto a sus compañeros. Ante esa lógica, que él mismo había promovido, el abad Francesc Maria no había tenido más remedio que aceptar su voluntad.

Después de tres días comiendo los menús rápidos para turistas o las comidas frugales de la comunidad benedictina, Bernat había pensado que a ella le gustaría salir de Montserrat y almorzar como Dios manda. No se había equivocado en absoluto. Berta había comido como una lima, ante el asombro del monje, que había sido más bien comedido. Caracoles y rabo de toro para ella, y ensalada y pollo a la plancha con verduras para él. De postre, tarta de chocolate de la casa para ella, y fruta para él. Todo ello, acompañado de un buen vino tinto de la denominación de origen de la zona. El monje había disfrutado viendo cómo ella gozaba y se chupaba los dedos mientras hablaban de lo divino y lo humano.

Después de aquel banquete, el cuerpo reclamaba una pequeña caminata que ayudara a la digestión, y decidieron pasear hasta la estación del aéreo de Montserrat, situado fuera del pueblo, junto a la carretera. Caminaban por un sendero asilvestrado, con malas hierbas a lado y lado que aspiraban a engullirlo. Los días comenzaban a acortarse y ya no hacía el bochorno de las primeras semanas de verano. Los rayos de sol recorrían la montaña de Montserrat y se deslizaban por ella, justificando plenamente aquel apelativo popular que la denominaba «sierra de oro». Bernat nunca se cansaba de mirarla.

do va bien, esta noche haremos el tras-
)uim y Ramon han estado haciendo las
:on las puertas de seguridad y creo que
o preparado. Cuando lleguemos arriba
erificaciones y decidiremos si lo hace-

néis claro?
. Pienso que más vale que hagamos el
posible. No me gusta mucho que la
raje. No es lo bastante seguro.
s que todo está a punto, no le des más
ıtes lo traslademos, mejor.

—Sí, estaremos todos más tranquilos y entraremos en una nueva etapa, más rutinaria y menos angustiosa.

—Y yo podré volver a Barcelona y continuar con mi vida, que ya va siendo hora —dijo Berta en un tono de nostalgia anticipada.

Bernat volvió la cabeza para mirarla mientras caminaba. Deseaba con todas sus fuerzas encerrar a Satanás para siempre en la Santa Cueva, pero se había acostumbrado a la presencia de Berta y le gustaba tenerla en el monasterio.

—Podrás volver a Barcelona y a tu vida, naturalmente. Pero has prometido ser miembro de la Hermandad para siempre y no te librarás tan fácilmente de nosotros.

Berta se rio.

—No tengo ninguna intención de librarme de vosotros ni de ti en concreto, puedes creerme. Sois una de las pocas cosas de mi vida que tienen un sentido de verdad.

Llegaron al pequeño edificio de la estación del aéreo. Algunos turistas estaban haciendo cola mientras aguardaban para subirse.

Bernat y Berta se pusieron a la cola mientras conversaban de cuestiones más banales. Enseguida llegó una de las dos cabinas amarillas y entraron. Cada compartimento tenía una capacidad para treinta personas, pero el operario permitió la entrada a una veintena para evitar aglomeraciones y facilitar un trayecto más cómodo.

Se cerraron las puertas y la maquinaria se puso en marcha. Inaugurado en 1930, Bernat solía utilizarlo siempre que podía. Se divertía como un niño durante los cinco minutos que duraba el viaje. En cambio, la mayoría de los otros monjes evitaban el aéreo y preferían medios de transporte menos frágiles y más seguros. Bernat se burlaba un poco de ellos y les espetaba que no debían tener miedo porque no solo podían confiar en la voluntad de Dios de no dejarlo caer, sino, sobre todo, en la tecnología alemana que lo mantenía funcionando desde siempre.

Bernat se apresuraba a mostrar la geografía montserratina a Berta, que no paraba de hacer preguntas mientras miraba por las ventanas. Sobrevolaron el río Llobregat, que en verano bajaba con poco ímpetu y más amarronado que nunca. Los turistas extranjeros, de todas las procedencias y estilos, también observaban el paisaje desde las ventanas y hacían fotografías y charlaban animadamente.

Bernat y Berta estaban tan atentos a lo que había fuera de la cabina que no se fijaron en uno de los pasajeros situado al otro extremo del compartimento. Era un hombre alto, con el pelo negrísimo, gafas de sol y demasiado abrigado para aquella época del año que los miraba fijamente.

Capítulo 31

La luna llena brillaba con tanta claridad que parecía una bombilla blanca colgada en mitad del cielo. No había nubes y la noche era cálida y serena. Las plazas y los pasillos del monasterio estaban desiertos. Solo algún guardia adormilado paseaba por los aparcamientos; algún trabajador se retiraba bostezando hacia su dormitorio. Durante la noche, los gatos, los murciélagos y los grillos tomaban el control de la montaña.

De pronto, el silencio absoluto se rompió con el sonido de las campanas que anunciaban las dos de la madrugada, que extendieron las ondas sonoras por todas las crestas de la sierra y los rincones de la abadía. La quietud recuperó enseguida su hegemonía y el monasterio volvió a adormecerse.

Un gato que caminaba por el atrio de la basílica fue el primero en notar el susurro de unos pasos lejanos. Se detuvo y orientó sus orejas hacia el camino del Ave María. Los pasos se aproximaban y el gato retomó su camino apresuradamente para desaparecer en la penumbra.

En el camino del Ave María, recorriendo hileras interminables de velas consumidas o agonizantes, cuatro figuras avanzaban con rapidez y procurando no hacer ruido. Bernat iba delante, seguido de Joaquim y Ramon, que sostenían la caja de Satanás. Sorprendentemente, les había parecido muy ligera y tan solo notaban el peso de la madera. Habrían dicho que estaba vacía de no ser porque habían percibido la fuerza de la maldad en cuanto la habían tocado. Habían cubierto la caja con una tela negra muy opaca mojada con agua bendita, y la habían atado con unas cuerdas que ejercían también la función de asas.

Berta cerraba el grupo. No se lo había dicho a nadie, pero llevaba consigo la pistola, oculta dentro de una riñonera decorada con la Moreneta que había comprado en la tienda de recuerdos. Jamás se habría perdonado que ocurriese algo justo cuando solo faltaban unos cientos de metros para acabar aquella misión. Miraba atrás a cada instante, con nerviosismo. Puede que hubiese visto demasiadas películas o puede que fuese deformación profesional.

Llegaron al final del camino del Ave María, atravesaron el atrio y comenzaron a cruzar la gran plaza de Santa María bajo el cielo estrellado. Tal como Bernat había previsto, a aquellas horas no había allí ni un alma. Los visitantes y los peregrinos ya hacía horas que se habían marchado y aún faltaban unas cuantas para que los monjes iniciasen la jornada. Excepto el abad, nadie más sabía nada de aquella operación nocturna. Para garantizar que no hubiese ningún encontronazo inconveniente, se habían cambiado los horarios y las rondas de los vigilantes de noche y todas las cámaras de seguridad estaban paradas aduciendo cuestiones de mantenimiento.

El abad Francesc Maria esperaba impaciente en su despacho. Anhelaba el mensaje de Bernat que le confirmase que Satanás había sido recluido en la cámara secreta y blindada que se había habilitado en la Santa Cueva, el lugar más sagrado de todo el macizo. Una vez que recibiese el mensaje, comunicaría inmediatamente al papa que la misión se había completado con éxito. Era consciente de que recluir al diablo en su nueva ubicación no era el fin de aquella historia, pero al menos no tendría aquella intranquilidad de quien está viajando y solo desea llegar a casa. La nueva rutina, con el cambio regular de agua bendita y las oraciones periódicas en voz alta frente a la caja, le parecía un juego de niños si la comparaba con lo que había vivido las últimas semanas. Encargaría a Bernat que supervisase todo aquel dispositivo, con la inclusión de más monjes a la Hermandad en caso necesario, y él procuraría no obsesionarse más de la cuenta. Con un poco de suerte, aquel invitado tan molesto que tenían en Montserrat se convertiría en una presencia latente pero inofensiva, tal como lo había sido tantos siglos en la Ciudad del Vaticano. Había que ser optimistas, a pesar de todo.

Bernat levantó la vista mientras atravesaba la gran explanada con una ligera pendiente que se extendía delante de la basílica. Iluminados por la luna, las cimas y pináculos de la cresta de Montserrat se dibujaban perfectamente recortados bajo la bóveda celeste. Era una noche magnífica. El monje reparó en que casi nunca había contemplado el cielo estrellado de Montserrat, aunque llevaba años levantándose antes de la salida del sol. Se prometió a sí mismo que, en adelante, prestaría más atención a aquel espectáculo formidable.

Volvió a mirar hacia delante. De pronto se detuvo. Al instante, sus tres compañeros también lo hicieron. Una figura se aproximaba lentamente desde el otro extremo de la plaza, a un centenar de metros. Era un individuo no demasiado alto, pero bien proporcionado. Vestía ropa ajustada de color oscuro y tenía el pelo corto. Bernat alzó un poco la palma de la mano para indicarle a Berta y a los dos monjes que estuviesen atentos, pero que no hiciesen ningún movimiento, mientras él avanzaba unos pasos.

El individuo se acercaba a ellos con paso decidido. Era evidente que los había visto y se dirigía a ellos. Bernat cerró los puños con fuerza mientras Berta posaba una mano en la riñonera. El corazón de los cuatro miembros de la Hermandad latía aceleradamente.

De repente, Bernat se quedó de piedra.

—¡¿Cardenal Hwang?! ¡Eres tú!

La voz serena del purpurado coreano confirmó aquella visión.

—No sabes cómo he esperado este momento, ¡pensaba que nunca llegaría!

Bernat corrió hacia él y ambos se abrazaron. No podía ser más feliz; ya había abandonado toda esperanza de volver a verlo.

Berta y los dos monjes observaban la escena sin entender nada, a una decena de metros.

—¿Cómo has llegado hasta aquí? ¡Pensaba que no volvería a verte!

—Ya te lo contaré con calma, a ti y al abad. Los asesinos de nuestros hermanos me capturaron para interrogarme, pero logré escapar y no he parado hasta Montserrat. ¿Tú estás bien? ¿Habéis conseguido traerlo hasta aquí?

—¡No podías llegar en un momento más oportuno! Precisamente ahora lo estamos trasladando de manera definitiva.

—De hecho, estaba esperando hasta mañana temprano para venir a buscaros, pero cuando os he visto he decidido salir a vuestro encuentro.

A Bernat aquello le pareció una coincidencia extraordinaria.

—¡Pues acompáñanos! Luego podrás descansar y comer algo.

El cardenal sonrió mientras Bernat hacía un ademán a sus compañeros para que retomasen la marcha. No habían asido todavía la caja cuando Hwang dijo:

—Recluido en la cripta, a pocos metros de la Moreneta, no lo encontrarán nunca. No podíamos haber escogido un lugar mejor.

Bernat se detuvo y lo agarró suavemente por el brazo. Lo miró a los ojos.

—Para un momento. Sabes perfectamente que llevamos a Satanás a la Santa Cueva, y no a la cripta. Tú mismo dijiste que era el mejor emplazamiento posible. ¿No te acuerdas?

—¿Sí? No, no me acuerdo —dijo el coreano, visiblemente contrariado—. Me han torturado mucho durante estos días y quizá no recuerdo bien algunas cosas. Discúlpame.

La respuesta inquietó a Bernat, que comenzaba a estar asustado. Aquel encuentro nocturno, que hacía solo unos instantes había considerado un milagro, empezaba a parecerle inverosímil. Lo sujetó fuerte con la mano para retenerlo y lo miró fijamente.

—No te reconozco, cardenal. Es todo demasiado extraño.

—Es normal que no me reconozcas, pobre mortal. No verás nunca más a tu cardenal.

—¡¿Quién eres?! ¡Qué le has hecho?

—¿Quién soy?

Se zafó del monje con un tirón y reculó dos pasos. Joaquim y Ramon comenzaron a notar una ligera vibración en la caja.

—Soy Belcebú, Príncipe del Infierno, y esta noche liberaré a mi señor.

Ante los ojos estupefactos de los cuatro miembros de la Hermandad, su mirada se encendió de un rojo ardiente y su rostro, si bien mantenía la fisonomía del cardenal, adoptó un aspecto diabólico, casi espectral. El diablo dio un paso al frente en dirección a la caja. Él también percibía cómo Satanás se había desvelado y hacía notar su poder ante la inminente liberación.

Bernat se adelantó para interponerse entre Belcebú y la caja. Casi sin inmutarse, el diablo le dio un puñetazo y lo hizo caer al suelo un par de metros más allá. Joaquim y Ramon estaban paralizados por el terror.

Berta sacó la pistola y se adelantó.

—¡Llevad la caja a la basílica, deprisa! —les ordenó.

Los dos monjes levantaron la caja y echaron a correr mientras Berta empuñaba su arma y la apuntaba hacia Belcebú.

—¡Detente y túmbate en el suelo con las manos a la espalda!

El diablo respondió con una carcajada estremecedora mientras daba un paso más.

—¡Segundo aviso! Detente o dispararé.

Belcebú dio dos pasos más mientras Berta reculaba uno.

—Último aviso. Dispararé.

El demonio continuó avanzando al tiempo que dibujaba una sonrisa maléfica. Berta apretó el gatillo y disparó una bala, que penetró en el pecho de Belcebú, pero el diablo no se inmutó y siguió adelante. Sobrecogida, Berta efectuó dos disparos más con el mismo resultado. Ya lo tenía encima.

Belcebú le arrebató la pistola y le dio un empujón, que la lanzó violentamente al suelo. Se acercó, levantó la pistola y, ante la mirada aterrorizada de Berta, le disparó un tiro a bocajarro.

Capítulo 32

Bernat comenzó a incorporarse despacio. Notaba un dolor muy intenso en la mandíbula y el sabor de la sangre en la boca. Puede que hubiese perdido algún diente con aquel puñetazo que lo había arrojado al suelo y dejado medio inconsciente. Mientras se incorporaba, escupió una mezcla de sangre y saliva.

No había llegado a perder el conocimiento y había oído aquellos disparos inesperados. Miró alrededor y vio cómo Belcebú se dirigía hacia la basílica, y que a su izquierda Berta estaba tendida en el suelo. Había una pistola a su lado. Se acercó rápidamente y quedó sobrecogido.

Berta tenía los ojos abiertos, pero la mirada perdida hacia el cielo estrellado. Respiraba aceleradamente mientras con una mano intentaba taponar una herida de bala en el pecho. La sangre manaba entre sus dedos temblorosos. Bernat se arrodilló enseguida a su lado.

—¡Berta! Mírame a los ojos, Berta.

Los ojos de la *mossa d'esquadra* se encontraron con los suyos. Sin necesidad de decir nada, aquella mirada expresaba todo el terror de quien tiene la muerte cerca. Bernat le apartó un poco la mano para observar la herida. Tenía un orificio en la parte superior del pecho derecho. La incorporó un poco para comprobar que no había orificio de salida. Sacó un pañuelo de su bolsillo, lo presionó contra la herida y puso encima la mano de Berta.

—Presiona fuerte. Saldrás de esta —dijo, simulando un convencimiento que pretendía tranquilizarla tanto a ella como a sí mismo.

Ella lo miraba con ojos suplicantes, sin demasiada confianza en sus palabras. Bernat hizo un esfuerzo enorme por mostrarse seguro de sí mismo mientras un gran miedo afloraba desde el fondo de su interior. Era un miedo perfectamente definido y concreto. Ya había perdido a su hermana por su culpa. No podía permitir que Berta también muriese por su culpa. Eso ya no podría soportarlo. Todo el camino que había recorrido hasta entonces, la vida entera dedicada al arrepentimiento y la penitencia, no habrían servido de nada. Más bien al contrario. Si Berta moría estaría claro que él era una persona maldita, portadora de infortunio a su alrededor.

Ese miedo envolvía otro sentimiento que llevaba días afanándose en llamar su atención, pero que Bernat no quería atender ni entender. La mera presencia de Berta lo hacía feliz. Tenía ganas de verla, de hablar con ella y de escucharla. Aquellos últimos días en el monasterio deseaba que se acabasen las vísperas o los maitines para ir a recogerla y pasear un rato por los caminos de Montserrat. No importaba de qué hablasen. Sencillamente, tenía ganas de estar con ella, y ese era un sentimiento que no sentía desde hacía años y que creía sepultado para siempre.

Bernat la giró suavemente de lado y le dijo que no se moviese, que la ayuda llegaría enseguida. Se levantó, sacó el teléfono móvil del bolsillo y llamó al abad.

—¿Bernat?

—¡Abad, escuchadme bien y haced lo os diga! Avisad a los de seguridad inmediatamente. Que venga una ambulancia a la plaza, delante de la basílica. ¡Berta ha recibido un disparo!

—¿Cómo dices? ¿Qué ha pasado? ¿Dónde está la caja?

—Ahora no tengo tiempo. ¡Avisad a una ambulancia enseguida!

Bernat cortó la llamada y salió corriendo tras los pasos de Belcebú, a quien ya había perdido la pista porque había entrado en la basílica siguiendo a los monjes Joaquim y Ramon, que había huido horrorizados. En pocos segundos llegó al atrio, con el tiempo justo de ver cómo la puerta central, de las tres que daban acceso a la basílica, se cerraba lentamente. Sin duda, los dos monjes debían de haberse refugiado allí, quién sabe si buscando en su desesperación la protección de la Virgen. Pero ni siquiera un recinto tan sagrado parecía detener a aquel diablo. El cardenal Hwang había errado en su predicción o había sobrevalorado la energía sagrada de Montserrat.

Bernat atravesó el atrio a toda velocidad y entró en la basílica. En la nave principal reinaba la penumbra y sus ojos hubieron de esforzarse para acostumbrarse a la exigua claridad que proporcionaban algunas luces de emergencia y unos cuantos cirios encendidos en las capillas laterales. Al fondo de la nave, en el centro del crucero, dos figuras gesticulaban nerviosamente ante el altar. Acudió allí corriendo por el pasillo central entre las largas hileras de bancos vacíos. Sus pasos rápidos resonaban por toda la nave.

Pasó al lado de Ramon, que gimoteaba entre los bancos con un fuerte golpe en la cabeza, de donde manaba un hilo de sangre. La furia del monje se incrementaba por momentos. Debía detener a aquel monstruo antes de que fuese demasiado tarde. Justo antes de llegar al crucero de la basílica, vio a Belcebú lanzar por los aires a Joaquim, que cayó unos metros más allá con un golpe seco.

Belcebú estaba finalmente solo ante la caja, situada al pie de los escalones que conducían al altar. Un poder maléfico creciente amenazaba con dominar la nave y la caja comenzó a temblar. Mientras corría desesperadamente, Bernat sintió que un susurro nacía en su cabeza. Era la voz de su hermana, que le pedía que se detuviese, que se rindiera, que no había ningún otro desenlace posible. Le rogaba que se marchara y salvase la vida. Esa vez, sin embargo, no perdería ni un instante con las trampas de Satanás.

Belcebú levantó los brazos hacia el cielo. La energía diabólica que emitía la caja cubierta por la tela negra crecía por momentos.

—¡Detente! —gritó Bernat, dándole una patada por la espalda.

El golpe empujó al demonio hacia un lado, pero no lo derribó. Belcebú se volvió hacia el monje con los ojos ardientes de rabia.

—¿Tú no has tenido suficiente?

—¡Nunca tendré suficiente! ¡Márchate de este lugar sagrado!

Belcebú dejó escapar una carcajada siniestra.

—¿Que me marche? ¿Tú te atreves a darme una orden? No tienes ningún poder sobre mí ni ninguna posibilidad de hacerla cumplir.

—¡En Montserrat tienes solo una ínfima parte de tu poder, Belcebú! ¡Lo sabes perfectamente!

—Veo que tú sabes muchas cosas —dijo el demonio mientras avanzaba poco a poco hasta situarse entre Bernat y la caja.

—El cardenal Hwang os conocía muy bien y por eso eligió este lugar, ¡donde solo eres una sombra de ti mismo!

—El poder de Montserrat me debilita y otros demonios menores serían pulverizados si subiesen aquí, es verdad. Pero me basta para matarte y liberar a mi señor. Y para incendiar este monasterio luego.

—¡No te saldrás con la tuya!

Bernat todavía no había acabado de decir aquella frase cuando se lanzó sobre Belcebú para golpearlo. El demonio, casi sin moverse, alargó el brazo derecho en un gesto rápido, agarró al monje por el cuello y lo derribó. Bernat trataba de zafarse con las manos; empezaba a ahogarse, se asfixiaba.

Belcebú acercó su rostro al del monje. Aún se parecía un poco al cardenal Hwang, si bien el aspecto de su cara era maléfico, como si fuese una careta grotesca, casi desfigurada.

De pronto Bernat soltó una mano, la bajó hasta la cintura, sacó un cuchillo que llevaba colgado al cinturón y lo clavó con todas sus fuerzas en el vientre de Belcebú. El demonio lanzó un grito desgarrador, soltó al monje y se retorció por el suelo como una bestia herida. Bernat se miró la mano, que aún aferraba el cuchillo: una sangre densa y caliente de color negro impregnaba la hoja y chorreaba entre sus dedos.

Belcebú se movía a cuatro patas a gran velocidad, chocando violentamente contra los bancos y los escalones de piedra mientras aullaba de dolor. Sin perder tiempo, Bernat se abalanzó sobre él y lo apuñaló de nuevo, en la espalda. El demonio lo golpeó de tal forma que lo hizo rodar por el suelo mientras huía arrastrándose muy deprisa hacia un lateral del crucero, justo en la sala donde arrancaban las escaleras que conducían al camarín. Tras él dejaba un rastro de gotas de sangre, que humeaban al contacto con el frío mármol.

Bernat se levantó y corrió detrás de él. En el cerebro tenía un ruido ensordecedor provocado por la fuerza de Satanás, que intentaba ayudar a su lugarteniente. Belcebú subió la escalera medio gateando mientras su aspecto mutaba por momentos. Su fisonomía ya no era la del cardenal Hwang, sino que volvía a ser el hombre alto y pálido.

El monje saltaba los escalones de dos en dos, pero no pudo atraparlo antes de llegar a lo alto de la escalera. Belcebú avanzaba desesperadamente buscando una salida, pero sus pasos erráticos lo llevaron hasta el camarín de la Virgen. Allí, ante Ella, la fuerza que le quedaba comenzó a abandonarlo sin que él pudiera hacer nada. Bernat llegó enseguida, lo agarró por la solapa y lo miró a la cara. El semblante arrogante de aquel demonio había desaparecido, y ahora observaba al monje con unos ojos que expresaban la incomprensión más absoluta.

—Este no es un cuchillo cualquiera, Belcebú. Está hecho con la plata del Santo Grial, que durante siglos hemos custodiado en Montserrat y que he hecho fundir para forjar esta daga.

El demonio hizo un esfuerzo por levantar una mano.

—Por favor, deja que me marche y no volveré nunca

más. ¡Pídeme lo que quieras! ¡Os devolveré al cardenal Hwang!

Aquella última frase disipó cualquier duda que Bernat pudiese albergar en algún lugar de su alma. Levantó el cuchillo y se lo clavó en medio del corazón.

Belcebú soltó un aullido espeluznante, que resonó en todos los rincones de la basílica. Su cuerpo comenzó a convulsionar violentamente mientras los ojos se le volvían completamente negros. Se consumió hacia dentro a gran velocidad, como si tuviese un agujero negro en medio del pecho que absorbiese su masa. Al cabo de pocos segundos había desaparecido dejando tan solo una mancha oscura en el mármol.

Bernat se dejó caer a los pies de la Moreneta, sosteniendo con fuerza el cuchillo, totalmente cubierto de sangre oscura. Estaba exhausto. Escuchó los pasos del monje Ramon y su voz llamándolo.

Capítulo 33

Habían pasado cinco semanas. Bernat entró en el hospital con una innegable sensación de alivio. Había deseado tanto que llegase aquel día... De alguna manera se cerraba un capítulo increíble. Era solo un capítulo de una historia aún más increíble que lo acompañaría toda la vida. El resto de sus días sería miembro de la Hermandad del Ángel Caído y, en consecuencia, guardián vitalicio de Satanás.

Aquel día era feliz y no lo habría podido disimular aunque hubiese querido. Después de pasar tantas semanas en el hospital, finalmente le daban el alta a Berta. Un helicóptero medicalizado la había trasladado de Montserrat a Barcelona. Había perdido mucha sangre y los médicos de urgencias se habían sorprendido de que les hubiese llegado con vida. Se habían empleado a conciencia y después de unas horas interminables de quirófano había salido con vida y sin bala. Había tenido mucha suerte, le dijeron. Alguien dijo que fue un milagro que estuviese viva. Un milagro de la ciencia, se apresuró a decir alguien más. O no.

Durante semanas la investigación policial se había ido consumiendo como un cirio y finalmente se había cerrado sin ninguna conclusión. Berta dijo que apenas recordaba lo que había pasado, pero ella misma descartaba la participación de terceras personas. Explicó que estaba en Montserrat para pasar unos días de meditación y descanso antes de incorporarse a su nuevo destino. No había testigos de los hechos y aquella noche las cámaras de seguridad no habían funcionado. La pistola no tenía más huellas que las suyas y ella había dado negativo en los análisis que se le habían hecho para determinar si había consumido alguna sustancia extraña. La psicóloga del cuerpo había determinado que no había ningún indicio de que Berta se hubiese querido suicidar. La trayectoria de las balas también descartaba esta hipótesis. La investigación era un callejón sin salida y los agentes de la división de Asuntos Internos eran conscientes de ello. Les habían ido cayendo encima otros casos hasta que su carpeta se archivó. La presión de la Iglesia por pasar de puntillas sobre aquel asunto tan insólito también hizo efecto y, sin ningún medio de comunicación que se hubiese hecho eco alguna vez, el disparo se consideró fortuito y la investigación se cerró tal como se había abierto: con todas las preguntas sin respuesta.

Mientras Berta se recuperaba, en Montserrat no habían perdido el tiempo. Satanás ya estaba recluido bajo una losa de piedra en la Santa Cueva. Los primeros días habían hecho guardia noche y día temiendo un nuevo ataque, pero no había pasado nada. Puede que Belcebú hubiese actuado por su cuenta, o que el magnetismo del lugar donde habían encontrado a la Moreneta impedía, como había previsto el cardenal Hwang, que los servidores de Satanás lo pudiesen localizar. Fuera como fuese, cada día que pasaba la serenidad y la calma se asentaban más sobre la abadía. Seis monjes más se habían integrado en la Hermandad y ahora a Bernat lo habían ascendido a maestre comandante. Cada día, con los primeros rayos de sol, un monje vertía agua bendita y rezaba ante la caja maldita, liturgia que se repetía cada tarde. Para evitar tentaciones, no se había retirado la tela negra que la cubría completamente. Dentro de la caja, Satanás no daba ningún síntoma de actividad.

El papa había llamado a Bernat a Roma para escuchar de viva voz cómo había matado a un diablo como Belcebú. Aquella era una gesta que obligaría a la Iglesia a replantearse algunos dogmas. Pablo VII también lo reprendió por la destrucción del Santo Grial, pero añadió con ironía que, en el misterioso mundo de las reliquias, era más importante la percepción de los fieles que la realidad. Ya había un montón de lugares que aseguraban custodiar la copa y, aunque ya no existiese, la sospecha de que estaba en Montserrat se perpetuaría igualmente. Además, acababan de asistir al nacimiento de una nueva reliquia con un poder extraordinario, que se debería mantener en secreto por toda la eternidad y que bautizaron con el nombre de la Daga del Grial. El pontífice pidió que fuese custodiada en Roma. Un arma con aquel poder inmenso necesitaba guardarse con las máximas garantías de seguridad.

En Roma las cosas también parecían calmarse. La policía italiana no había llegado a ninguna conclusión y el caso de los asesinatos de la autopista languidecía en los despachos de jueces, ministros y comisarios. Ya hacía semanas que los periódicos no hablaban de ello y el caso solo continuaba vivo en medios alternativos que veían en él todo tipo de teorías conspirativas. La primera ministra ya se había cansado de hablar con el papa, que le respondía siempre con gran amabilidad, pero sin llegar nunca a nada concreto. Aquel debía de ser un buen ejemplo de la famosa diplomacia vaticana, pensaba Aurelia Russo. Por su parte, el pontífice tan solo esperaba. No tenía ninguna duda de que, tarde o temprano, la inevitable inestabilidad política italiana provocaría elecciones anticipadas y su primera ministra favorita pasaría a ser su ex primera ministra favorita, y aquí paz y después gloria.

Bernat llegó a la sexta planta del hospital y fue directo a la habitación 666. Cuando instalaron a la *mossa* en aquella habitación fue a pedir que la cambiasen, aduciendo que aquella era la cifra del diablo y traía mala suerte. «Los demonios no existen, eso son cuentos para niños», le había respondido la enfermera, burlona. El monje no había insistido. Al fin y al cabo, lo mejor que podía pensar aquella enfermera era que el demonio era cosa de críos.

Bernat había acudido tantas veces a aquella habitación que habría podido llegar con los ojos cerrados. Llamó suavemente a la puerta con los nudillos y abrió despacio sin esperar respuesta.

Berta estaba de pie frente a la cama, acabando de preparar la bolsa. Llevaba unos vaqueros y una sudadera gris con el logotipo de la policía catalana que le habían regalado sus compañeros. En aquella época del año habría vestido una camiseta de manga corta, pero la sudadera le disimulaba las vendas que aún le cubrían la herida.

—Hola, Bernat, ¡siempre tan puntual!

—Sí, no quiero que pases aquí ni un minuto más del necesario. ¿Cómo te encuentras?

—Bien. Llevo días diciéndoles que deberían haberme

dado el alta, pero no me hacen ni caso —dijo ella mientras se ponía de puntillas para darle un beso en la mejilla.

Berta hizo una mueca y dejó escapar un *ay*.

—Veo que no te encuentras tan bien como dices —contestó Bernat con una sonrisa condescendiente.

—Son solo los puntos, que me tiran un poco a veces.

—Pues pórtate bien y no te hagas la heroína, que ya lo has sido suficiente.

—Me parece muy bien, así que llévala tú —respondió pasándole la bolsa.

Dejaron la habitación, firmaron la salida en el mostrador de su planta y cogieron el ascensor hasta el aparcamiento. Metieron el equipaje en el maletero y subieron al coche. Bernat encendió el motor y miró a Berta.

—¿Te llevo a casa?

—¿Tienes prisa?

—Para nada.

—Pues invítame a comer frente al mar, si te parece bien. Llevo demasiados días encerrada entre cuatro paredes y necesito que me den el aire y el sol.

Bernat no pudo disimular una sonrisa de felicidad. A aquellas alturas, pasar las horas con Berta era la cosa que más deseaba del mundo. Hacía tiempo que había decidido que las posibles contradicciones que aquel sentimiento le generaban eran una cuestión que dejaría para más adelante.

El vehículo salió del aparcamiento del hospital y comenzó a circular por las calles de Barcelona. Sobre la ciudad, algunos jirones de nubes viajaban deprisa empujados por un viento que ya anticipaba el final del verano.

Epílogo

La puerta de hierro se abrió lentamente. La figura corpulenta que apareció recortada por la claridad procedente del pasillo dio un paso adelante y se situó justo en el umbral. La oscuridad y el silencio dentro de la pequeña celda eran absolutos. Únicamente el intenso hedor que se había apoderado de aquel ambiente cerrado indicaba la presencia de vida, presente o pasada.

Hizo un gesto con la mano y las dos antorchas de la celda se encendieron con una llama débil y vacilante. En el centro de la sala pentagonal había un cuerpo aovillado, completamente inmóvil. Tenía la cara cubierta con las manos y la cabeza apoyada encima de una camisa arrugada. Unos brazos y un torso raquíticos evidenciaban que nadie se había ocupado de él desde hacía demasiado. Puede que incluso ya fuese tarde.

El visitante caminó unos pasos más y se acercó al centro de la estancia. Era alto y corpulento, y su rostro, presidido por una gran nariz verrugosa, era el de un viejo centenario. Una pequeña barba de chivo colgaba de su mentón. Se situó junto al cuerpo que yacía en el suelo y le dio una patadita.

—¿Eres un cardenal de los cristianos?

Hwang se movió ligeramente mientras por instinto retiraba las manos de su rostro, que orientó hacia arriba, pero sin ver nada. Le habían vaciado los ojos y tenía las cuencas oscurecidas por la sangre reseca.

—Mmm. Veo que aún estás vivo. Me han dicho que estabas aquí y que Belcebú te tenía prisionero, pero quería comprobarlo personalmente. Aquí nunca puedes acabar de creerte nada.

Hwang movió los labios, pero no dijo nada. Ya casi no le alcanzaban fuerzas. La escasa agua que le quedaba en una palangana se la había acabado un par de días atrás, y además habían pasado unos cuantos desde la última vez que había comido algo.

—No quiero ser descortés, me presentaré. Soy Belfegor, señor de las plagas, las epidemias y todas las pestilencias que os han arrasado desde el inicio de los tiempos, y de todas las que vendrán hasta el crepúsculo de vuestra existencia.

El cardenal no parecía escucharlo. Levantó una mano y se la llevó a la boca.

—¿Quieres agua? Puedo darte un poco. También puedo darte comida y puedo sanar estas heridas tan feas que tienes. Incluso puedo concederte la libertad. Pero a cambio querré que me cuentes algunas cosas. Empezando por la pregunta que se hace todo el mundo y de la cual nadie parece tener la respuesta, ¿dónde está Belcebú? Hace demasiado tiempo que nadie sabe nada de él, y un demonio tan soberbio no deja pasar ninguna ocasión de dejarse ver. Bueno, supongo que ya lo conoces, ¿verdad?

El cardenal Hwang dejó pasar unos segundos antes de decir unas palabras casi imperceptibles. Belfegor no lo entendió, pero no tenía ninguna importancia.

—No entiendo nada de lo que dices, pero poco a poco ya lo arreglaremos. Estoy convencido. Tenemos todo el tiempo del mundo.

Belfegor volvió la mirada hacia la puerta abierta de la celda, levantó una mano y la plancha de hierro se cerró con un golpe seco.

CUANDO LA FE Y EL PODER ENTRAN EN CONFLICTO, NADIE ESTÁ A SALVO.

DESTINO